Leopold von Sacher-Masoch

Venus im Pelz
&
Don Juan von Kolomea

Leopold von Sacher-Masoch

VENUS IM PELZ

&

DON JUAN VON KOLOMEA

EBOOKS.AT Verlag
Klagenfurt

Herstellung: EBOOKS.AT, Klagenfurt

ISBN 978-3-902096-70-8

Inhalt

Leopold von Sacher-Masoch (1836 – 1895)

Geboren wurde Leopold von Sacher-Masoch in der Stadt Lemberg in Galizien (dem heutigen Lwow in der Westukraine), wo sein Vater die Position des Stadthauptmanns innehatte. Hier - in der tiefsten Provinz des damaligen österreichischen Kaiserreiches - verbringt er seine Kindheit. Die enge seelische Verbundenheit mit diesem Gebiet kommt in seinen Romanen vielfach zum Ausdruck.

Als Jugendlicher kommt er nach Prag, wo er maturiert und an der Universität ein Rechtsstudium beginnt. Im Jahr 1853 übersiedelt er nach Graz, da sein Vater dort Polizeidirektor wird. Er beginnt das Studium der Geschichtswissenschaften, 1856 promoviert er und habilitiert als Privatdozent für Geschichte an der Universität Graz. Im Jahr 1858 veröffentlicht er seinen ersten Roman »Eine Galizische Geschichte«, und im Jahr 1860 gelingt ihm mit dem Roman »Der Emissär« der große Durchbruch. Von da an lebt er als freier Schriftsteller.

»Venus im Pelz« verfasst er im Jahr 1869, und dieser Roman wird zu einem Welterfolg. Zwei Jahre später beginnt die Grazer Handschuhnäherin Aurora Rümelin mit ihm eine Korrespondenz und nimmt dabei den Namen der Heldin von »Venus im Pelz« - Wanda von Dunajew - an. In der Folge entwickelt sich eine Beziehung zwischen ihnen, und sie heiraten im Jahr 1873. Zwei Söhne entstammen dieser Ehe. Das Ehepaar entfremdet sich im Laufe der Jahre aber zusehends, wobei beide andere Beziehungen eingehen. 1886 kommt es zur Scheidung, und im Jahr 1890 heiratet Sacher-Masoch die Übersetzerin Hulda Meister, mit der er bereits mehrere Jahre zusammenlebte und drei Kinder hatte. 1895 stirbt Sacher-Masoch an einer Herzattacke in Lindheim in Hessen.

VENUS IM PELZ

*»Gott hat ihn gestraft und hat
ihn in eines Weibes Hände gegeben.«*

Buch Judith 16. Kap. 7.

Ich hatte liebenswürdige Gesellschaft.

Mir gegenüber an dem massiven Renaissancekamin saß Venus, aber nicht etwa eine Dame der Halbwelt, die unter diesem Namen Krieg führte gegen das feindliche Geschlecht, gleich Mademoiselle Cleopatra, sondern die wahrhafte Liebesgöttin.

Sie saß im Fauteuil und hatte ein prasselndes Feuer angefacht, dessen Widerschein in roten Flammen ihr bleiches Antlitz mit den weißen Augen leckte und von Zeit zu Zeit ihre Füße, wenn sie dieselben zu wärmen suchte.

Ihr Kopf war wunderbar trotz der toten Steinaugen, aber das war auch alles, was ich von ihr sah. Die Hehre hatte ihren Marmorleib in einen großen Pelz gewickelt und sich zitternd wie eine Katze zusammengerollt.

»Ich begreife nicht, gnädige Frau«, rief ich, »es ist doch wahrhaftig nicht mehr kalt, wir haben seit zwei Wochen das herrlichste Frühjahr. Sie sind offenbar nervös.«

»Ich danke für euer Frühjahr«, sprach sie mit tiefer steinerner Stimme und nieste gleich darnach himmlisch, und zwar zweimal rasch nacheinander; »da kann ich es wahrhaftig nicht aushalten, und ich fange an zu verstehen-«

»Was, meine Gnädige?«

»Ich fange an das Unglaubliche zu glauben, das Unbegreifliche zu begreifen. Ich verstehe auf einmal die germanische Frauentugend und die deutsche Philosophie, und ich erstaune auch nicht mehr, daß ihr im Norden nicht lieben könnt, ja nicht einmal eine Ahnung davon habt, was Liebe ist.«

»Erlauben Sie, Madame«, erwiderte ich aufbrausend, »ich habe Ihnen wahrhaftig keine Ursache gegeben.«

»Nun, Sie -« die Göttliche nieste zum dritten Male und zuckte mit unnachahmlicher Grazie die Achseln, »dafür bin ich auch immer gnädig

9

gegen Sie gewesen und besuche Sie sogar von Zeit zu Zeit, obwohl ich mich jedesmal trotz meines vielen Pelzwerks rasch erkälte. Erinnern Sie sich noch, wie wir uns das erstemal trafen?« »Wie könnte ich es vergessen«, sagte ich, »Sie hatten damals reiche braune Locken und braune Augen und einen roten Mund, aber ich erkannte Sie doch sogleich an dem Schnitt Ihres Gesichtes und an dieser Marmorblässe - Sie trugen stets eine veilchenblaue Samtjacke mit Fehpelz besetzt.«

»Ja, Sie waren ganz verliebt in diese Toilette, und wie gelehrig Sie waren.«

»Sie haben mich gelehrt, was Liebe ist, Ihr heiterer Gottesdienst ließ mich zwei Jahrtausende vergessen.«

»Und wie beispiellos treu ich Ihnen war!« »Nun, was die Treue betrifft -«
»Undankbarer!«

»Ich will Ihnen keine Vorwürfe machen. Sie sind zwar ein göttliches Weib, aber doch ein Weib, und in der Liebe grausam wie jedes Weib.«

»Sie nennen grausam«, entgegnete die Liebesgöttin lebhaft, »was eben das Element der Sinnlichkeit, der heiteren Liebe, die Natur des Weibes ist, sich hinzugeben, wo es liebt, und alles zu lieben, was ihm gefällt.«

»Gibt es für den Liebenden etwa eine größere Grausamkeit als die Treulosigkeit der Geliebten?«

»Ach!« - entgegnete sie - »wir sind treu, so lange wir lieben, ihr aber verlangt vom Weibe Treue ohne Liebe, und Hingebung ohne Genuß, wer ist da grausam, das Weib oder der Mann? - Ihr nehmt im Norden die Liebe überhaupt zu wichtig und zu ernst. Ihr sprecht von Pflichten, wo nur vom Vergnügen die Rede sein sollte.«

»Ja, Madame, wir haben dafür auch sehr achtbare und tugendhafte Gefühle und dauerhafte Verhältnisse.«

»Und doch diese ewig rege, ewig ungesättigte Sehnsucht nach dem nackten Heidentum«, fiel Madame ein, »aber jene Liebe, welche die höchste Freude, die göttliche Heiterkeit selbst ist, taugt nicht für euch Modernen, euch Kinder der Reflexion. Sie bringt euch Unheil. *Sobald ihr natürlich sein wollt, werdet ihr gemein.* Euch erscheint die Natur als etwas Feindseliges, ihr habt aus uns lachenden Göttern Griechenlands Dämonen, aus mir eine Teufelin gemacht. Ihr könnt mich nur bannen und verfluchen oder euch selbst in bacchantischem Wahnsinn vor meinem Altar als Opfer schlachten, und hat einmal einer von euch den Mut gehabt, meinen roten Mund zu küssen, so pilgert er dafür barfuß im Büßerhemd nach Rom und

10

erwartet Blüten von dem dürren Stock, während unter meinem Fuße zu jeder Stunde Rosen, Veilchen und Myrten emporschießen, aber euch bekömmt ihr Duft nicht; bleibt nur in eurem nordischen Nebel und christlichem Weihrauch; laßt uns Heiden unter dem Schutt, unter der Lava ruhen, grabt uns nicht aus, für euch wurde Pompeji, für euch wurden unsere Villen, unsere Bäder, unsere Tempel nicht gebaut. Ihr braucht keine Götter! Uns friert in eurer Welt!« Die schöne Marmordame hustete und zog die dunkeln Zobelfelle um ihre Schultern noch fester zusammen.

»Wir danken für die klassische Lektion«, erwiderte ich, »aber Sie können doch nicht leugnen, daß Mann und Weib in Ihrer heiteren sonnigen Welt ebensogut wie in unserer nebligen, von Natur Feinde sind, daß die Liebe für die kurze Zeit zu einem einzigen Wesen vereint, das nur eines Gedankens, einer Empfindung, eines Willens fähig ist, um sie dann noch mehr zu entzweien, und - nun Sie wissen es besser als ich - wer dann nicht zu unterjochen versteht, wird nur zu rasch den Fuß des anderen auf seinem Nacken fühlen -«

»Und zwar in der Regel der Mann den Fuß des Weibes«, rief Frau Venus mit übermütigem Hohne, »was Sie wieder besser wissen als ich.«

»Gewiß, und eben deshalb mache ich mir keine Illusionen.«

»Das heißt, Sie sind jetzt mein Sklave ohne Illusionen, und ich werde Sie dafür auch ohne Erbarmen treten.«

»Madame!«

»Kennen Sie mich noch nicht? Ja, ich bin grausam - weil Sie denn schon an dem Worte so viel Vergnügen finden - und habe ich nicht recht, es zu sein? Der Mann ist der Begehrende, das Weib das Begehrte, dies ist des Weibes ganzer, aber entscheidender Vorteil, die Natur hat ihm den Mann durch seine Leidenschaft preisgegeben, und das Weib, das aus ihm nicht seinen Untertan, seinen Sklaven, ja sein Spielzeug zu machen und ihn zuletzt lachend zu verraten versteht, ist nicht klug.«

»Ihre Grundsätze, meine Gnädige«, warf ich entrüstet ein.

»Beruhen auf tausendjähriger Erfahrung«, entgegnete Madame spöttisch, während ihre weißen Finger in dem dunkeln Pelz spielten, »je hingebender das Weib sich zeigt, um so schneller wird der Mann nüchtern und herrisch werden; je grausamer und treuloser es aber ist, je mehr es ihn mißhandelt, je frevelhafter es mit ihm spielt, je weniger Erbarmen es zeigt, um so mehr wird es die Wollust des Mannes erregen, von ihm geliebt, angebetet werden. So war es zu allen Zeiten, seit Helena und Delila, bis zur zweiten Katharina und Lola Montez herauf.«

»Ich kann es nicht leugnen«, sagte ich, »es gibt für den Mann nichts, das ihn mehr reizen könnte, als das Bild einer schönen, wollüstigen und grausamen Despotin, welche ihre Günstlinge übermütig und rücksichtslos nach Laune wechselt -«

»Und noch dazu einen Pelz trägt«, rief die Göttin. »Wie kommen Sie darauf?«

»Ich kenne ja Ihre Vorliebe.«

»Aber wissen Sie«, fiel ich ein, »daß Sie, seitdem wir uns nicht gesehen haben, sehr kokett geworden sind.«

»Inwiefern, wenn ich bitten darf?«

»Insofern es keine herrlichere Folie für Ihren weißen Leib geben könnte, als diese dunklen Felle und es Ihnen -«

Die Göttin lachte.

»Sie träumen«, rief sie, »wachen Sie auf!« und sie faßte mich mit ihrer Marmorhand beim Arme, »wachen Sie doch auf!« dröhnte ihre Stimme nochmals im tiefsten Brustton. Ich schlug mühsam die Augen auf.

Ich sah die Hand, die mich rüttelte, aber diese Hand war auf einmal braun wie Bronze, und die Stimme war die schwere Schnapsstimme meines Kosaken, der in seiner vollen Größe von nahe sechs Fuß vor mir stand.

»Stehen Sie doch auf«, fuhr der Wackere fort, »es ist eine wahrhafte Schande.«

»Und weshalb eine Schande?«

»Eine Schande in Kleidern einzuschlafen und noch dazu bei einem Buche«, er putzte die heruntergebrannten Kerzen und hob den Band auf, der meiner Hand entsunken war, »bei einem Buche von - er schlug den Deckel auf, von Hegel - dabei ist es die höchste Zeit zu Herrn Severin zu fahren, der uns zum Tee erwartet.

»Ein seltsamer Traum«, sprach Severin, als ich zu Ende war, stützte die Arme auf die Knie, das Gesicht in die feinen zartgeäderten Hände und versank in Nachdenken.

Ich wußte, daß er sich nun lange Zeit nicht regen, ja kaum atmen würde, und so war es in der Tat, für mich hatte indes sein Benehmen nichts

Auffallendes, denn ich verkehrte seit beinahe drei Jahren in guter Freundschaft mit ihm und hatte mich an alle seine Sonderbarkeiten gewöhnt. Denn sonderbar war er, das ließ sich nicht leugnen, wenn auch lange nicht der gefährliche Narr, für den ihn nicht allein seine Nachbarschaft, sondern der ganze Kreis von Kolomea hielt. Mir war sein Wesen nicht bloß interessant, sondern - und deshalb passierte ich auch bei vielen als ein wenig vernarrt - in hohem Grade sympathisch.

Er zeigte für einen galizischen Edelmann und Gutsbesitzer wie für sein Alter - er war kaum über dreißig - eine auffallende Nüchternheit des Wesens, einen gewissen Ernst, ja sogar Pedanterie. Er lebte nach einem minutiös ausgeführten, halb philosophischen, halb praktischen Systeme, gleichsam nach der Uhr, und nicht das allein, zu gleicher Zeit nach dem Thermometer, Barometer, Aerometer, Hydrometer, Hippokrates, Hufeland, Plato, Kant, Knigge und Lord Chesterfield; dabei bekam er aber zu Zeiten heftige Anfälle von Leidenschaftlichkeit, wo er Miene machte, mit dem Kopfe durch die Wand zu gehen, und ihm ein jeder gerne aus dem Wege ging.

Während er also stumm blieb; sang dafür das Feuer im Kamin, sang der große ehrwürdige Samowar, und der Ahnherrnstuhl, in dem ich, mich schaukelnd, meine Zigarre rauchte, und das Heimchen im alten Gemäuer sang auch, und ich ließ meinen Blick über das absonderliche Geräte, die Tiergerippe, ausgestopften Vögel, Globen, Gipsabgüsse schweifen, welche in seinem Zimmer angehäuft waren, bis er zufällig auf einem Bilde haften blieb, das ich oft genug gesehen hatte, das mir aber gerade heute im roten Widerschein des Kaminfeuers einen unbeschreiblichen Eindruck machte.

Es war ein großes Ölgemälde in der kräftigen farbensatten Manier der belgischen Schule gemalt, sein Gegenstand seltsam genug. Ein schönes Weib, ein sonniges Lachen auf dem feinen Antlitz, mit reichem, in einen antiken Knoten geschlungenem Haare, auf dem der weiße Puder wie leichter Reif lag, ruhte, auf den linken Arm gestützt, nackt in einem dunkeln Pelz auf einer Ottomane; ihre rechte Hand spielte mit einer Peitsche, während ihr bloßer Fuß sich nachlässig auf den Mann stützte, der vor ihr lag wie ein Sklave, wie ein Hund, und dieser Mann, mit den scharfen, aber wohlgebildeten Zügen, auf denen brütende Schwermut und hingebende Leidenschaft lag, welcher mit dem schwärmerischen brennenden Auge eines Märtyrers zu ihr emporsah, dieser Mann, der den

Schemel ihrer Füße bildete, war Severin, aber ohne Bart, wie es schien um zehn Jahre jünger.

»*Venus im Pelz!*« rief ich, auf das Bild deutend, »so habe ich sie im Traume gesehen.« - »Ich auch«, sagte Severin, »nur habe ich meinen Traum mit offenen Augen geträumt.«

»Wie?«

»Ach! das ist eine dumme Geschichte.«

»Dein Bild hat offenbar Anlaß zu meinem Traum gegeben«, fuhr ich fort, »aber sage mir endlich einmal, was damit ist, daß es eine Rolle gespielt hat in deinem Leben, und vielleicht eine sehr entscheidende, kann ich mir denken, aber das weitere erwarte ich von dir.«

»Sieh dir einmal das Gegenstück an«, entgegnete mein seltsamer Freund, ohne auf meine Frage einzugehen.

Das Gegenstück bildete eine treffliche Kopie der bekannten »Venus mit dem Spiegel« von Titian in der Dresdener Galerie. »Nun, was willst du damit?«

Severin stand auf und wies mit dem Finger auf den Pelz, mit dem Titian seine Liebesgöttin bekleidet hat.

»Auch hier ›Venus im Pelz‹«, sprach er fein lächelnd, »ich glaube nicht, daß der alte Venetianer damit eine Absicht verbunden hat. Er hat einfach das Porträt irgendeiner vornehmen Messaline gemacht und die Artigkeit gehabt, ihr den Spiegel, in welchem sie ihre majestätischen Reize mit kaltem Behagen prüft, durch Amor halten zu lassen, dem die Arbeit sauer genug zu werden scheint. Das Bild ist eine gemalte Schmeichelei. Später hat irgendein ›Kenner‹ der Rokokozeit die Dame auf den Namen Venus getauft, und der Pelz der Despotin, in den sich Titians schönes Modell wohl mehr aus Furcht vor dem Schnupfen als Keuschheit gehüllt hat, ist zu einem Symbol der Tyrannei und Grausamkeit geworden, welche im Weibe und seiner Schönheit liegt.

Aber genug, so wie das Bild jetzt ist, erscheint es uns als die pikanteste Satire auf unsere Liebe. Venus, die im abstrakten Norden, in der eisigen christlichen Welt in einen großen schweren Pelz schlüpfen muß, um sich nicht zu erkälten. -«

Severin lachte und zündete eine neue Zigarette an.

Eben ging die Türe auf und eine hübsche volle Blondine mit klugen freundlichen Augen, in einer schwarzen Seidenrobe, kam herein und

14

brachte uns kaltes Fleisch und Eier zum Tee. Severin nahm eines der letzteren und schlug es mit dem Messer auf. »Habe ich dir nicht gesagt, daß ich sie weich gekocht haben will?« rief er mit einer Heftigkeit, welche die junge Frau zittern machte.

»Aber lieber Sewtschu -« sprach sie ängstlich.

»Was Sewtschu«, schrie er, »gehorchen sollst du, gehorchen, verstehst du«, und er riß den Kantschuk, welcher neben seinen Waffen hing, vom Nagel. Die hübsche Frau floh wie ein Reh rasch und furchtsam aus dem Gemache.

»Warte nur, ich erwische dich noch«, rief er ihr nach.

»Aber Severin«, sagte ich, meine Hand auf seinen Arm legend, »wie kannst du die hübsche kleine Frau so traktieren!«

»Sieh dir das Weib nur an«, erwiderte er, indem er humoristisch mit den Augen zwinkerte, »hätte ich ihr geschmeichelt, so hätte sie mir die Schlinge um den Hals geworfen, so aber, weil ich sie mit dem Kantschuk erziehe, betet sie mich an.«

»Geh' mir!«

»Geh' du mir, so muß man die Weiber dressieren.«

»Leb' meinetwegen wie ein Pascha in deinem Harem, aber stelle mir nicht Theorien auf -«

»Warum nicht«, rief er lebhaft, »nirgends paßt Goethes ›Du mußt Hammer oder Amboß sein‹ so vortrefflich hin wie auf das Verhältnis von Mann und Weib, das hat dir beiläufig Frau Venus im Traume auch eingeräumt. In der Leidenschaft des Mannes ruht die Macht des Weibes, und es versteht sie zu benützen, wenn der Mann sich nicht vorsieht. Er hat nur die Wahl, der Tyrann oder der Sklave des Weibes zu sein. Wie er sich hingibt, hat er auch schon den Kopf im Joche und wird die Peitsche fühlen.«

»Seltsame Maximen!«

»Keine Maximen, sondern Erfahrungen«, entgegnete er mit dem Kopfe nickend, »*ich bin im Ernste gepeitscht worden,* ich bin kuriert, willst du lesen wie?«

Er erhob sich und holte aus seinem massiven Schreibtisch eine kleine Handschrift, welche er vor mir auf den Tisch legte.

»Du hast früher nach jenem Bilde gefragt. Ich bin dir schon lange eine Erklärung schuldig. Da - lies!«

Severin setzte sich zum Kamin, den Rücken gegen mich, und schien mit offenen Augen zu träumen. Wieder war es still geworden, und wieder sang das Feuer im Kamin, und der Samowar und das Heimchen im alten Gemäuer und ich schlug die Handschrift auf und las:

»Bekenntnisse eines Übersinnlichen«, an dem Rande des Manuskriptes standen als Motiv die bekannten Verse aus dem Faust variiert:

>*»Du übersinnlicher sinnlicher Freier,*
>*Ein Weib nasführet dich!«*
>Mephistopheles.

Ich schlug das Titelblatt um und las: »Das Folgende habe ich aus meinem damaligen Tagebuche zusammengestellt, weil man seine Vergangenheit nie unbefangen darstellen kann, so aber hat alles seine frischen Farben, die Farben der Gegenwart.«

Gogol, der russische Molière, sagt - ja wo? - nun irgendwo - »die echte komische Muse ist jene, welcher unter der lachenden Larve die Tränen herabrinnen«.

Ein wunderbarer Ausspruch!

So ist es mir recht seltsam zumute, während ich dies niederschreibe. Die Luft scheint mir mit einem aufregenden Blumenduft gefüllt, der mich betäubt und mir Kopfweh macht, der Rauch des Kamines kräuselt und ballt sich mir zu Gestalten, kleinen graubärtigen Kobolden zusammen, die spöttisch mit dem Finger auf mich deuten, pausbackige Amoretten reiten auf den Lehnen meines Stuhles und auf meinen Knien, und ich muß unwillkürlich lächeln, ja laut lachen, indem ich meine Abenteuer niederschreibe, und doch schreibe ich nicht mit gewöhnlicher Tinte, sondern mit dem roten Blute, das aus meinem Herzen träufelt, denn alle seine längst vernarbten Wunden haben sich geöffnet und es zuckt und schmerzt, und hie und da fällt eine Träne auf das Papier.

Träge schleichen die Tage in dem kleinen Karpatenbade dahin. Man sieht niemand und wird von niemand gesehen. Es ist langweilig zum Idyllenschreiben. Ich hätte hier Muße, eine Galerie von Gemälden zu liefern, ein Theater für eine ganze Saison mit neuen Stücken, ein Dutzend Virtuosen mit Konzerten, Trios und Duos zu versorgen, aber - was spreche ich da - ich tue am Ende doch nicht viel mehr, als die Leinwand aufspannen, die Bogen zurechtglätten, die Notenblätter liniieren, denn ich bin - ach! nur keine falsche Scham, Freund Severin, lüge andere an; aber es gelingt dir nicht mehr recht, dich selbst anzulügen - also ich bin nichts weiter, als ein Dilettant; ein Dilettant in der Malerei, in der Poesie, der Musik und noch in einigen anderen jener sogenannten brotlosen Künste, welche ihren Meistern heutzutage das Einkommen eines Ministers, ja eines kleinen Potentanten sichern, und vor allem bin ich ein Dilettant im Leben.

Ich habe bis jetzt gelebt, wie ich gemalt und gedichtet habe, das heißt, ich bin nie weit über die Grundierung, den Plan, den ersten Akt, die erste Strophe gekommen. Es gibt einmal solche Menschen, die alles anfangen und doch nie mit etwas zu Ende kommen, und ein solcher Mensch bin ich.

Aber was schwatze ich da. Zur Sache.

Ich liege in meinem Fenster und finde das Nest, in dem ich verzweifle, eigentlich unendlich poetisch, welcher Blick auf die blaue, von goldenem Sonnenduft umwobene hohe Wand des Gebirges, durch welche sich Sturzbäche wie Silberbänder schlingen, und wie klar und blau der Himmel, in den die beschneiten Kuppen ragen, und wie grün und frisch die waldigen Abhänge, die Wiesen, auf denen kleine Herden weiden, bis zu den gelben Wogen des Getreides hinab, in denen die Schnitter stehen und sich bücken und wieder emportauchen.

Das Haus, in dem ich wohne, steht in einer Art Park, oder Wald, oder Wildnis, wie man es nennen will, und ist sehr einsam.

Es wohnt niemand darin als ich, eine Witwe aus Lwow, die Hausfrau Madame Tartakowska, eine kleine alte Frau, die täglich älter und kleiner wird, ein alter Hund, der auf einem Beine hinkt, und eine junge Katze, welche stets mit einem Zwirnknäuel spielt, und der Zwirnknäuel gehört, glaube ich, der schönen Witwe.

Sie soll wirklich schön sein, die Witwe, und noch sehr jung, höchstens vierundzwanzig, und sehr reich. Sie wohnt im ersten Stock und ich wohne ebener Erde. Sie hat immer die grünen Jalousien geschlossen und hat einen Balkon, der ganz mit grünen Schlingpflanzen überwachsen ist; ich aber habe dafür unten meine liebe, trauliche Gaisblattlaube, in der ich lese und schreibe und male und singe, wie ein Vogel in den Zweigen. Ich kann auf den Balkon hinaufsehen. Manchmal sehe ich auch wirklich hinauf und dann schimmert von Zeit zu Zeit ein weißes Gewand zwischen dem dichten, grünen Netz.

Eigentlich interessiert mich die schöne Frau dort oben sehr wenig, denn ich bin in eine andere verliebt, und zwar höchst unglücklich verliebt, noch weit unglücklicher, als Ritter Toggenburg und der Chevalier in Manon l'Escault, denn meine Geliebte ist von Stein.

Im Garten, in der kleinen Wildnis, befindet sich eine graziöse kleine Wiese, auf der friedlich ein paar zahme Rehe weiden. Auf dieser Wiese steht ein Venusbild von Stein, das Original, glaube ich, ist in Florenz; diese Venus ist das schönste Weib, das ich in meinem Leben gesehen habe.

Das will freilich nicht viel sagen, denn ich habe wenig schöne Frauen, ja überhaupt wenig Frauen gesehen und bin auch in der Liebe nur ein Dilettant, der nie über die Grundierung, über den ersten Akt hinausgekommen ist.

Wozu auch in Superlativen sprechen, als wenn etwas, was schön ist, noch übertroffen werden könnte.

Genug, diese Venus ist schön und ich liebe sie, so leidenschaftlich, so krankhaft innig, so wahnsinnig, wie man nur ein Weib lieben kann, das unsere Liebe mit einem ewig gleichen, ewig ruhigen, steinernen Lächeln erwidert. Ja, ich bete sie förmlich an.

Oft liege ich, wenn die Sonne im Gehölze brütet, unter dem Laubdach einer jungen Buche und lese, oft besuche ich meine kalte, grausame Geliebte auch bei Nacht und liege dann vor ihr auf den Knien, das Antlitz gegen die kalten Steine gepreßt, auf denen ihre Füße ruhen, und bete zu ihr.

Es ist unbeschreiblich, wenn dann der Mond heraufsteigt - er ist eben im Zunehmen - und zwischen den Bäumen schwimmt und die Wiese in silbernen Glanz taucht, und die Göttin steht dann wie verklärt und scheint sich in seinem weichen Lichte zu baden. Einmal, wie ich von meiner Andacht zurückkehrte, durch eine der Alleen, die zum Hause führen, sah ich plötzlich, nur durch die grüne Galerie von mir getrennt, eine weibliche Gestalt, weiß wie Stein, vom Mondlicht beglänzt; da war mir's, als hätte sich das schöne Marmorweib meiner erbarmt und sei lebendig geworden und mir gefolgt - mich aber faßte eine namenlose Angst, das Herz drohte mir zu springen, und statt -

Nun, ich bin ja ein Dilettant. Ich blieb, wie immer, beim zweiten Verse stecken, nein, im Gegenteil, ich blieb nicht stecken, ich lief, so rasch ich laufen konnte.

Welcher Zufall! ein Jude, der mit Photographien handelt, spielt mir das Bild meines Ideals in die Hände; es ist ein kleines Blatt, die »Venus mit dem Spiegel« von Titian, welch ein Weib! Ich will ein Gedicht machen. Nein! Ich nehme das Blatt und schreibe darauf: »Venus im Pelz«.

Du frierst, während du selbst Flammen erregst. Hülle dich nur in deinen Despotenpelz, wem gebührt er, wenn nicht dir, grausame Göttin der Schönheit und Liebe! -

Und nach einer Weile fügte ich einige Verse von Goethe hinzu, die ich vor kurzem in seinen Paralipomena zum Faust gefunden hatte.

>   *An Amor!*
> »Erlogen ist das Flügelpaar,
> Die Pfeile, die sind Krallen,
> Die Hörnerchen verbirgt der Kranz,
> Er ist ohn' allen Zweifel,
> Wie alle Götter Griechenlands,
> Auch ein verkappter Teufel.«

Dann stellte ich das Bild vor mich auf den Tisch, indem ich es mit einem Buche stützte und betrachtete es.

Die kalte Koketterie, mit der das herrliche Weib seine Reize mit den dunklen Zobelfellen drapiert, die Strenge, Härte, welche in dem Marmorantlitz liegt, entzücken mich und flößen mir zugleich Grauen ein.

Ich nehme noch einmal die Feder; da steht es nun:

»Lieben, geliebt werden, welch ein Glück! und doch wie verblaßt der Glanz desselben gegen die qualvolle Seligkeit, ein Weib anzubeten, das uns zu seinem Spielzeug macht, der Sklave einer schönen Tyrannin zu sein, die uns umbarmherzig mit Füßen tritt. Auch Simson, der Held, der Riese, gab sich Delila, die ihn verraten hatte, noch einmal in die Hand, und sie verriet ihn noch einmal und die Philister banden ihn vor ihr und stachen ihm die Augen aus, die er bis zum letzten Augenblicke von Wut und Liebe trunken auf die schöne Verräterin heftete.«

Ich nahm das Frühstück in meiner Gaisblattlaube und las im Buche Judith und beneidete den grimmen Heiden Holofernes um das königliche Weib, das ihm den Kopf herunterhieb, und um sein blutig schönes Ende.

»*Gott hat ihn gestraft und hat ihn in eines Weibes Hände gegeben.*« Der Satz frappierte mich.

Wie ungalant diese Juden sind, dachte ich, und ihr Gott, er könnte auch anständigere Ausdrücke wählen, wenn er von dem schönen Geschlechte spricht.

»Gott hat ihn gestraft und hat ihn in eines Weibes Hände gegeben«, wiederholte ich für mich. Nun, was soll ich etwa anstellen, damit er mich straft?

Um Gottes willen! da kommt unsere Hausfrau, sie ist über Nacht wieder etwas kleiner geworden. Und dort oben zwischen den grünen Ranken und Ketten wieder das weiße Gewand. Ist es Venus oder die Witwe?

Diesmal ist es die Witwe, denn Madame Tartakowska knickst und ersucht mich in ihrem Namen um Lektüre. Ich eile in mein Zimmer und raffe ein paar Bände zusammen.

Zu spät erinnere ich mich, daß mein Venusbild in einem derselben liegt, nun hat es die weiße Frau dort oben, samt meinen Ergüssen. Was wird sie dazu sagen?

Ich höre sie lachen. Lacht sie über mich?

Vollmond! Da blickt er schon über die Wipfel der niederen Tannen, welche den Park einsäumen, und silberner Duft erfüllt die Terrasse, die Baumgruppen, die ganze Landschaft, so weit das Auge reicht, in der Ferne sanft verschwimmend, gleich zitternden Gewässern.

Ich kann nicht widerstehen, es mahnt und ruft mich so seltsam, ich kleide mich wieder an und trete in den Garten.

Es zieht mich hin zur Wiese, zu ihr, meiner Göttin, meiner Geliebten.

Die Nacht ist kühl. Mich fröstelt. Die Luft ist schwer von Blumen und Waldgeruch, sie berauscht.

Welche Feier! Welche Musik ringsum. Eine Nachtigall schluchzt. Die Sterne zucken nur leise in blaßblauem Schimmer. Die Wiese scheint glatt, wie ein Spiegel, wie die Eisdecke eines Teiches. Hehr und leuchtend ragt das Venusbild.

Doch - was ist das?

Von den marmornen Schultern der Göttin fließt bis zu ihren Sohlen ein großer dunkler Pelz herab - ich stehe starr und staune sie an, und wieder faßt mich jenes unbeschreibliche Bangen und ich ergreife die Flucht.

Ich beschleunige meine Schritte; da sehe ich, daß ich die Allee verfehlt habe, und wie ich seitwärts in einen der grünen Gänge einbiegen will, sitzt Venus, das schöne, steinerne Weib, nein, die wirkliche Liebesgöttin, mit warmem Blute und pochenden Pulsen, vor mir auf einer steinernen Bank. Ja, sie ist mir lebendig geworden, wie jene Statue, die für ihren Meister zu atmen begann; zwar ist das Wunder erst halb vollbracht. Ihr weißes Haar scheint noch von Stein und ihr weißes Gewand schimmert wie Mondlicht, oder ist es Atlas? und von ihren Schultern fließt der dunkle Pelz - aber ihre Lippen sind schon rot und ihre Wangen färben sich, und aus ihren Augen treffen mich zwei diabolische, grüne Strahlen und jetzt lacht sie.

Ihr Lachen ist so seltsam, so - ach! es ist unbeschreiblich, es benimmt mir den Atem, ich flüchte weiter und muß immer wieder nach wenigen Schritten Atem holen und dieses spöttische Lachen verfolgt mich durch die düsteren Laubgänge, über die hellen Rasenplätze, in das Dickicht, durch das nur einzelne Mondstrahlen brechen; ich finde den Weg nicht mehr, ich irre umher, kalte Tropfen perlen mir auf der Stirne.

Endlich bleibe ich stehen und halte einen kurzen Monolog.

Er lautet - nun - man ist ja immer sich selbst gegenüber entweder sehr artig oder sehr grob.

Ich sage also zu mir: Esel!

Dieses Wort übt eine großartige Wirkung, gleich einer Zauberformel, die mich erlöst und zu mir bringt.

Ich bin im Augenblicke ruhig. Vergnügt wiederhole ich: Esel! Ich sehe nun wieder alles klar und deutlich, da ist der Springbrunnen, dort die Allee von Buchsbaum, dort das Haus, auf das ich jetzt langsam zugehe.

Da - plötzlich noch einmal - hinter der grünen, vom Mondlicht durchleuchteten, gleichsam in Silber gestickten Wand, die weiße Gestalt, das schöne Weib von Stein, das ich anbete, das ich fürchte, vor dem ich fliehe.

Mit ein paar Sätzen bin ich im Hause und hole Atem und denke nach.

Nun, was bin ich jetzt eigentlich, ein kleiner Dilettant oder ein großer Esel?

Ein schwüler Morgen, die Luft ist matt, stark gewürzt, aufregend. Ich sitze wieder in meiner Gaisblattlaube und lese in der Odyssee von der reizenden Hexe, die ihre Anbeter in Bestien verwandelt. Köstliches Bild der antiken Liebe.

In den Zweigen und Halmen rauscht es leise und die Blätter meines Buches rauschen und auf der Terrasse rauscht es auch.

Ein Frauengewand -

Da ist sie - Venus - aber ohne Pelz - nein, diesmal ist es die Witwe - und doch - Venus - oh! welch ein Weib!

Wie sie dasteht im leichten, weißen Morgengewande und auf mich blickt, wie poetisch und anmutig zugleich erscheint ihre feine Gestalt; sie ist nicht groß, aber auch nicht klein, und der Kopf, mehr reizend, pikant - im Sinne der französischen Marquisenzeit - als streng schön, aber doch wie bezaubernd, welche Weichheit, welcher holde Mutwille umspielen diesen vollen, nicht zu kleinen Mund - die Haut ist so unendlich zart, daß überall die blauen Adern durchschimmern, auch durch den Mousselin, welcher Arm und Busen bedeckt, wie üppig ringelt sich das rote Haar - ja, es ist rot - nicht blond oder goldig - wie dämonisch und doch lieblich spielt es um ihren Nacken, und jetzt treffen mich ihre Augen wie grüne Blitze - ja, sie sind grün, diese Augen, deren sanfte Gewalt unbeschreiblich ist - grün, aber so wie es Edelsteine, wie es tiefe, unergründliche Bergseen sind.

Sie bemerkt meine Verwirrung, die mich sogar unartig macht, denn ich bin sitzen geblieben und habe noch meine Mütze auf dem Kopfe.

Sie lächelt schelmisch.

Ich erhebe mich endlich und grüße sie. Sie nähert sich und bricht in ein lautes, beinahe kindliches Lachen aus. Ich stottere, wie nur ein kleiner Dilettant oder großer Esel in einem solchen Augenblicke stottern kann.

So machen wir unsere Bekanntschaft.

Die Göttin fragt um meinen Namen und nennt mir den ihren. Sie heißt Wanda von Dunajew.

Und sie ist wirklich meine Venus.

»Aber Madame, wie kamen Sie auf den Einfall?«

»Durch das kleine Bild, das in einem Ihrer Bücher lag -«

»Ich habe es vergessen.«

»Die seltsamen Bemerkungen auf der Rückseite -«

»Warum seltsam?«

Sie sah mich an. »Ich habe immer den Wunsch gehabt, einmal einen ordentlichen Phantasten kennenzulernen - der Abwechslung wegen - nun, Sie scheinen mir nach allem einer der tollsten.«

»Meine Gnädige - in der Tat -« wieder das fatale, eselhafte Stottern und noch dazu ein Erröten, wie es für einen jungen Menschen von sechzehn Jahren wohl passen mag, aber für mich, der beinahe volle zehn Jahre älter -

»Sie haben sich heute nacht vor mir gefürchtet.«

»Eigentlich - allerdings - aber wollen Sie sich nicht setzen?«

Sie nahm Platz und weidete sich an meiner Angst - denn ich fürchtete mich jetzt, bei hellem Tageslichte, noch mehr vor ihr - ein reizender Hohn zuckte um ihre Oberlippe.

»Sie sehen die Liebe und vor allem das Weib«, begann sie, »als etwas Feindseliges an, etwas, wogegen Sie sich, wenn auch vergebens, wehren, dessen Gewalt Sie aber als eine süße Qual, eine prickelnde Grausamkeit fühlen; eine echt moderne Anschauung.«

»Sie teilen sie nicht.«

»Ich teile sie nicht«, sprach sie rasch und entschieden und schüttelte den Kopf, daß ihre Locken wie rote Flammen emporschlugen.

»Mir ist die heitere Sinnlichkeit der Hellenen Freude ohne Schmerz - ein Ideal, das ich in meinem Leben zu verwirklichen strebe. Denn an jene Liebe, welche das Christentum, welche die Modernen, die Ritter vom Geiste predigen, glaube ich nicht. Ja, sehen Sie mich nur an, ich bin weit schlimmer als eine Ketzerin, ich bin eine Heidin.

>Glaubst du, es habe sich lange die Göttin der Liebe besonnen,
  Als im Idäischen Hain einst ihr Anchises gefiel?<

Diese Verse aus Goethes römischer Elegie haben mich stets sehr entzückt.

In der Natur liegt nur jene Liebe der heroischen Zeit, ›da Götter und Göttinnen liebten‹. Damals

›folgte Begierde dem Blick, folgte Genuß der Begier‹.

Alles andere ist gemacht, affektiert, erlogen. Durch das Christentum - dessen grausames Emblem - das Kreuz - etwas Entsetzliches für mich hat - wurde erst etwas Fremdes, Feindliches in die Natur und ihre unschuldigen Triebe hineingetragen.

Der Kampf des Geistes mit der sinnlichen Welt ist das Evangelium der Modernen. Ich will keinen Teil daran.«

»Ja, Ihr Platz wäre im Olymp, Madame«, entgegnete ich, »aber wir Modernen ertragen einmal die antike Heiterkeit nicht, am wenigsten in der Liebe; die Idee, ein Weib, und wäre es auch eine Aspasia, mit anderen zu teilen, empört uns, wir sind eifersüchtig wie unser Gott. So ist der Name der herrlichen Phryne bei uns zu einem Schimpfworte geworden.

Wir ziehen eine dürftige, blasse, Holbeinsche Jungfrau, welche uns allein gehört, einer antiken Venus vor, wenn sie noch so göttlich schön ist, aber heute den Anchises, morgen den Paris, übermorgen den Adonis liebt, und wenn die Natur in uns triumphiert, wenn wir uns in glühender Leidenschaft einem solchen Weibe hingeben, erscheint uns dessen heitere Lebenslust als Dämonie, als Grausamkeit, und wir sehen in unserer Seligkeit eine Sünde, die wir büßen müssen.«

»Also auch Sie schwärmen für die moderne Frau, für jene armen, hysterischen Weiblein, welche im somnambulen Jagen nach einem erträumten, männlichen Ideal den besten Mann nicht zu schätzen verstehen und unter Tränen und Krämpfen täglich ihre christlichen Pflichten verletzen, betrügend und betrogen, immer wieder suchen und wählen und verwerfen, nie glücklich sind, nie glücklich machen und das Schicksal anklagen, statt ruhig zu gestehen, ich will lieben und leben, wie Helena und Aspasia gelebt haben. Die Natur kennt keine Dauer in dem Verhältnis von Mann und Weib.«

»Gnädige Frau -«

»Lassen Sie mich ausreden. Es ist nur der Egoismus des Mannes, der das Weib wie einen Schatz vergraben will. Alle Versuche, durch heilige Zeremonien, Eide und Verträge Dauer in das Wandelbarste im wandelbaren menschlichen Dasein, in die Liebe hineinzutragen, sind gescheitert. Können Sie leugnen, daß unsere christliche Welt in Fäulnis übergegangen ist?«

»Aber -«

»Aber der einzelne, der sich gegen die Einrichtungen der Gesellschaft empört, wird ausgestoßen, gebrandmarkt, gesteinigt, wollen Sie sagen. Nun gut. Ich wage es, meine Grundsätze sind recht heidnisch, ich will mein Dasein ausleben. Ich verzichte auf euren heuchlerischen Respekt, ich ziehe es vor, glücklich zu sein. Die Erfinder der christlichen Ehe haben gut daran getan, auch gleich dazu die Unsterblichkeit zu erfinden. Ich denke jedoch nicht daran, ewig zu leben, und wenn mit dem letzten Atemzuge hier für mich als Wanda von Dunajew alles zu Ende ist, was habe ich davon, ob mein reiner Geist in den Chören der Engel mitsingt oder ob mein Staub zu neuen Wesen zusammenquillt? Sobald ich aber, so wie ich bin, nicht fortlebe, aus welcher Rücksicht soll ich dann entsagen? Einem Manne angehören, den ich nicht liebe, bloß deshalb, weil ich ihn einmal geliebt habe? Nein, ich entsage nicht, ich liebe jeden, der mir gefällt, und mache jeden glücklich, der mich liebt. Ist das häßlich? Nein, es ist mindestens weit schöner, als wenn ich mich grausam der Qualen freue, die meine Reize erregen, und mich tugendhaft von dem Armen abkehre, der um mich verschmachtet. Ich bin jung, reich und schön, und so, wie ich bin, lebe ich heiter dem Vergnügen, dem Genuß.«

Ich hatte, während sie sprach und ihre Augen schelmisch funkelten, ihre Hände ergriffen, ohne recht zu wissen, was ich mit ihnen anfangen wollte, aber als echter Dilettant ließ ich sie jetzt wieder eilig los.

»Ihre Ehrlichkeit«, sagte ich, »entzückt mich, und nicht diese allein -«

Wieder der verdammte Dilettantismus, der mir den Hals mit einem Hemmseil zuschnürt.

»Was wollten Sie doch sagen ...«

»Was ich sagen wollte - ja, ich wollte - vergeben Sie - meine Gnädige - ich habe Sie unterbrochen.«

»Wie?«

Eine lange Pause. Sie hält gewiß einen Monolog, der, in meine Sprache übersetzt, sich in das einzige Wort »Esel« zusammenfassen läßt.

»Wenn Sie erlauben, gnädige Frau«, begann ich endlich, »wie sind Sie zu diesen - zu diesen Ideen gekommen?«

»Sehr einfach, mein Vater war ein vernünftiger Mann. Ich war von der Wiege an mit Abgüssen antiker Bildwerke umgeben, ich las mit zehn Jahren den Gil Blas, mit zwölf die Pucelle. Wie andere in ihrer Kindheit den Däumling, Blaubart, Aschenbrödel, nannte ich Venus und Apollo, Herkules und Laokoon meine Freunde. Mein Gatte war eine heitere, sonnige Natur; nicht einmal das unheilbare Leiden, das ihn nicht lange nach unserer Vermählung ergriff, konnte seine Stirne jemals für die Dauer umwölken. Noch die Nacht vor dem Tode nahm er mich in sein Bett und während der vielen Monate, wo er sterbend in seinem Rollsessel lag, sagte er öfter scherzend zu mir: ›Nun, hast du schon einen Anbeter?‹ Ich wurde schamrot. ›Betrüge mich nicht‹, fügte er einmal hinzu, ›das fände ich häßlich, aber suche dir einen hübschen Mann aus, oder lieber gleich mehrere. Du bist ein braves Weib, aber dabei noch ein halbes Kind, du brauchst Spielzeug.‹

Es ist wohl nicht nötig, Ihnen zu sagen, daß ich, solange er lebte, keinen Anbeter hatte, aber genug, er erzog mich zu dem, was ich bin, zu einer Griechin.«

»Zu einer Göttin«, fiel ich ein.

Sie lächelte. »Zu welcher etwa?«

»Zu einer Venus.«

Sie drohte mit dem Finger und zog die Brauen zusammen. »Am Ende gar zu einer ›*Venus im Pelz*‹, warten Sie nur - ich habe einen großen, großen Pelz, mit dem ich Sie ganz zudecken kann, ich will Sie darin fangen, wie in einem Netz.«

»Glauben Sie auch«, sagte ich rasch, denn mir kam etwas in den Sinn, was ich - so gewöhnlich und abgeschmackt es war - für einen sehr guten Gedanken hielt - »glauben Sie, daß Ihre Ideen sich in unserer Zeit durchführen lassen, daß Venus ungestraft in ihrer unverhüllten Schönheit und Heiterkeit unter Eisenbahnen und Telegraphen wandeln dürfte?«

»*Unverhüllt* gewiß nicht, aber im Pelz«, rief sie lachend, »wollen Sie den meinen sehen?«

»Und dann -«

»Was dann?«

»Schöne, freie, heitere und glückliche Menschen, wie es die Griechen waren, sind nur dann möglich, wenn sie Sklaven haben, welche für sie die unpoetischen Geschäfte des täglichen Lebens verrichten und vor allem für sie arbeiten.«

»Gewiß«, erwiderte sie mutwillig, »vor allem braucht aber eine olympische Göttin, wie ich, ein ganzes Heer von Sklaven. Hüten Sie sich also vor mir.«

»Warum?«

Ich erschrak selbst über die Kühnheit, mit der ich dieses »Warum« herausgebracht hatte; sie indes erschrak durchaus nicht, sie zog die Lippen etwas empor, so daß die kleinen, weißen Zähne sichtbar wurden, und sprach dann leichthin, als handle es sich um etwas, was nicht der Rede wert sei: »Wollen Sie mein Sklave sein?«

»In der Liebe gibt es kein Nebeneinander«, erwiderte ich mit feierlichem Ernst, »sobald ich aber die Wahl habe, zu herrschen oder unterjocht zu werden, scheint es mir weit reizender, der Sklave eines schönen Weibes zu sein. Aber wo finde ich das Weib, das nicht mit kleinlicher Zanksucht Einfluß zu erringen, sondern ruhig und selbstbewußt, ja streng zu herrschen versteht?«

»Nun, das wäre am Ende nicht so schwer.«

»Sie glauben -«

»Ich - zum Beispiel --« sie lachte und bog sich dabei weit zurück - »ich habe Talent zur Despotin - die nötigen Pelze besitze ich auch - aber Sie haben sich heute nacht in allem Ernste vor mir gefürchtet!«

»In allem Ernste.«

»Und jetzt?«

»Jetzt - jetzt fürchte ich mich erst recht vor Ihnen!«

Wir sind täglich beisammen, ich und - Venus; viel beisammen, wir nehmen das Frühstück in meiner Gaisblattlaube und den Tee in ihrem kleinen Salon, und ich habe Gelegenheit, alle meine kleinen, sehr kleinen Talente zu entfalten. Wozu hätte ich mich in allen Wissenschaften unterrichtet, in allen Künsten versucht, wenn ich nicht imstande wäre, ein kleines hübsches Weib -

Aber dieses Weib ist durchaus nicht so klein und imponiert mir ganz ungeheuer. Heute zeichnete ich sie, und da fühlte ich erst so recht deutlich, wie wenig unsere moderne Toilette für diesen Kameenkopf paßt. Sie hat wenig Römisches, aber viel Griechisches in der Bildung ihrer Züge.

Bald möchte ich sie als Psyche, bald als Astarte malen, je nachdem ihre Augen den schwärmerisch seelischen, oder jenen halb verschmachtenden, halb versengenden, müd-wollüstigen Ausdruck haben, aber sie wünscht, daß es ein Porträt werden soll.

Nun, ich werde ihr einen Pelz geben.

Ach! wie konnte ich nur zweifeln, für wen gehört ein fürstlicher Pelz, wenn nicht für sie?

Ich war gestern abend bei ihr und las ihr die römischen Elegien. Dann legte ich das Buch weg und sprach einiges aus dem Kopfe. Sie schien zufrieden, ja noch mehr, sie hing förmlich an meinen Lippen und ihr Busen flog.

Oder habe ich mich getäuscht?

Der Regen pochte melancholisch an die Scheiben, das Feuer am Kamin prasselte winterlich traulich, mir wurde so heimatlich bei ihr, ich hatte einen Augenblick allen Respekt vor dem schönen Weibe verloren und küßte ihre Hand und sie ließ es geschehen. Dann saß ich zu ihren Füßen und las ihr ein kleines Gedicht, das ich für sie gemacht habe.

Venus im Pelz
»Setz' den Fuß auf deinen Sklaven,
Teuflisch holdes Mythenweib,
Unter Myrten und Agaven
Hingestreckt den Marmorleib.«

Ja - nun weiter! Diesmal bin ich wirklich über die erste Strophe hinausgekommen, aber ich habe ihr an jenem Abend das Gedicht auf ihren Befehl gegeben und habe keine Abschrift, und heute, wo ich dies aus meinem Tagebuche herausschreibe, fällt mir nur diese erste Strophe ein.

Es ist eine merkwürdige Empfindung, die ich habe. Ich glaube nicht, daß ich in Wanda verliebt bin, wenigstens habe ich bei unserer ersten Begegnung nichts von jenem blitzartigen Zünden der Leidenschaft gefühlt. Aber ich empfinde, wie ihre außerordentliche, wahrhaft göttliche Schönheit allmählich magische Schlingen um mich legt. Es ist auch keine

Neigung des Gemütes, die in mir entsteht, es ist eine physische Unterwerfung, langsam, aber um so vollständiger.

Ich leide täglich mehr, und sie - sie lächelt nur dazu.

Heute sagte sie mir plötzlich, ohne jede Veranlassung: »Sie interessieren mich. Die meisten Männer sind so gewöhnlich, ohne Schwung, ohne Poesie; in Ihnen ist eine gewisse Tiefe und Begeisterung, vor allem ein Ernst, der mir wohltut. Ich könnte Sie liebgewinnen.«

Nach einem kurzen, aber heftigen Gewitterregen besuchen wir zusammen die Wiese und das Venusbild. Die Erde dampft ringsum, Nebel steigen wie Opferdünste gegen den Himmel, ein zerstückter Regenbogen schwebt in der Luft, noch tropfen die Bäume, aber Sperlinge und Finken springen schon von Zweig zu Zweig und zwitschern lebhaft, wie wenn sie über etwas hoch erfreut wären, und alles ist mit frischem Wohlgeruch erfüllt. Wir können die Wiese nicht überschreiten, denn sie ist noch ganz naß und erscheint von der Sonne beglänzt, wie ein kleiner Teich, aus dessen bewegtem Spiegel die Liebesgöttin emporsteigt, um deren Haupt ein Mückenschwarm tanzt, welcher, von der Sonne beschienen, wie eine Aureole über ihr schwebt.

Wanda freute sich des lieblichen Anblicks, und da auf den Bänken in der Allee noch das Wasser steht, stützt sie sich, um etwas auszuruhen, auf meinen Arm, eine süße Müdigkeit liegt in ihrem ganzen Wesen, ihre Augen sind halb geschlossen, ihr Atem streift meine Wange.

Ich ergreife ihre Hand und - wie es mir gelingt, weiß ich wahrhaftig nicht - ich frage sie:

»Könnten Sie mich lieben?«

»Warum nicht«, erwidert sie und läßt ihren ruhigen, sonnigen Blick auf mir ruhen, aber nicht lange.

Im nächsten Augenblicke knie ich vor ihr und presse mein flammendes Antlitz in den duftigen Mousselin ihrer Robe.

»Aber Severin - das ist ja unanständig!« ruft sie.

Ich aber ergreife ihren kleinen Fuß und presse meine Lippen darauf.

»Sie werden immer unanständiger!« ruft sie, macht sich los und flieht in raschen Sätzen gegen das Haus, während ihr allerliebster Pantoffel in meiner Hand zurückbleibt.

Soll das ein Omen sein?

Ich wagte mich den ganzen Tag über nicht in ihre Nähe. Gegen Abend, ich saß in meiner Laube, blickte plötzlich ihr pikantes rotes Köpfchen durch die grünen Gewinde ihres Balkons. »Warum kommen Sie denn nicht?« schrie sie ungeduldig herab.

Ich lief die Treppe empor, oben verlor ich wieder den Mut und klopfte ganz leise an. Sie sagte nicht herein, sondern öffnete und trat auf die Schwelle.

»Wo ist mein Pantoffel?«

»Er ist - ich habe - ich will«, stotterte ich.

»Holen Sie ihn und dann nehmen wir den Tee zusammen und plaudern.«

Als ich zurückkehrte, war sie mit der Teemaschine beschäftigt. Ich legte den Pantoffel feierlich auf den Tisch und stand im Winkel, wie ein Kind, das seine Strafe erwartet.

Ich bemerkte, daß sie die Stirne etwas zusammengezogen hatte und um ihren Mund etwas Strenges, Herrisches lag, das mich entzückte.

Auf einmal brach sie in Lachen aus.

»Also - Sie sind wirklich verliebt - in mich?«

»Ja, und ich leide dabei mehr, als Sie glauben.«

»Sie leiden?« sie lachte wieder.

Ich war empört, beschämt, vernichtet, aber alles ganz unnötig:

»Wozu?« fuhr sie fort, »ich bin Ihnen ja gut, von Herzen gut.« Sie gab mir die Hand und blickte mich überaus freundlich an.

»Und Sie wollen meine Frau werden?«

Wanda sah mich - ja, wie sah sie mich an? - ich glaube vor allem erstaunt und dann ein wenig spöttisch.

»Woher haben Sie auf einmal so viel Mut?« sagte sie.

»Mut?«

»Ja den Mut überhaupt, eine Frau zu nehmen, und insbesondere mich?«
Sie hob den Pantoffel in die Höhe. »Haben Sie sich so schnell mit diesem
da befreundet? Aber Scherz beiseite. Wollen Sie mich wirklich heiraten?«

»Ja.«

»Nun, Severin, das ist eine ernste Geschichte. Ich glaube, daß Sie mich lieb
haben und auch ich habe Sie lieb, und was noch besser ist, wir
interessieren uns füreinander, es ist keine Gefahr vorhanden, daß wir uns
so bald langweilen, aber Sie wissen, ich bin eine leichtsinnige Frau, und
eben deshalb nehme ich die Ehe sehr ernst, und wenn ich Pflichten
übernehme, so will ich sie auch erfüllen können. Ich fürchte aber - nein -
es muß Ihnen wehe tun.«

»Ich bitte Sie, seien Sie ehrlich gegen mich«, entgegnete ich.

»Also ehrlich gesprochen. Ich glaube nicht, daß ich einen Mann länger
lieben kann - als -« sie neigte ihr Köpfchen anmutig zur Seite und sann
nach.

»Ein Jahr.«

»Wo denken Sie hin - einen Monat vielleicht.«

»Auch mich nicht?«

»Nun Sie - Sie vielleicht zwei.«

»Zwei Monate!« schrie ich auf.

»Zwei Monate, das ist sehr lange.«

»Madame, das ist mehr als antik.«

»Sehen Sie, Sie ertragen die Wahrheit nicht.«

Wanda ging durch das Zimmer, lehnte sich dann gegen den Kamin zurück
und betrachtete mich, mit dem Arme auf dem Sims ruhend.

»Was soll ich also mit Ihnen anfangen?« begann sie wieder. »Was Sie
wollen«, antwortete ich resigniert, »was Ihnen Vergnügen macht.«

»Wie inkonsequent!« rief sie, »erst wollen Sie mich zur Frau und dann
geben Sie sich mir zum Spielzeug.«

»Wanda - ich liebe Sie.«

»Da wären wir wieder dort, wo wir angefangen haben. Sie lieben mich und
wollen mich zur Frau, ich aber will keine neue Ehe schließen, weil ich an
der Dauer meiner und Ihrer Gefühle zweifle.«

»Wenn ich es aber mit Ihnen wagen will?« erwiderte ich. »Dann kommt es
noch darauf an, ob ich es mit Ihnen wagen will«, sprach sie ruhig, »ich

kann mir ganz gut denken, daß ich einem Mann für das Leben gehöre, aber es müßte ein voller Mann sein, ein Mann, der mir imponiert, der mich durch die Gewalt seines Wesens unterwirft, verstehen Sie? und jeder Mann - ich kenne das - wird, sobald er verliebt ist - schwach, biegsam, lächerlich, wird sich in die Hand des Weibes geben, vor ihr auf den Knien liegen, während ich nur jenen dauernd lieben könnte, vor dem ich knien würde. Aber Sie sind mir so lieb geworden, daß ich es mit Ihnen versuchen will.«

Ich stürze zu ihren Füßen.

»Mein Gott! da knien Sie schon«, sprach sie spöttisch, »Sie fangen gut an«, und als ich mich wieder erhoben hatte, fuhr sie fort: »Ich gebe Ihnen ein Jahr Zeit, mich zu gewinnen, mich zu überzeugen, daß wir füreinander passen, daß wir zusammen leben können. Gelingt Ihnen dies, dann bin ich Ihre Frau und dann, Severin, eine Frau, welche ihre Pflichten streng und gewissenhaft erfüllen wird. Während dieses Jahres werden wir wie in einer Ehe leben -«

Mir stieg das Blut zu Kopfe.

Auch ihre Augen flammten plötzlich auf. - »Wir werden zusammenwohnen«, fuhr sie fort, »alle unsere Gewohnheiten teilen, um zu sehen, ob wir uns ineinander finden können. *Ich räume Ihnen alle Rechte eines Gatten, eines Anbeters, eines Freundes ein.* Sind Sie damit zufrieden?«

»Ich muß wohl.«

»Sie müssen nicht.«

»Also ich will -«

»Vortrefflich. So spricht ein Mann. Da haben Sie meine Hand.«

Seit zehn Tagen war ich keine Stunde ohne sie, die Nächte ausgenommen. Ich durfte immerfort in ihre Augen sehen, ihre Hände halten, ihren Reden lauschen, sie überallhin begleiten. Meine Liebe kommt mir wie ein tiefer, bodenloser Abgrund vor, in dem ich immer mehr versinke, aus dem mich jetzt schon nichts mehr retten kann.

Wir hatten uns heute nachmittag auf der Wiese zu den Füßen der Venusstatue gelagert, ich pflückte Blumen und warf sie in ihren Schoß und sie band sie zu Kränzen, mit denen wir unsere Göttin schmückten.

Plötzlich sah mich Wanda so eigentümlich, so sinnverwirrend an, daß meine Leidenschaft gleich Flammen über mich zusammenschlug. Meiner nicht mehr mächtig, schlang ich meine Arme um sie und hing an ihren Lippen und sie - sie preßte mich an ihre wogende Brust.

»Sind Sie böse?« fragte ich dann.

»Ich werde nie über etwas böse, was natürlich ist -« antwortete sie, »ich fürchte nur, Sie leiden.«

»Oh, ich leide furchtbar.«

»Armer Freund«, sie strich mir die wirren Haare aus der Stirne, »ich hoffe aber, nicht durch meine Schuld.«

»Nein -« antwortete ich - »und doch, meine Liebe zu Ihnen ist zu einer Art Wahnsinn geworden. Der Gedanke, daß ich Sie verlieren kann, ja vielleicht in der Tat verlieren soll, quält mich Tag und Nacht.«

»Aber Sie besitzen mich ja noch gar nicht«, sagte Wanda und sah mich wieder an mit jenem vibrierenden, feuchten, verzehrenden Blicke, der mich schon einmal hingerissen hatte, dann erhob sie sich und legte mit ihren kleinen durchsichtigen Händen einen Kranz von blauen Anemonen auf das weiße Lockenhaupt der Venus. Halb gegen meinen Willen schlang ich den Arm um ihren Leib.

»Ich kann nicht mehr sein ohne dich, du schönes Weib«, sprach ich, »glaube mir, dies eine Mal nur glaube mir, es ist keine Phrase, keine Phantasie, ich fühle tief im Innersten, wie mein Leben mit dem deinen zusammenhängt; wenn du dich von mir trennst, werde ich vergehen, zugrunde gehen.«

»Aber das wird ja gar nicht nötig sein, denn ich liebe dich, Mann«, sie nahm mich beim Kinn, »dummer Mann!«

»Aber du willst nur mein sein unter Bedingungen, während ich dir bedingungslos gehöre -«

»Das ist nicht gut, Severin«, erwiderte sie beinahe erschreckt; »kennen Sie mich denn noch nicht, wollen Sie mich durchaus nicht kennenlernen? Ich bin gut, wenn man mich ernst und vernünftig behandelt, aber wenn man sich mir zu sehr hingibt, werde ich übermütig -«

»Sei's denn, sei übermütig, sei despotisch«, rief ich in voller Exaltation, »nur sei mein, sei mein für immer.« Ich lag zu ihren Füßen und umfaßte ihre Knie.

»Das wird nicht gut enden, mein Freund«, sprach sie ernst, ohne sich zu regen.

»Oh! es soll eben nie ein Ende nehmen«, rief ich erregt, ja heftig, »nur der Tod soll uns trennen. Wenn du nicht mein sein kannst, ganz mein und für immer, *so will ich dein Sklave sein,* dir dienen, alles von dir dulden, nur stoß mich nicht von dir.«

»Fassen Sie sich doch«, sagte sie, beugte sich zu mir und küßte mich auf die Stirne. »Ich bin Ihnen ja von Herzen gut, aber das ist nicht der Weg, mich zu erobern, mich festzuhalten.«

»Ich will ja alles, alles tun, was Sie wollen, nur Sie nie verlieren«, rief ich, »nur das nicht, den Gedanken kann ich nicht mehr fassen.«

»Stehen Sie doch auf.« Ich gehorchte.

»Sie sind wirklich ein seltsamer Mensch«, fuhr Wanda fort, »Sie wollen mich also besitzen um jeden Preis?«

»Ja, um jeden Preis.«

»Aber welchen Wert hätte zum Beispiel mein Besitz für Sie?« - Sie sann nach, ihr Auge bekam etwas Lauerndes, Unheimliches - »wenn ich Sie nicht mehr lieben, wenn ich einem andern gehören würde?« -

Es überlief mich. Ich sah sie an, sie stand so fest und selbstbewußt vor mir und ihr Auge zeigte einen kalten Glanz.

»Sehen Sie«, fuhr sie fort, »Sie erschrecken bei dem Gedanken.« Ein liebenswürdiges Lächeln erhellte plötzlich ihr Antlitz.

»Ja, mich faßt ein Grauen, wenn ich mir lebhaft vorstelle, daß ein Weib, das ich liebe, das meine Liebe erwidert hat, sich ohne Erbarmen für mich einem anderen hingibt; aber habe ich dann noch eine Wahl? Wenn ich dieses Weib liebe, wahnsinnig liebe, soll ich ihm stolz den Rücken kehren und an meiner prahlerischen Kraft zugrunde gehen, soll ich mir eine Kugel durch den Kopf jagen? Ich habe zwei Frauenideale. Kann ich mein edles, sonniges, eine Frau, welche mir treu und gütig mein Schicksal teilt, nicht finden, nun dann nur nichts Halbes oder Laues! Dann will ich lieber einem Weibe ohne Tugend, ohne Treue, ohne Erbarmen hingegeben sein. Ein solches Weib in seiner selbstsüchtigen Größe ist auch ein Ideal. Kann ich nicht das Glück der Liebe voll und ganz genießen, dann will ich ihre Schmerzen, ihre Qualen auskosten bis zur Neige; dann will ich von dem Weibe, das ich liebe, mißhandelt, verraten werden, und je grausamer, um so besser. Auch das ist ein Genuß!«

»Sind Sie bei Sinnen!« rief Wanda.

»Ich liebe Sie so mit ganzer Seele«, fuhr ich fort, »so mit allen meinen Sinnen, daß Ihre Nähe, Ihre Atmosphäre mir unentbehrlich ist, wenn ich noch weiterleben soll. Wählen Sie also zwischen meinen Idealen. Machen Sie aus mir, was Sie wollen, Ihren Gatten oder Ihren Sklaven.«

»Gut denn«, sprach Wanda, die kleinen aber energisch geschwungenen Brauen zusammenziehend, »ich denke mir das sehr amüsant, einen Mann, der mich interessiert, der mich liebt, so ganz in meiner Hand zu haben; es wird mir mindestens nicht an Zeitvertreib fehlen. Sie waren so unvorsichtig, mir die Wahl zu lassen. Ich wähle also, ich will, daß Sie mein Sklave sind, ich werde mein Spielzeug aus Ihnen machen!«

»Oh! tun Sie das«, rief ich halb schauernd, halb entzückt, »wenn eine Ehe nur auf Gleichheit, auf Übereinstimmung gegründet sein kann, so entstehen dagegen die größten Leidenschaften durch Gegensätze. Wir sind solche Gegensätze, die sich beinahe feindlich gegenüberstehen, daher diese Liebe bei mir, die zum Teil Haß, zum Teil Furcht ist. In einem solchen Verhältnisse aber kann nur eines Hammer, das andere Amboß sein. Ich will Amboß sein. Ich kann nicht glücklich sein, wenn ich auf die Geliebte herabsehe. Ich will ein Weib anbeten können, und das kann ich nur dann, wenn es grausam gegen mich ist.«

»Aber, Severin«, entgegnete Wanda beinahe zornig, »halten Sie mich denn dessen für fähig, einen Mann, der mich so liebt wie Sie, den ich liebe, zu mißhandeln?«

»Warum nicht, wenn ich Sie dafür um so mehr anbete? *Man kann nur wahrhaft lieben, was über uns steht*, ein Weib, das uns durch Schönheit, Temperament, Geist, Willenskraft unterwirft, das unsere Despotin wird.«

»Also das, was andere abstößt, zieht Sie an?«

»So ist es. Es ist eben meine Seltsamkeit.«

»Nun, am Ende ist an allen Ihren Passionen nichts so Apartes oder Seltsames, denn wem gefällt nicht ein schöner Pelz und jeder weiß und fühlt, wie nahe Wollust und Grausamkeit verwandt sind.«

»Bei mir ist dies alles aber auf das Höchste gesteigert«, erwiderte ich.

»Das heißt, die Vernunft hat wenig Gewalt über Sie, und Sie sind eine weiche hingebende sinnliche Natur.«

»Waren die Märtyrer auch weiche sinnliche Naturen?«

»Die Märtyrer?«

»Im Gegenteil, es waren *übersinnliche Menschen,* welche im Leiden einen Genuß fanden, welche die furchtbarsten Qualen, ja den Tod suchten wie andere die Freude, und so ein *Übersinnlicher* bin ich, Madame.«

»Geben Sie nur acht, daß Sie dabei nicht auch zum Märtyrer der Liebe, zum *Märtyrer eines Weibes* werden.«

Wir sitzen auf Wandas kleinem Balkon in der lauen, duftigen Sommernacht, ein zweifaches Dach über uns, zuerst den grünen Plafond von Schlingpflanzen, dann die mit unzähligen Sternen besäte Himmelsdecke. Aus dem Park tönt der leise, weinerlich verliebte Lockton einer Katze, und ich sitze auf einem Schemel zu den Füßen meiner Göttin und erzähle von meiner Kindheit.

»Und damals schon waren alle diese Seltsamkeiten bei Ihnen ausgeprägt?« fragte Wanda.

»Gewiß, ich erinnere mich keiner Zeit, wo ich sie nicht hatte, ja schon in der Wiege, so erzählte mir meine Mutter später, war ich *übersinnlich,* verschmähte die gesunde Brust der Amme, und man mußte mich mit Ziegenmilch nähren. Als kleiner Knabe zeigte ich eine rätselhafte Scheu vor Frauen, in welcher sich eigentlich nur ein unheimliches Interesse für dieselben ausdrückte. Das graue Gewölbe, das Halbdunkel einer Kirche beängstigten mich, und vor den glitzernden Altären und Heiligenbildern faßte mich eine förmliche Angst. Dagegen schlich ich heimlich, wie zu einer verbotenen Freude, zu einer Venus aus Gips, welche in dem kleinen Bibliothekszimmer meines Vaters stand, kniete nieder und sprach zu ihr die Gebete, die man mir eingelernt, das Vaterunser, das Gegrüßt seist du Maria und das Credo.

Einmal verließ ich nachts mein Bett, um sie zu besuchen, die Mondsichel leuchtete mir und ließ die Göttin in einem fahlblauen kalten Licht erscheinen. Ich warf mich vor ihr nieder, küßte ihre kalten Füße, wie ich es bei unsern Landleuten gesehen hatte, wenn sie die Füße des toten Heilands küßten.

Eine unbezwingliche Sehnsucht ergriff mich.

Ich stieg empor und umschlang den schönen kalten Leib und küßte die kalten Lippen, da sank ein tiefer Schauer auf mich herab und ich entfloh, und im Traume war es mir, als stünde die Göttin vor meinem Lager und drohe mir mit erhobenem Arm.

Man schickte mich frühzeitig in die Schule und so kam ich bald an das Gymnasium und ergriff alles mit Leidenschaft, was mir die antike Welt zu erschließen versprach. Ich war bald mit den Göttern Griechenlands vertrauter als mit der Religion Jesu, ich gab mit Paris Venus den verhängnisvollen Apfel, ich sah Troja brennen und folgte Odysseus auf seinen Irrfahrten. Die Urbilder alles Schönen senkten sich tief in meine Seele, und so zeigte ich zu jener Zeit, wo andere Knaben sich roh und unflätig gebärden, einen unüberwindlichen Abscheu gegen alles Niedere, Gemeine, Unschöne.

Als etwas ganz besonders Niederes und Unschönes erschien jedoch dem reifenden Jüngling die Liebe zum Weibe, so wie sie sich ihm zuerst in ihrer vollen Gewöhnlichkeit zeigte. Ich mied jede Berührung mit dem schönen Geschlechte, kurz, ich war übersinnlich bis zur Verrücktheit.

Meine Mutter bekam - ich war damals etwa vierzehn Jahre alt - ein reizendes Stubenmädchen, jung, hübsch, mit schwellenden Formen. Eines Morgens, ich studierte meinen Tacitus und begeisterte mich an den Tugenden der alten Germanen, kehrte die Kleine bei mir aus; plötzlich hielt sie inne, neigte sich, den Besen in der Hand, zu mir, und zwei volle frische köstliche Lippen berührten die meinen. Der Kuß der verliebten kleinen Katze durchschauerte mich, aber ich erhob meine ›Germania‹ wie ein Schild gegen die Verführerin und verließ entrüstet das Zimmer.«

Wanda brach in lautes Lachen aus. »Sie sind in der Tat ein Mann, der seinesgleichen sucht, aber fahren Sie nur fort.«

»Eine andere Szene aus jener Zeit bleibt mir unvergeßlich«, erzählte ich weiter, »Gräfin Sobol, eine entfernte Tante von mir, kam zu meinen Eltern auf Besuch, eine majestätische schöne Frau mit einem reizenden Lächeln; ich aber haßte sie, denn sie galt in der Familie als eine Messalina, und benahm mich so unartig, boshaft und täppisch, wie nur möglich gegen sie.

Eines Tages fuhren meine Eltern in die Kreisstadt. Meine Tante beschloß ihre Abwesenheit zu benützen und Gericht über mich zu halten. Unerwartet trat sie in ihrer pelzgefütterten Kazabaika herein, gefolgt von der Köchin, Küchenmagd und der kleinen Katze, die ich verschmäht hatte. Ohne viel zu fragen, ergriffen sie mich und banden mich, trotz meiner heftigen Gegenwehr, an Händen und Füßen, dann schürzte meine Tante mit einem bösen Lächeln den Ärmel empor und begann mich mit einer großen Rute zu hauen, und sie hieb so tüchtig, daß Blut floß und ich zuletzt, trotz meinem Heldenmut, schrie und weinte und um Gnade bat. Sie ließ mich hierauf losbinden, aber ich mußte ihr kniend für die Strafe danken und die Hand küssen.

Nun sehen Sie den übersinnlichen Toren! Unter der Rute der schönen üppigen Frau, welche mir in ihrer Pelzjacke wie eine zürnende Monarchin erschien, erwachte in mir zuerst der Sinn für das Weib, und meine Tante erschien mir fortan als die reizendste Frau auf Gottes Erdboden.

Meine katonische Strenge, meine Scheu vor dem Weibe war eben nichts, als ein auf das Höchste getriebener Schönheitsinn; die Sinnlichkeit wurde in meiner Phantasie jetzt zu einer Art Kultur, und ich schwur mir, ihre heiligen Empfindungen ja nicht an ein gewöhnliches Wesen zu verschwenden, sondern für eine ideale Frau, womöglich für die Liebesgöttin selbst aufzusparen.

Ich kam sehr jung an die Universität und in die Hauptstadt, in welcher meine Tante wohnte. Meine Stube glich damals jener des Doktor Faust. Alles stand in derselben wirr und kraus, hohe Schränke mit Büchern vollgepfropft, welche ich um Spottpreise bei einem jüdischen Antiquar in der Servanica erhandelte, Globen, Atlanten, Phiolen, Himmelskarten, Tiergerippe, Totenköpfe, Büsten großer Geister. Hinter dem großen grünen Ofen konnte jeden Augenblick Mephistopheles als fahrender Scholast hervortreten.

Ich studierte alles durcheinander, ohne System, ohne Wahl, Chemie, Alchimie, Geschichte, Astronomie, Philosophie, die Rechtswissenschaften, Anatomie und Literatur; las Homer, Virgil, Ossian, Schiller, Goethe, Shakespeare, Cervantes, Voltaire, Molière, den Koran, den Kosmos, Casanovas Memoiren. Ich wurde jeden Tag wirrer, phantastischer und übersinnlicher. Und immer hatte ich ein schönes ideales Weib im Kopfe, das mir von Zeit zu Zeit gleich einer Vision auf Rosen gebettet, von Amoretten umringt, zwischen meinen Lederbänden und Totenbeinen erschien, bald in olympischer Toilette, mit dem strengen weißen Antlitz der gipsernen Venus, bald mit den üppigen braunen Flechten, den lachenden blauen Augen und in der rotsamtenen hermelinbesetzten Kazabaika meiner schönen Tante.

Eines Morgens, nachdem sie mir wieder in vollem lachenden Liebreiz aus dem goldenen Nebel meiner Phantasie aufgetaucht war, ging ich zu Gräfin Sobol, welche mich freundlich, ja herzlich empfing und mir zum

Willkomm einen Kuß gab, der alle meine Sinne verwirrte. Sie war jetzt wohl nahe an vierzig Jahre, aber wie die meisten jener unverwüstlichen Lebefrauen noch immer begehrenswert, sie trug auch jetzt stets eine pelzbesetzte Jacke, und zwar diesmal von grünem Samt mit braunem Edelmarder, aber von jener Strenge, die mich damals an ihr entzückt hatte, war nichts zu entdecken.

Im Gegenteil sie war so wenig grausam gegen mich, daß sie mir ohne viel Umstände die Erlaubnis gab, sie anzubeten.

Sie hatte meine übersinnliche Torheit und Unschuld nur zu bald entdeckt, und es machte ihr Vergnügen, mich glücklich zu machen. Und ich - ich war in der Tat selig wie ein junger Gott. Welcher Genuß war es für mich, wenn ich, vor ihr auf den Knien liegend, ihre Hände küssen durfte, mit denen sie mich damals gezüchtigt hatte. Ach! was für wunderbare Hände! von so schöner Bildung, so fein und voll und weiß, und mit welch' allerliebsten Grübchen. Ich war eigentlich nur in diese Hände verliebt. Ich trieb mein Spiel mit ihnen, ließ sie in dem dunklen Pelz auf- und abtauchen, ich hielt sie gegen die Flamme und konnte mich nicht satt sehen an ihnen.«

Wanda betrachtete unwillkürlich ihre Hände, ich bemerkte es und mußte lächeln.

»Wie zu jeder Zeit das Übersinnliche bei mir überwog, sehen Sie daraus, daß ich bei meiner Tante in die grausamen Rutenhiebe, welche ich von ihr empfangen hatte und bei einer jungen Schauspielerin, welcher ich etwa zwei Jahre später den Hof machte, nur in ihre Rollen verliebt war. Ich habe dann auch für eine sehr achtbare Frau geschwärmt, welche die unnahbare Tugend spielte, um mich schließlich an einen reichen Juden zu verraten. Sehen Sie, weil ich von einer Frau, welche die strengsten Grundsätze, die idealsten Empfindungen heuchelte, betrogen, verkauft wurde: deshalb hasse ich diese Sorte poetischer, sentimentaler Tugenden so sehr; geben Sie mir ein Weib, das ehrlich genug ist, mir zu sagen: ich bin eine Pompadour, eine Lucretia Borgia, und ich will sie anbeten.«

Wanda stand auf und öffnete das Fenster.

»Sie haben eine eigentümliche Manier, die Phantasie zu erhitzen, einem alle Nerven aufzuregen, alle Pulse höher schlagen zu machen. Sie geben dem Laster eine Aureole, wenn es nur ehrlich ist. Ihr Ideal ist eine kühne geniale Kurtisane; oh! Sie sind mir der Mann, eine Frau von Grund aus zu verderben!«

Mitten in der Nacht klopfte es an mein Fenster, ich stand auf, öffnete und schrak zusammen. Draußen stand Venus im Pelz, genau so wie sie mir das erstemal erschienen war.

»Sie haben mich mit Ihren Geschichten aufgeregt, ich wälze mich auf meinem Lager und kann nicht schlafen«, sprach sie, »kommen Sie jetzt nur, mir Gesellschaft leisten.«

»Im Augenblicke.«

Als ich eintrat, kauerte Wanda vor dem Kamin, in dem sie ein kleines Feuer angefacht hatte.

»Der Herbst meldet sich«, begann sie, »die Nächte sind schon recht kalt. Ich fürchte, Ihnen zu mißfallen, aber ich kann meinen Pelz nicht abwerfen, ehe das Zimmer nicht warm genug ist.«

»Mißfallen - Schalk! - Sie wissen doch -« ich schlang den Arm um sie und küßte sie.

»Freilich weiß ich, aber woher haben Sie diese große Vorliebe für den Pelz?«

»Sie ist mir angeboren«, erwiderte ich, »ich zeigte sie schon als Kind. Übrigens übt Pelzwerk auf alle nervösen Naturen eine aufregende Wirkung, welche auf ebenso allgemeinen als natürlichen Gesetzen beruht. Es ist ein physischer Reiz, welcher wenigstens ebenso seltsam prickelnd ist, und dem sich niemand ganz entziehen kann. Die Wissenschaft hat in neuester Zeit eine gewisse Verwandtschaft zwischen Elektrizität und Wärme nachgewiesen, verwandt sind ja jedenfalls ihre Wirkungen auf den menschlichen Organismus. Die heiße Zone erzeugt leidenschaftlichere Menschen, eine warme Atmosphäre Aufregung. Genauso die Elektrizität. Daher der hexenhaft wohltätige Einfluß, welchen die Gesellschaft von Katzen auf reizbare geistige Menschen übt und diese langgeschwänzten Grazien der Tierwelt, diese niedlichen, funkensprühenden, elektrischen Batterien zu den Lieblingen eines Mahomed, Kardinal Richelieu, Crebillon, Rousseau, Wieland, gemacht hat.

»Eine Frau, die also einen Pelz trägt«, rief Wanda, »ist also nichts anderes als eine große Katze, eine verstärkte elektrische Batterie?«

»Gewiß«, erwiderte ich, »und so erkläre ich mir auch die symbolische Bedeutung, welche der Pelz als Attribut der Macht und Schönheit bekam. In diesem Sinne nahmen ihn in früheren Zeiten Monarchen und ein gebietender Adel durch Kleiderordnungen ausschließlich für sich in Anspruch und große Maler für die Königinnen der Schönheit. So fand ein Raphael für die göttlichen Formen der Fornarina, Titian für den rosigen Leib seiner Geliebten keinen köstlicheren Rahmen als dunklen Pelz.«

»Ich danke für die gelehrt erotische Abhandlung«, sprach Wanda, »aber Sie haben mir nicht alles gesagt, Sie verbinden noch etwas ganz Apartes mit dem Pelz.«

»Allerdings«, rief ich, »ich habe Ihnen schon wiederholt gesagt, daß im Leiden ein seltsamer Reiz für mich liegt, daß nichts so sehr imstande ist, meine Leidenschaft anzufachen als die Tyrannei, die Grausamkeit, und vor allem die Treulosigkeit eines schönen Weibes. Und dieses Weib, dieses seltsame Ideal aus der Ästhetik des Häßlichen, die Seele eines Nero im Leibe einer Phryne, kann ich mir nicht ohne Pelz denken.«

»Ich begreife«, warf Wanda ein, »er gibt einer Frau etwas Herrisches, Imponierendes.«

»Es ist nicht das allein«, fuhr ich fort, »Sie wissen, daß ich ein ›Übersinnlicher‹ bin, daß bei mir alles mehr in der Phantasie wurzelt und von dort seine Nahrung empfängt. Ich war früh entwickelt und überreizt, als ich mit zehn Jahren etwa die Legenden der Märtyrer in die Hand bekam; ich erinnere mich, daß ich mit einem Grauen, das eigentlich Entzücken war, las, wie sie im Kerker schmachteten, auf den Rost gelegt, mit Pfeilen durchschossen, in Pech gesotten, wilden Tieren vorgeworfen, an das Kreuz geschlagen wurden, und das Entsetzlichste mit einer Art Freude litten. Leiden, grausame Qualen erdulden, erschien mir fortan als ein Genuß, und ganz besonders durch ein schönes Weib, da sich mir von jeher alle Poesie, wie alles Dämonische im Weibe konzentrierte. Ich trieb mit demselben einen förmlichen Kultus.

Ich sah in der Sinnlichkeit etwas Heiliges, ja das einzig Heilige, in dem Weibe und seiner Schönheit etwas Göttliches, indem die wichtigste Aufgabe des Daseins: die Fortpflanzung der Gattung vor allem ihr Beruf ist; ich sah im Weibe die Personifikation der Natur, die Isis, und in dem Manne ihren Priester, ihren Sklaven und sah sie ihm gegenüber grausam wie die Natur, welche, was ihr gedient hat, von sich stößt, sobald sie seiner nicht mehr bedarf, während ihm noch ihre Mißhandlungen, ja der Tod durch sie zur wollüstigen Seligkeit werden.

Ich beneidete König Gunther, den die gewaltige Brunhilde in der Brautnacht band; den armen Troubadour, den seine launische Herrin in Wolfsfelle nähen ließ, um ihn dann gleich einem Wild zu jagen; ich beneidete den Ritter Ctirad, den die kühne Amazone Scharka durch List im Walde bei Prag gefangennahm, auf die Burg Divin schleppte, und nachdem sie sich einige Zeit mit ihm die Zeit vertrieben hatte, auf das Rad flechten ließ -«

»Abscheulich!« rief Wanda, »ich würde Ihnen wünschen, daß Sie einem Weibe dieser wilden Rasse in die Hände fielen, im Wolfsfell, unter den Zähnen der Rüden oder auf dem Rade würde Ihnen schon die Poesie vergehen.«

»Glauben Sie? ich glaube nicht.«

»Sie sind wirklich nicht ganz gescheit.«

»Möglich. Aber hören Sie weiter, ich las fortan mit einer wahren Gier Geschichten, in denen die furchtbarsten Grausamkeiten geschildert, und sah mit besonderer Lust Bilder, Stiche, auf denen sie zur Darstellung kamen, und alle die blutigen Tyrannen, die je auf einem Throne saßen, die Inquisitoren, welche die Ketzer foltern, braten, schlachten ließen, alle jene Frauen, welche in den Blättern der Weltgeschichte als wollüstig, schön und gewalttätig verzeichnet sind, wie Libussa, Lucretia Borgia, Agnes von Ungarn, Königin Margot, Isabeau, die Sultanin Roxolane, die russischen Zarinnen des vorigen Jahrhunderts, alle sah ich in Pelzen oder hermelinverbrämten Roben.«

»Und so erweckt Ihnen jetzt der Pelz Ihre seltsamen Phantasien«, rief Wanda, und sie begann zu gleicher Zeit sich mit ihrem prächtigen Pelzmantel kokett zu drapieren, so daß die dunklen glänzenden Zobelfelle entzückend um ihre Büste, ihre Arme spielten. »Nun, wie ist Ihnen jetzt zumute, fühlen Sie sich schon halb gerädert?« Ihre grünen durchdringenden Augen ruhten mit einem seltsamen, höhnischen Behagen auf mir, als ich mich von Leidenschaften übermannt vor ihr niederwarf und die Arme um sie schlang. »Ja - Sie haben in mir meine Lieblingsphantasie erweckt«, rief ich, »die lange genug geschlummert.«

»Und diese wäre?« sie legte die Hand auf meinen Nacken. Mich ergriff unter dieser kleinen warmen Hand, unter ihrem Blick, der zärtlich forschend durch die halbgeschlossenen Lider auf mich fiel, eine süße Trunkenheit.

»Der Sklave eines Weibes, eines schönen Weibes zu sein, das ich liebe, das ich anbete!«

»Und das Sie dafür mißhandelt!« unterbrach mich Wanda lachend.

»Ja, das mich bindet und peitscht, das mir Fußtritte gibt, während es einem andern gehört.«

»Und das, wenn Sie durch Eifersucht wahnsinnig gemacht, dem beglückten Nebenbuhler entgegentreten, in seinem Übermute so weit geht, Sie an denselben zu verschenken und seiner Roheit preiszugeben. Warum nicht? Gefällt Ihnen das Schlußtableau weniger?«

Ich sah Wanda erschreckt an. »Sie übertreffen meine Träume.«

»Ja, wir Frauen sind erfinderisch«, sprach sie, »geben Sie acht, wenn Sie Ihr Ideal finden, kann es leicht geschehen, daß es Sie grausamer behandelt als Ihnen lieb ist.«

»Ich fürchte, ich habe mein Ideal bereits gefunden!« rief ich, und preßte mein glühendes Antlitz in ihren Schoß.

»Doch nicht mich?« rief Wanda, warf den Pelz ab und sprang lachend im Zimmer herum; sie lachte noch, als ich die Treppe hinabstieg, und als ich nachdenkend im Hofe stand, hörte ich noch oben ihr mutwilliges ausgelassenes Gelächter.

»Soll ich Ihnen also Ihr Ideal verkörpern?« sprach Wanda schelmisch, als wir uns heute im Parke trafen.

Anfangs fand ich keine Antwort. In mir kämpften die widersprechendsten Empfindungen. Sie ließ sich indes auf eine der steinernen Bänke nieder und spielte mit einer Blume.

»Nun - soll ich?«

Ich kniete nieder und faßte ihre Hände.

»Ich bitte Sie noch einmal, werden Sie meine Frau, mein treues, ehrliches Weib; können Sie das nicht, dann seien Sie mein Ideal, aber dann ganz, ohne Rückhalt, ohne Milderung.«

»Sie wissen, daß ich in einem Jahre Ihnen meine Hand reichen will, wenn Sie der Mann sind, den ich suche«, entgegnete Wanda sehr ernst, »aber ich glaube, Sie würden mir dankbarer sein, wenn ich Ihnen Ihre Phantasie verwirkliche. Nun, was ziehen Sie vor?«

»Ich glaube, daß alles das, was mir in meiner Einbildung vorschwebt, in Ihrer Natur liegt.«

»Sie täuschen sich.«

»Ich glaube«, fuhr ich fort, »daß es Ihnen Vergnügen macht, einen Mann ganz in Ihrer Hand zu haben, zu quälen -«

»Nein, nein!« rief sie lebhaft, »oder doch« - sie sann nach. »Ich verstehe mich selbst nicht mehr«, fuhr sie fort, »aber ich muß Ihnen ein Geständnis machen. Sie haben meine Phantasie verdorben, mein Blut erhitzt, ich fange an, an allem dem Gefallen zu finden, die Begeisterung, mit der Sie von einer Pompadour, einer Katharina II. und von all den anderen selbstsüchtigen, frivolen und grausamen Frauen sprechen, reißt mich hin, senkt sich in meine Seele und treibt mich, diesen Frauen ähnlich zu werden, welche trotz ihrer Schlechtigkeit, so lange sie lebten, sklavisch angebetet wurden und noch im Grabe Wunder wirken.

Am Ende machen Sie aus mir noch eine Miniaturdespotin, eine Pompadour zum Hausgebrauche.«

»Nun denn«, sprach ich erregt, »wenn dies in Ihnen liegt, dann geben Sie sich dem Zuge Ihrer Natur hin, nur nichts Halbes; können Sie nicht ein braves, treues Weib sein, so seien Sie ein Teufel.«

Ich war übernächtig, aufgeregt, die Nähe der schönen Frau ergriff mich wie ein Fieber, ich weiß nicht mehr, was ich sprach, aber ich erinnere mich, daß ich ihre Füße küßte und zuletzt ihren Fuß aufhob und auf meinen Nacken setzte. Sie aber zog ihn rasch zurück und erhob sich beinahe zornig. »Wenn Sie mich lieben, Severin«, sprach sie rasch, ihre Stimme klang scharf und gebieterisch, »so sprechen Sie nicht mehr von diesen Dingen. Verstehen Sie mich, nie mehr. Ich könnte am Ende wirklich -« Sie lächelte und setzte sich wieder.

»Es ist mein voller Ernst«, rief ich halb phantasierend, »ich bete Sie so sehr an, daß ich alles von Ihnen dulden will um den Preis, mein ganzes Leben in Ihrer Nähe sein zu dürfen.«

»Severin, ich warne Sie noch einmal.«

»Sie warnen mich vergebens. Machen Sie mit mir, was Sie wollen, nur stoßen Sie mich nicht ganz von sich.«

»Severin«, entgegnete Wanda, »ich bin ein leichtsinniges, junges Weib, es ist gefährlich für Sie, sich mir so ganz hinzugeben, Sie werden am Ende in der Tat mein Spielzeug; wer schützt Sie dann, daß ich Ihren Wahnsinn nicht mißbrauche?«

»Ihr edles Wesen.«

»Gewalt macht übermütig.«

»So sei übermütig«, rief ich, »tritt mich mit Füßen.«

Wanda schlang ihre Arme um meinen Nacken, sah mir in die Augen und schüttelte den Kopf. »Ich fürchte, ich werde es nicht können, aber ich will es versuchen, dir zulieb, denn ich liebe dich, Severin, wie ich noch keinen Mann geliebt habe.«

Sie nahm heute plötzlich Hut und Schal und ich mußte sie in den Bazar begleiten. Dort ließ sie sich Peitschen zeigen, lange Peitschen an kurzem Stiel, wie man sie für Hunde hat.

»Diese dürften genügen«, sprach der Verkäufer.

»Nein, sie sind viel zu klein«, erwiderte Wanda mit einem Seitenblick auf mich, »ich brauche eine große -«

»Für eine Bulldogge wohl?« meinte der Kaufmann.

»Ja«, rief sie, »in der Art, wie man sie in Rußland hatte für widerspenstige Sklaven.«

Sie suchte und wählte endlich eine Peitsche, bei deren Anblick es mich etwas unheimlich beschlich.

»Nun adieu, Severin«, sagte sie, »ich habe noch einige Einkäufe, bei denen Sie mich nicht begleiten dürfen.«

Ich verabschiedete mich und machte einen Spaziergang, auf dem Rückwege sah ich Wanda aus dem Gewölbe eines Kürschners heraustreten. Sie winkte mir.

»Überlegen Sie sich's noch«, begann sie vergnügt, »ich habe Ihnen nie ein Geheimnis daraus gemacht, daß mich vorzüglich Ihr ernstes, sinnendes Wesen gefesselt hat; es reizt mich nun freilich, den ernsten Mann mir ganz hingegeben, ja geradezu verzückt zu meinen Füßen zu sehen - ob aber dieser Reiz auch anhalten wird? Das Weib liebt den Mann, den Sklaven mißhandelt es und stößt ihn zuletzt noch mit dem Fuße weg.«

»Nun, so stoße mich mit dem Fuße fort, wenn du mich satt hast«, entgegnete ich, »ich will dein Sklave sein.«

»Ich sehe, daß gefährliche Anlagen in mir schlummern«, sagte Wanda, nachdem wir wieder einige Schritte gegangen waren, »du weckst sie und nicht zu deinem Besten, du verstehst es, die Genußsucht, die Grausamkeit, den Übermut so verlockend zu schildern - was wirst du sagen, wenn ich mich darin versuche und wenn ich es zuerst an dir versuche, wie Dionys, welcher den Erfinder des eisernen Ochsen zuerst in demselben braten ließ, um sich zu überzeugen, ob sein Jammern, sein Todesröcheln auch wirklich wie das Brüllen eines Ochsen klinge.

Vielleicht bin ich so ein weiblicher Dionys?«

»Sei es«, rief ich, »dann ist meine Phantasie erfüllt. Ich gehöre dir im Guten oder Bösen, wähle du selbst. Mich treibt das Schicksal, das in meiner Brust ruht - dämonisch - übermächtig.«

>

> »*Mein Geliebter*!
> Ich will dich heute und morgen nicht sehen und übermorgen erst am Abend, und dann *als meinen Sklaven*.
>> Deine Herrin
>> Wanda.«

»Als meinen Sklaven« war unterstrichen. Ich las das Billett, das ich früh am Morgen erhielt, noch einmal, ließ mir dann einen Esel, ein echtes Gelehrtentier, satteln und ritt in das Gebirge, um meine Leidenschaft, meine Sehnsucht in der großartigen Karpatennatur zu betäuben.

Da bin ich wieder, müde, hungrig, durstig und vor allem verliebt. Ich kleide mich rasch um und klopfe wenige Augenblicke darnach an ihre Türe.

»Herein!«

Ich trete ein. Sie steht mitten im Zimmer, in einer weißen Atlasrobe, welche wie Licht an ihr herunterfließt, und einer Kazabaika von scharlachrotem Atlas mit reichem, üppigem Hermelinbesatz, in dem gepuderten, schneeigen Haar ein kleines Diamantendiadem, die Arme auf der Brust gekreuzt, die Brauen zusammengezogen.

»Wanda!« Ich eile auf sie zu, will den Arm um sie schlingen, sie küssen; sie tritt einen Schritt zurück und mißt mich von oben bis unten.

»Sklave!«

»Herrin!« Ich knie nieder und küsse den Saum ihres Gewandes.

»So ist es recht.«

»Oh! wie schön du bist.«

»Gefall' ich dir?« Sie trat vor den Spiegel und betrachtete sich mit stolzem Wohlgefallen.

»Ich werde noch wahnsinnig!«

Sie zuckte verächtlich mit der Unterlippe und sah mich mit halbgeschlossenen Lidern spöttisch an.

»Gib mir die Peitsche.«

Ich blickte im Zimmer umher.

»Nein«, rief sie, »bleib nur knien!« Sie schritt zum Kamine, nahm die Peitsche vom Sims und ließ sie, mich mit einem Lächeln betrachtend, durch die Luft pfeifen, dann schürzte sie den Ärmel ihrer Pelzjacke langsam auf.

»Wunderbares Weib!« rief ich.

»Schweig, Sklave!« sie blickte plötzlich finster, ja wild und hieb mich mit der Peitsche; im nächsten Augenblicke schlang sie jedoch den Arm zärtlich um meinen Nacken und bückte sich mitleidig zu mir. »Habe ich dir weh getan?« fragte sie halb verschämt, halb ängstlich.

»Nein!« entgegnete ich, »und wenn es wäre, mir sind Schmerzen, die du mir bereitest, ein Genuß. Peitsche mich nur, wenn es dir ein Vergnügen macht.«

»Aber es macht mir kein Vergnügen.«

Wieder ergriff mich jene seltsame Trunkenheit.

»Peitsche mich«, bat ich, »peitsche mich ohne Erbarmen.«

Wanda schwang die Peitsche und traf mich zweimal. »Hast du jetzt genug?«

»Nein.«

»Im Ernste, nein?«

»Peitsche mich, ich bitte dich, es ist mir ein Genuß.«

»Ja, weil du gut weißt, daß es nicht Ernst ist«, erwiderte sie, »daß ich nicht das Herz habe, dir weh zu tun. Mir widerstrebt das ganze rohe Spiel. Wäre ich wirklich das Weib, das seinen Sklaven peitscht, du würdest dich entsetzen.«

»Nein, Wanda«, sprach ich, »ich liebe dich mehr als mich selbst, ich bin dir hingegeben auf Tod und Leben, du kannst im Ernste mit mir anfangen, was dir beliebt, ja, was dir nur dein Übermut eingibt.«

»Severin!«

»Tritt mich mit Füßen!« rief ich und warf mich, das Antlitz zur Erde, vor ihr nieder.

»Ich hasse alles, was Komödie ist«, sprach Wanda ungeduldig.

»Nun, so mißhandle mich im Ernste.«

Eine unheimliche Pause.

»Severin, ich warne dich noch ein letztes Mal«, begann Wanda.

»Wenn du mich liebst, so sei grausam gegen mich«, flehte ich, das Auge zu ihr erhoben.

»Wenn ich dich liebe?« wiederholte Wanda. »Nun gut!« sie trat zurück und betrachtete mich mit einem finsteren Lächeln. »*So sei denn mein Sklave und fühle, was es heißt, in die Hände eines Weibes gegeben zu sein.*« Und in demselben Augenblicke gab sie mir einen Fußtritt. »Nun, wie behagt dir das, Sklave?«

Dann schwang sie die Peitsche.

»Richte dich auf!«

Ich wollte mich erheben.

»Nicht so«, gebot sie, »auf die Knie.«

Ich gehorchte und sie begann mich zu peitschen.

Die Hiebe fielen rasch und kräftig auf meinen Rücken, meine Arme, ein jeder schnitt in mein Fleisch und brannte hier fort, aber die Schmerzen entzückten mich, denn sie kamen ja von ihr, die ich anbetete, für die ich jede Stunde bereit war, mein Leben zu lassen.

Jetzt hielt sie inne. »Ich fange an, Vergnügen daran zu finden«, sprach sie, »für heute ist es genug, aber mich ergreift eine teuflische Neugier, zu sehen, wie weit deine Kraft reicht, eine grausame Lust, dich unter meiner Peitsche beben, sich krümmen zu sehen und endlich dein Stöhnen, dein Jammern zu hören und so fort, bis du um Gnade bittest und ich ohne Erbarmen fortpeitsche, bis dir die Sinne schwinden. Du hast gefährliche Elemente in meiner Natur geweckt. Nun aber steh' auf.«

Ich ergriff ihre Hand, um sie an meine Lippen zu drücken.

»Welche Frechheit.«

Sie stieß mich mit dem Fuße von sich.

»Aus meinen Augen, Sklave!«

Nachdem ich die Nacht wie im Fieber in wirren Träumen gelegen, bin ich erwacht. Es dämmerte kaum.

Was ist wahr von dem, was in meiner Erinnerung schwebt? Was habe ich erlebt und was nur geträumt? Gepeitscht bin ich worden, das ist gewiß, ich fühle noch jeden einzelnen Hieb, ich kann die roten, brennenden Streifen an meinem Leib zählen. Und sie hat mich gepeitscht. Ja, jetzt weiß ich alles.

Meine Phantasie ist Wahrheit geworden. Wie ist mir? Hat mich die Wirklichkeit meines Traumes enttäuscht?

Nein, ich bin nur etwas müde, aber ihre Grausamkeit erfüllt mich mit Entzücken. Oh! wie ich sie liebe, sie anbete! Ach! dies alles drückt nicht im entferntesten aus, was ich für sie empfinde, wie ich mich ganz ihr hingegeben fühle. Welche Seligkeit, ihr Sklave zu sein.

Sie ruft mich vom Balkon. Ich eile die Treppe hinauf. Da steht sie auf der Schwelle und bietet mir freundlich die Hand. »Ich schäme mich«, sagte sie, während ich sie umschlinge und sie den Kopf an meiner Brust birgt.

»Wie?«

»Suchen Sie die häßliche Szene von gestern zu vergessen«, sprach sie mit bebender Stimme, »ich habe Ihnen Ihre tolle Phantasie erfüllt, jetzt wollen wir vernünftig sein und glücklich und uns lieben, und in einem Jahr bin ich Ihre Frau.«

»Meine Herrin«, rief ich, »und ich Ihr Sklave!«

»Kein Wort mehr von Sklaverei, von Grausamkeit und Peitsche«, unterbrach mich Wanda, »ich passiere Ihnen von dem allen nichts mehr, als die Pelzjacke; kommen Sie und helfen Sie mir hinein.«

Die kleine Bronzeuhr, auf welcher ein Amor steht, der eben seinen Pfeil abgeschossen hat, schlug Mitternacht.

Ich stand auf, ich wollte fort.

Wanda sagte nichts, aber sie umschlang mich und zog mich auf die Ottomane zurück und begann mich von neuem zu küssen, und diese stumme Sprache hatte etwas so Verständliches, so Überzeugendes -

Und sie sagte noch mehr, als ich zu verstehen wagte, eine solche schmachtende Hingebung lag in Wandas ganzem Wesen und welche wollüstige Weichheit in ihren halbgeschlossenen, dämmernden Augen, in der unter dem weißen Puder leicht schimmernden roten Flut ihres Haares, in dem weißen und roten Atlas, welcher bei jeder Bewegung um sie knisterte, dem schwellenden Hermelin der Kazabaika, in den sie sich nachlässig schmiegte.

»Ich bitte dich«, stammelte ich, »aber du wirst böse sein.«

»Mache mit mir, was du willst«, flüsterte sie.

»Nun, so tritt mich, ich bitte dich, ich werde sonst verrückt.«

»Habe ich dir nicht verboten«, sprach Wanda strenge, »aber du bist unverbesserlich.«

»Ach! ich bin so entsetzlich verliebt.« Ich war in die Knie gesunken und preßte mein glühendes Gesicht in ihren Schoß.

»Ich glaube wahrhaftig«, sagte Wanda, nachsinnend, »dein ganzer Wahnsinn ist nur eine dämonische, ungesättigte Sinnlichkeit. Unsere Unnatur muß solche Krankheiten erzeugen. Wärst du weniger tugendhaft, so wirst du vollkommen vernünftig.«

»Nun, so mach' mich gescheit«, murmelte ich. Meine Hände wühlten in ihrem Haare und in dem schimmernden Pelz, welcher sich, wie eine vom Mondlicht beglänzte Welle, alle Sinne verwirrend, auf ihrer wogenden Brust hob und senkte.

Und ich küßte sie - nein, sie küßte mich, so wild, so unbarmherzig, als wenn sie mich mit ihren Küssen morden wollte. Ich war wie im Delirium, meine Vernunft hatte ich längst verloren, aber ich hatte endlich auch keinen Atem mehr. Ich suchte mich loszumachen.

»Was ist dir?« fragte Wanda.

»Ich leide entsetzlich.«

»Du leidest?« - sie brach in ein lautes, mutwilliges Lachen aus.

»Du kannst lachen!« stöhnte ich, »ahnst du denn nicht -«

Sie war auf einmal ernst, richtete meinen Kopf mit ihren Händen auf und zog mich dann mit einer heftigen Bewegung an ihre Brust.

»Wanda!« stammelte ich.

»Richtig, es macht dir ja Vergnügen, zu leiden«, sprach sie und begann von neuem zu lachen, »aber warte nur, ich will dich schon vernünftig machen.«

»Nein, ich will nicht weiter fragen«, rief ich, »ob du mir für immer oder nur für einen seligen Augenblick gehören willst, ich will mein Glück genießen; jetzt bist du mein und besser dich verlieren, als dich nie besitzen.«

»So bist du vernünftig«, sagte sie und küßte mich wieder mit ihren mörderischen Lippen, und ich riß den Hermelin, die Spitzenhülle auseinander und ihre bloße Brust wogte gegen die meine.

Dann vergingen mir die Sinne. -

Ich erinnere mich erst wieder auf den Augenblick, wo ich Blut von meiner Hand tropfen sah und sie apathisch fragte: »Hast du mich gekratzt?«

»Nein, ich glaube, ich habe dich gebissen.«

Es ist doch merkwürdig, wie jedes Verhältnis des Lebens ein anderes Gesicht bekommt, sobald eine neue Person hinzutritt.

Wir haben herrliche Tage zusammen verlebt, wir besuchten die Berge, die Seen, wir lasen zusammen und ich vollendete Wandas Bild. Und wie liebten wir uns, wie lächelnd war ihr reizendes Antlitz. Da kommt eine Freundin, eine geschiedene Frau, etwas älter, etwas erfahrener und etwas weniger gewissenhaft als Wanda, und schon macht sich ihr Einfluß in jeder Richtung geltend.

Wanda runzelte die Stirne und zeigt mir gegenüber eine gewisse Ungeduld. Liebt sie mich nicht mehr?

Seit beinahe vierzehn Tagen dieser unerträgliche Zwang. Die Freundin wohnt bei ihr, wir sind nie allein. Ein Kreis von Herren umgibt die beiden jungen Frauen. Ich spiele als Liebender mit meinem Ernste, meiner Schwermut eine alberne Rolle. Wanda behandelt mich wie einen Fremden. Heute, bei einem Spaziergange, blieb sie mit mir zurück. Ich sah, daß es mit Absicht geschah und jubelte. Was sagte sie mir aber. »Meine Freundin begreift nicht, wie ich Sie lieben kann, sie findet Sie weder schön noch sonst besonders anziehend, und dazu unterhält sie mich vom Morgen bis in die Nacht hinein mit dem glänzenden frivolen Leben in der Hauptstadt, mit den Ansprüchen, welche ich machen könnte, den großen Partien, welche ich finden, den vornehmen, schönen Anbetern, welche ich fesseln müßte. Aber was hilft dies alles, ich liebe Sie einmal.«

Mir verging einen Augenblick der Atem, dann sagte ich: »Ich wünsche bei Gott nicht, Ihrem Glück im Wege zu sein, Wanda. Nehmen Sie auf mich keine Rücksicht mehr.« Dabei zog ich meinen Hut ab und ließ sie vorangehen. Sie sah mich erstaunt an, erwiderte jedoch keine Silbe.

Als ich aber auf dem Rückwege wieder zufällig in ihre Nähe kam, drückte sie mir verstohlen die Hand und ihr Blick traf mich so warm, so glückverheißend, daß alle Qualen dieser Tage im Augenblick vergessen, alle Wunden geheilt waren.

Jetzt weiß ich wieder so recht, wie ich sie liebe.

»Meine Freundin hat sich über dich beklagt«, sagte mir Wanda heute.

»Sie mag fühlen, daß ich sie verachte.«

»Weshalb verachtest du sie denn, kleiner Narr?« rief Wanda und nahm mich mit beiden Händen bei den Ohren.

»Weil sie heuchelt«, sagte ich, »ich achte nur eine Frau, die tugendhaft ist, oder offen dem Genusse lebt.«

»So wie ich«, entgegnete Wanda scherzend, »aber siehst du, mein Kind, die Frau kann das nur in den seltensten Fällen. Sie kann weder so heiter sinnlich, noch so geistig frei sein, wie der Mann, ihre Liebe ist stets ein aus Sinnlichkeit und geistiger Neigung gemischter Zustand. Ihr Herz verlangt darnach, den Mann dauernd zu fesseln, während sie selbst dem Wechsel unterworfen ist; so kommt ein Zwiespalt, kommt Lüge und Trug, meist gegen ihren Willen, in ihr Handeln, in ihr Wesen und verdirbt ihren Charakter.«

»Gewiß ist es so«, sagte ich, »der transzendale Charakter, welchen die Frau der Liebe aufdrücken will, führt sie zum Betrug.«

»Aber die Welt verlangt ihn auch«, fiel mir Wanda in das Wort, »sieh diese Frau an, sie hat in Lemberg ihren Mann und ihren Liebhaber und hier hat sie einen neuen Anbeter gefunden, und sie betrügt sie alle und ist doch von allen verehrt und von der Welt geachtet.«

»Meinetwegen«, rief ich, »sie soll dich nur aus dem Spiele lassen, aber sie behandelt dich ja wie eine Ware.«

»Warum nicht?« unterbrach mich das schöne Weib lebhaft. »Jede Frau hat den Instinkt, die Neigung, aus ihren Reizen Nutzen zu ziehen, und es hat viel für sich, sich ohne Liebe, ohne Genuß hinzugeben, man bleibt hübsch kaltblütig dabei und kann seinen Vorteil wahrnehmen.«

»Wanda, du sagst das?«

»Warum nicht«, sprach sie, »merk' dir überhaupt, was ich dir jetzt sage: *fühle dich nie sicher bei dem Weibe, das du liebst,* denn die Natur des Weibes birgt mehr Gefahren, als du glaubst. Die Frauen sind weder so gut, wie ihre Verehrer und Verteidiger, noch so schlecht, wie ihre Feinde sie machen. *Der Charakter der Frau ist die Charakterlosigkeit.* Die beste Frau sinkt momentan in den Schmutz, die schlechteste erhebt sich unerwartet zu großen, guten Handlungen und beschämt ihre Verächter. Kein Weib ist so gut oder so böse, daß es nicht jeden Augenblick sowohl der teuflischsten, als der göttlichsten, der schmutzigsten, wie der reinsten Gedanken, Gefühle, Handlungen fähig wäre. Das Weib ist eben, trotz allen Fortschritten der Zivilisation, so geblieben, wie es aus der Hand der Natur hervorgegangen ist, es hat den Charakter des Wilden, welcher sich treu und treulos, großmütig und grausam zeigt, je nach der Regung, die ihn gerade beherrscht. Zu allen Zeiten hat nur ernste, tiefe Bildung den sittlichen Charakter geschaffen; so folgt der Mann, auch wenn er selbstsüchtig, wenn er böswillig ist, stets Prinzipien, das Weib aber folgt immer nur Regungen. Vergiß das nie und fühle dich nie sicher bei dem Weibe, das du liebst.«

Die Freundin ist fort. Endlich ein Abend mit ihr allein. Es ist, als hätte Wanda alle Liebe, welche sie mir entzogen hat, für diesen einen seligen Abend aufgespart, so gütig, so innig, so voll der Gnaden ist sie.

Welche Seligkeit, an ihren Lippen zu hängen, in ihren Armen hinzusterben und dann, wie sie so ganz aufgelöst, so ganz mir hingegeben an meiner Brust ruht und unsere Augen wonnetrunken ineinander tauchen.

Ich kann es noch nicht glauben, nicht fassen, daß dieses Weib mein ist, ganz mein.

»In einem Punkte hat sie doch recht«, begann Wanda, ohne sich zu regen, ohne nur die Augen zu öffnen, wie im Schlaf.

»Wer?«

Sie schwieg.

»Deine Freundin?«

Sie nickte. »Ja, sie hat recht, du bist kein Mann, du bist ein Phantast, ein reizender Anbeter, und wärst gewiß ein unbezahlbarer Sklave, aber als Gatten kann ich dich mir nicht denken.«

Ich erschrak.

»Was hast du? du zitterst?«

»Ich bebe bei dem Gedanken, wie leicht ich dich verlieren kann«, erwiderte ich.

»Nun, bist du deshalb jetzt weniger glücklich?« entgegnete sie, »raubt es dir etwas von deinen Freuden, daß ich vor dir anderen gehört habe, daß mich andere nach dir besitzen werden, und würdest du weniger genießen, wenn ein anderer mit dir zugleich glücklich wäre?«

»Wanda!«

»Siehst du«, fuhr sie fort, »das wäre ein Ausweg. Du willst mich nie verlieren, mir bist du lieb und sagst mir geistig so zu, daß ich immer mit dir leben möchte, wenn ich neben dir -«

»Welch ein Gedanke!« schrie ich auf, »ich empfinde eine Art Grauen vor dir.«

»Und liebst du mich weniger?«

»Im Gegenteil.«

Wanda hatte sich auf ihren linken Arm aufgerichtet. »Ich glaube«, sprach sie, »daß man, um einen Mann für immer zu fesseln, ihm vor allem nicht treu sein darf. Welche brave Frau ist je so angebetet worden, wie eine Hetäre?«

»In der Tat liegt in der Treulosigkeit eines geliebten Weibes ein schmerzhafter Reiz, die höchste Wollust.«

»Auch für dich?« fragte Wanda rasch.

»Auch für mich.«

»Wenn ich dir also dies Vergnügen mache?« rief Wanda spöttisch.

»So werde ich entsetzlich leiden, dich aber um so mehr anbeten«, entgegnete ich, »nur dürftest du mich nie betrügen, sondern müßtest die dämonische Größe haben, mir zu sagen: ich werde dich allein lieben, aber jeden glücklich machen, der mir gefällt.«

Wanda schüttelte den Kopf. »Mir widerstrebt der Betrug, ich bin ehrlich, aber welcher Mann erliegt nicht unter der Wucht der Wahrheit. Wenn ich dir sagen würde: dies sinnlich heitere Leben, dies Heidentum ist mein Ideal, würdest du die Kraft haben, es zu ertragen?«

»Gewiß. Ich will alles von dir ertragen, nur dich nicht verlieren. Ich fühle ja, wie wenig ich dir eigentlich bin.«

»Aber Severin -«

»Es ist doch so«, sprach ich, »und eben deshalb -«

»Deshalb möchtest du -« sie lächelte schelmisch - »hab' ich es erraten?«

»Dein Sklave sein!« rief ich, »dein willenloses, unbeschränktes Eigentum, mit dem du nach Belieben schalten kannst, und das dir daher nie zur Last werden kann. Ich möchte, während du das Leben in vollen Zügen schlürfst, in üppigem Luxus gebettet das heitere Glück, die Liebe des Olymps genießest, dir dienen, dir die Schuhe an- und ausziehen.«

»Eigentlich hast du nicht so unrecht«, erwiderte Wanda, »denn nur als mein Sklave könntest du es ertragen, daß ich andere liebe, und dann, die Freiheit des Genusses der antiken Welt ist nicht denkbar ohne Sklaverei. Oh! es muß ein Gefühl von Gottähnlichkeit geben, wenn man Menschen vor sich knien, zittern sieht. Ich will Sklaven haben, hörst du, Severin?«

»Bin ich nicht dein Sklave?«

»Hör' mich also«, sprach Wanda aufgeregt, meine Hand fassend, »ich will dein sein, solange ich dich liebe.«

»Einen Monat?«

»Vielleicht auch zwei.«

»Und dann?«

»Dann bist du mein Sklave.«

»Und du?«

»Ich? was fragst du noch? ich bin eine Göttin und steige manchmal leise, ganz leise und heimlich aus meinem Olymp zu dir herab.«

»Aber was ist dies alles«, sprach Wanda, den Kopf in beide Hände gestützt, den Blick in die Weite verloren, »eine goldene Phantasie, welche nie wahr werden kann.« Eine unheimliche, brütende Schwermut war über ihr ganzes Wesen ausgegossen; so hatte ich sie noch nie gesehen.

»Und warum unausführbar?« begann ich.

»Weil es bei uns keine Sklaverei gibt.«

»So gehen wir in ein Land, wo sie noch besteht, in den Orient, in die Türkei«, sagte ich lebhaft.

»Du wolltest - Severin - im Ernste«, entgegnete Wanda. Ihre Augen brannten.

»Ja, ich will im Ernste dein Sklave sein«, fuhr ich fort, »ich will, daß deine Gewalt über mich durch das Gesetz geheiligt, daß mein Leben in deiner Hand ist, nichts auf dieser Welt mich vor dir schützen oder retten kann. Oh! welche Wollust, wenn ich mich ganz nur von deiner Willkür, deiner Laune, einem Winke deines Fingers abhängig fühle. Und dann - welche Seligkeit, - wenn du einmal gnädig bist, wenn der Sklave die Lippen küssen darf, an der für ihn Tod und Leben hängt!« Ich kniete nieder und lehnte meine heiße Stirne an ihre Knie.

»Du fieberst, Severin«, sprach Wanda erregt, »und du liebst mich wirklich so unendlich?« Sie schloß mich an ihre Brust und bedeckte mich mit Küssen.

»Willst du also?« begann sie zögernd.

»Ich schwöre dir hier, bei Gott und meiner Ehre, ich bin dein Sklave, wo und wann du willst, sobald du es befiehlst«, rief ich, meiner kaum mehr mächtig.

»Und wenn ich dich beim Worte nehme?« rief Wanda.

»Tu' es.«

»Es hat einen Reiz für mich«, sprach sie hierauf, »der kaum seinesgleichen hat, einen Mann, der mich anbetet und den ich von ganzer Seele liebe, mir so ganz hingegeben, von meinem Willen, meiner Laune abhängig zu wissen, diesen Mann als Sklaven zu besitzen, während ich -«

Sie sah mich seltsam an.

»Wenn ich recht frivol werde, so bist du schuld -« fuhr sie fort - »ich glaube beinahe, du fürchtest dich jetzt schon vor mir, aber ich habe deinen Schwur.«

»Und ich werde ihn halten.«

»Dafür laß mich sorgen«, entgegnete sie. »Jetzt finde ich Genuß darin, jetzt soll es bei Gott nicht lange mehr beim Phantasieren bleiben. Du wirst mein Sklave, und ich - ich werde versuchen, ›Venus im Pelz‹ zu sein.«

Ich dachte diese Frau endlich zu kennen, zu verstehen, und ich sehe nun, daß ich wieder von vorne anfangen kann. Mit welchem Widerwillen nahm sie noch vor kurzem meine Phantasien auf und mit welchem Ernste betreibt sie jetzt die Ausführung derselben.

Sie hat einen Vertrag entworfen, durch den ich mich bei Ehrenwort und Eid verbinde, ihr Sklave zu sein, solange sie es will. Den Arm um meinen Nacken geschlungen, liest sie mir das unerhörte, unglaubliche Dokument vor, nach jedem Satze macht ein Kuß den Schlußpunkt.

»Aber der Vertrag enthält nur Pflichten für mich«, sprach ich, sie neckend.

»Natürlich«, entgegnete sie mit großem Ernste, »du hörst auf, mein Geliebter zu sein, ich bin also aller Pflichten, aller Rücksichten gegen dich entbunden. Meine Gunst hast du dann als eine Gnade anzusehen, Recht hast du keines mehr und darfst daher auch keines geltend machen. Meine Macht über dich darf keine Grenzen haben. Bedenke, Mann, du bist ja dann nicht viel besser als ein Hund, ein lebloses Ding; du bist meine Sache, mein Spielzeug, das ich zerbrechen kann, sobald es mir eine Stunde Zeitvertreib verspricht. Du bist nichts und ich bin alles. Verstehst du?«

Sie lachte und küßte mich wieder und doch überlief mich eine Art Schauer.

»Erlaubst du mir nicht einige Bedingungen -« begann ich.

»Bedingungen?« sie runzelte die Stirne. »Ah! du hast bereits Furcht, oder bereust gar, doch das kömmt alles zu spät, ich habe deinen Eid, dein Ehrenwort. Aber laß hören.«

»Zuerst möchte ich in unserem Vertrag aufgenommen wissen, daß du dich nie ganz von mir trennst, und dann, daß du mich nie der Roheit eines deiner Anbeter preisgibst -«

»Aber Severin«, rief Wanda mit bewegter Stimme, Tränen in den Augen, »du kannst glauben, daß ich dich, einen Mann, der mich so liebt, der sich so ganz in meine Hand gibt -« sie stockte.

»Nein! nein!« sprach ich, ihre Hände mit Küssen bedeckend, »ich fürchte nichts von dir, was mich entehren könnte, vergib mir den häßlichen Augenblick.«

Wanda lächelte selig, legte ihre Wange an die meine und schien nachzusinnen.

»Etwas hast du vergessen«, flüsterte sie jetzt schelmisch, »das Wichtigste.«

»Eine Bedingung?«

»Ja, daß ich immer im Pelz erscheinen muß«, rief Wanda, »aber dies verspreche ich dir so, ich werde ihn schon deshalb tragen, weil er mir das

Gefühl einer Despotin gibt, und ich will sehr grausam gegen dich sein, verstehst du?«

»Soll ich den Vertrag unterzeichnen?« fragte ich.

»Noch nicht«, sprach Wanda, »ich werde vorher deine Bedingungen hinzufügen, und überhaupt wirst du ihn erst an Ort und Stelle unterzeichnen.«

»In Konstantinopel?«

»Nein. Ich habe es mir überlegt. Welchen Wert hat es für mich, dort einen Sklaven zu haben, wo jeder Sklaven hat; ich will hier in unserer gebildeten, nüchternen, philisterhaften Welt, ich allein einen Sklaven haben, und zwar einen Sklaven, den nicht das Gesetz, nicht mein Recht oder rohe Gewalt, sondern ganz allein die Macht meiner Schönheit und meines Wesens willenlos in meine Hand gibt. Das finde ich pikant. Jedenfalls gehen wir in ein Land, wo man uns nicht kennt, und wo du daher ohne Anstand vor der Welt als mein Diener auftreten kannst. Vielleicht nach Italien, nach Rom oder Neapel.«

Wir saßen auf Wandas Ottomane, sie in der Hermelinjacke, das offene Haar wie eine Löwenmähne über den Rücken, und sie hing an meinen Lippen und sog mir die Seele aus dem Leibe. Mir wirbelte der Kopf, das Blut begann mir zu sieden, mein Herz pochte heftig gegen das ihre.

»Ich will ganz in deiner Hand sein, Wanda«, rief ich plötzlich, von jenem Taumel der Leidenschaft ergriffen, in dem ich kaum mehr klar denken oder frei beschließen kann, »ohne jede Bedingung, ohne jede Beschränkung deiner Gewalt über mich, ich will mich auf Gnade und Ungnade deiner Willkür überliefern.« Während ich dies sprach, war ich von der Ottomane zu ihren Füßen herabgesunken und blickte trunken zu ihr empor.

»Wie schön du jetzt bist«, rief sie, »dein Auge wie in einer Verzückung halb gebrochen, entzückt mich, reißt mich hin, dein Blick müßte wunderbar sein, wenn du totgepeitscht würdest, im Verenden. Du hast das Auge eines Märtyrers.«

Manchmal wird mir doch etwas unheimlich, mich so ganz, so bedingungslos in die Hand eines Weibes zu geben. Wenn sie meine Leidenschaft, ihre Macht mißbraucht?

Nun dann erlebe ich, was seit Kindesbeinen meine Phantasie beschäftigte, mich stets mit süßem Grauen erfüllte. Törichte Besorgnis! Es ist ein mutwilliges Spiel, das sie mit mir treibt, mehr nicht. Sie liebt mich ja, und sie ist so gut, eine noble Natur, jeder Treulosigkeit unfähig; aber es liegt dann in ihrer Hand - sie kann, wenn sie will - welcher Reiz in diesem Zweifel, dieser Furcht.

Jetzt verstehe ich die Manon l'Escault und den armen Chevalier, der sie auch noch als die Maitresse eines anderen, ja auf dem Pranger anbetet.

Die Liebe kennt keine Tugend, kein Verdienst, sie liebt und vergibt und duldet alles, weil sie muß; nicht unser Urteil leitet uns, nicht die Vorzüge oder Fehler, welche wir entdecken, reizen uns zur Hingebung oder schrecken uns zurück. Es ist eine süße, wehmütige, geheimnisvolle Gewalt, die uns treibt, und wir hören auf zu denken, zu empfinden, zu wollen, wir lassen uns von ihr treiben und fragen nicht wohin?

Auf der Promenade erschien heute zum erstenmal ein russischer Fürst, welcher durch seine athletische Gestalt, seine schöne Gesichtsbildung, den Luxus seines Auftretens allgemeines Aufsehen erregte. Die Damen besonders staunten ihn wie ein wildes Tier an, er aber schritt finster, niemand beachtend, von zwei Dienern, einem Neger ganz in roten Atlas gekleidet und einem Tscherkessen in voller blitzender Rüstung begleitet, durch die Alleen. Plötzlich sah er Wanda, heftete seinen kalten durchdringenden Blick auf sie, ja wendete den Kopf nach ihr, und als sie vorüber war, blieb er stehen und sah ihr nach.

Und sie - sie verschlang ihn nur mit ihren funkelnden grünen Augen - und bot alles auf, ihm wieder zu begegnen.

Die raffinierte Koketterie, mit der sie ging, sich bewegte, ihn ansah, schnürte mir den Hals zusammen. Als wir nach Hause gingen, machte ich eine Bemerkung darüber. Sie runzelte die Stirne. »Was willst du denn«, sprach sie, »der Fürst ist ein Mann, der mir gefallen könnte, der mich sogar blendet, und ich bin frei, ich kann tun, was ich will -«

»Liebst du mich denn nicht mehr -« stammelte ich erschrocken. »Ich liebe nur dich«, entgegnete sie, »aber ich werde mir von dem Fürsten den Hof machen lassen.«

»Wanda!«

»Bist du nicht mein Sklave?« sagte sie ruhig. »Bin ich nicht Venus, die grausame nordische Venus im Pelz?«

Ich schwieg; ich fühlte mich von ihren Worten förmlich zermalmt, ihr kalter Blick drang mir wie ein Dolch in das Herz.

»Du wirst sofort den Namen, die Wohnung, alle Verhältnisse des Fürsten erfragen, verstehst du?« fuhr sie fort.

»Aber -«

»Keine Einwendung. Gehorche!« rief Wanda mit einer Strenge, die ich bei ihr nie für möglich gehalten hätte. »Komme mir nicht unter die Augen, ehe du alle meine Fragen beantworten kannst.« Erst Nachmittag konnte ich Wanda die gewünschten Auskünfte bringen. Sie ließ mich wie einen Bedienten vor sich stehen, während sie mir im Fauteuil zurückgelehnt lächelnd zuhörte. Dann nickte sie, sie schien zufrieden.

»Gib mir den Fußschemel!« befahl sie kurz.

Ich gehorchte und blieb, nachdem ich ihn vor sie gestellt und sie ihre Füße darauf gesetzt hatte, vor ihr knien.

»Wie wird dies enden?« fragte ich nach einer kurzen Pause traurig.

Sie brach in ein mutwilliges Gelächter aus. »Es hat ja noch gar nicht angefangen.«

»Du bist herzloser als ich dachte«, erwiderte ich verletzt.

»Severin«, begann Wanda ernst. »Ich habe noch nichts getan, nicht das Geringste, und du nennst mich schon herzlos. Wie wird das werden, wenn ich deine Phantasien erfülle, wenn ich ein lustiges, freies Leben führe, einen Kreis von Anbetern um mich habe, und ganz dein Ideal, dir Fußtritte und Peitschenhiebe gebe?«

»Du nimmst meine Phantasie zu ernst.«

»Zu ernst? Sobald ich sie ausführe, kann ich doch nicht beim Scherze stehen bleiben«, entgegnete sie, »du weißt, wie verhaßt mir jedes Spiel, jede Komödie ist. Du hast es so gewollt. War es meine Idee oder die deine? Habe ich dich dazu verführt oder hast du meine Einbildung erhitzt? Nun ist es mir allerdings Ernst.«

»Wanda«, erwiderte ich liebevoll, »höre mich ruhig an. Wir lieben uns so unendlich, wir sind so glücklich, willst du unsere ganze Zukunft einer Laune opfern?«

»Es ist keine Laune mehr!« rief sie.

»Was denn?« fragte ich erschrocken.

»Es lag wohl in mir«, sprach sie ruhig, gleichsam nachsinnend, »vielleicht wäre es nie an das Licht getreten, aber du hast es geweckt, entwickelt, und jetzt, wo es zu einem mächtigen Trieb geworden ist, wo es mich ganz erfüllt, wo ich einen Genuß darin finde, wo ich nicht mehr anders kann und will, jetzt willst du zurück - du - bist du ein Mann?«

»Liebe, teure Wanda!« ich begann sie zu streicheln, zu küssen.

»Laß mich - du bist kein Mann -«

»Und du!« brauste ich auf.

»Ich bin eigensinnig«, sagte sie, »das weißt du. Ich bin nicht im Phantasieren stark und im Ausführen schwach wie du; wenn ich mir etwas vornehme, führe ich es aus, und um so gewisser, je mehr Widerstand ich finde. Laß mich!«

Sie stieß mich von sich und stand auf.

»Wanda!« Ich erhob mich gleichfalls und stand ihr Aug' in Auge gegenüber.

»Du kennst mich jetzt«, fuhr sie fort, »ich warne dich noch einmal. Du hast noch die Wahl. Ich zwinge dich nicht, mein Sklave zu werden.«

»Wanda«, antwortete ich bewegt, mir traten Tränen in die Augen, »du weißt nicht, wie ich dich liebe.«

Sie zuckte verächtlich die Lippen.

»Du irrst dich, du machst dich häßlicher, als du bist, deine Natur ist viel zu gut, zu nobel -«

»Was weißt du von meiner Natur«, unterbrach sie mich heftig, »du sollst mich noch kennen lernen.«

»Wanda!«

»Entschließe dich, willst du dich fügen, unbedingt?«

»Und wenn ich nein sage.«

»Dann -«

Sie trat kalt und höhnisch auf mich zu, und wie sie jetzt vor mir stand, die Arme auf der Brust verschränkt, mit dem bösen Lächeln um die Lippen, war sie in der Tat das despotische Weib meiner Phantasie und ihre Züge erschienen hart, und in ihrem Blicke lag nichts, was Güte oder Erbarmen versprach. »Gut -« sprach sie endlich.

»Du bist böse«, sagte ich, »du wirst mich peitschen.«

»O nein!« entgegnete sie, »ich werde dich gehen lassen. Du bist frei. Ich halte dich nicht.«

»Wanda - mich, der dich so liebt -«

»Ja, Sie, mein Herr, der Sie mich anbeten«, rief sie verächtlich, »aber ein Feigling, ein Lügner, ein Wortbrüchiger sind. Verlassen Sie mich augenblicklich -«

»Wanda! -«

»Mensch!«

Mir stieg das Blut zum Herzen. Ich warf mich zu ihren Füßen und begann zu weinen.

»Noch Tränen!« sie begann zu lachen. Oh! Dieses Lachen war furchtbar. »Gehen Sie - ich will Sie nicht mehr sehen.«

»Mein Gott!« rief ich außer mir. »Ich will ja alles tun, was du befiehlst, dein Sklave sein, deine Sache, mit der du nach Willkür schaltest - nur stoße mich nicht von dir - ich gehe zugrunde - ich kann nicht leben ohne dich«, ich umfaßte ihre Knie und bedeckte ihre Hand mit Küssen.

»Ja, du mußt Sklave sein, die Peitsche fühlen - denn ein Mann bist du nicht«, sprach sie ruhig, und das war es, was mir so an das Herz griff, daß sie nicht im Zorne, ja nicht einmal erregt, sondern mit voller Überlegung zu mir sprach. »Ich kenne dich jetzt, deine Hundenatur, die anbetet, wo sie mit Füßen getreten wird und um so mehr, je mehr sie mißhandelt wird. Ich kenne dich jetzt, du aber sollst mich erst kennen lernen.«

Sie ging mit großen Schritten auf und ab, während ich vernichtet auf meinen Knien liegen blieb, das Haupt war mir herabgesunken, die Tränen rannen mir herab.

»Komm zu mir«, herrschte mir Wanda zu, sich auf der Ottomane niederlassend. Ich folgte ihrem Wink und setzte mich zu ihr. Sie sah mich finster an, dann wurde ihr Auge plötzlich, gleichsam von innen heraus erhellt, sie zog mich lächelnd an ihre Brust und begann mir die Tränen aus den Augen zu küssen.

Das eben ist das Humoristische meiner Lage, daß ich, wie der Bär in Lilis Park, fliehen kann und nicht will, daß ich alles dulde, sobald sie droht, mir die Freiheit zu geben.

Wenn sie nur einmal wieder die Peitsche in die Hand nehmen würde! Diese Liebenswürdigkeit, mit der sie mich behandelt, hat etwas Unheimliches für mich. Ich komme mir wie eine kleine, gefangene Maus vor, mit der eine schöne Katze zierlich spielt, jeden Augenblick bereit, sie zu zerreißen, und mein Mausherz droht mir zu zerspringen.

Was hat sie vor? Was wird sie mit mir anfangen?

Sie scheint den Vertrag, scheint meine Sklaverei vollkommen vergessen zu haben, oder war es wirklich nur Eigensinn, und sie hat den ganzen Plan in demselben Augenblicke aufgegeben, wo ich ihr keinen Widerstand mehr entgegensetzte, wo ich mich ihrer souveränen Laune beugte?

Wie gut sie jetzt gegen mich ist, wie zärtlich, wie liebevoll. Wir verleben selige Tage.

Heute ließ sie mich die Szene zwischen Faust und Mephistopheles lesen, in welcher letzterer als fahrender Scholast erscheint; ihr Blick hing mit seltsamer Befriedigung an mir.

»Ich verstehe nicht«, sprach sie, als ich geendet hatte, »wie ein Mann große und schöne Gedanken im Vortrage so wunderbar klar, so scharf, so vernünftig auseinandersetzen und dabei ein solcher Phantast, ein übersinnlicher Schlemihl sein kann.«

»Warst du zufrieden«, sagte ich und küßte ihre Hand.

Sie strich mir freundlich über die Stirne. »Ich liebe dich, Severin«, flüsterte sie, »ich glaube, ich könnte keinen anderen Mann mehr lieben. Wir wollen vernünftig sein, willst du?«

Statt zu antworten, schloß ich sie in meine Arme; ein tief inniges, wehmütiges Glück erfüllte meine Brust, meine Augen wurden naß, eine Träne fiel auf ihre Hand herab.

»Wie kannst du weinen!« rief sie, »du bist ein Kind.«

Wir begegneten bei einer Spazierfahrt dem russischen Fürsten im Wagen. Er war offenbar unangenehm überrascht, mich an Wandas Seite zu sehen und schien sie mit seinen elektrischen, grauen Augen durchbohren zu wollen, sie aber - ich hätte in diesem Augenblicke vor ihr niederknien und ihre Füße küssen mögen - sie schien ihn nicht zu bemerken, sie ließ ihren

Blick gleichgültig über ihn gleiten, wie über einen leblosen Gegenstand, einen Baum etwa, und wendete sich dann mit ihrem liebreizenden Lächeln zu mir.

Als ich ihr heute gute Nacht sagte, schien sie mir plötzlich ohne jeden Anlaß zerstreut und verstimmt. Was sie wohl beschäftigen mochte?

»Mir ist leid, daß du gehst«, sagte sie, als ich schon auf der Schwelle stand.

»Es liegt ja nur bei dir, die schwere Zeit meiner Prüfung abzukürzen, gib es auf, mich zu quälen -« flehte ich.

»Du nimmst also nicht an, daß dieser Zwang auch für mich eine Qual ist«, warf Wanda ein.

»So ende sie«, rief ich, sie umschlingend, »werde mein Weib.«

»Nie, Severin«, sprach sie sanft, aber mit großer Festigkeit.

»Was ist das?«

Ich war bis an das Innerste meiner Seele erschrocken.

»Du bist kein Mann für mich.«

Ich sah sie an, zog meinen Arm, welcher noch immer um ihre Taille lag, langsam zurück und verließ das Gemach, und sie - sie rief mich nicht zurück.

Eine schlaflose Nacht, ich habe soundso viel Entschlüsse gefaßt und wieder verworfen. Am Morgen schrieb ich einen Brief, worin ich unser Verhältnis für gelöst erklärte. Mir zitterte die Hand dabei, und wie ich ihn siegelte, verbrannte ich mir die Finger.

Als ich die Treppe emporstieg, um ihn dem Stubenmädchen zu übergeben, drohten mir die Knie zu brechen.

Da öffnete sich die Türe und Wanda steckte den Kopf voll Papilloten heraus.

»Ich bin noch nicht frisiert«, sprach sie lächelnd. »Was haben Sie da?«

»Einen Brief -«

»An mich?« Ich nickte.

»Ah! Sie wollen mit mir brechen«, rief sie spöttisch.

»Haben Sie nicht gestern erklärt, daß ich kein Mann für Sie bin?«

»Ich wiederhole es Ihnen«, sprach sie.

»Also«, ich zitterte am ganzen Leibe, die Stimme versagte mir, ich reichte ihr den Brief.

»Behalten Sie ihn«, sagte sie, mich kalt betrachtend, »Sie vergessen, daß ja gar nicht mehr davon die Rede ist, ob sie mir als Mann genügen oder nicht, und zum Sklaven sind Sie jedenfalls gut genug.«

»Gnädige Frau!« rief ich empört.

»Ja, so haben Sie mich in Zukunft zu nennen«, erwiderte Wanda, den Kopf mit unsäglicher Geringschätzung emporwerfend, »ordnen Sie Ihre Angelegenheiten binnen vierundzwanzig Stunden, ich reise übermorgen nach Italien, und Sie begleiten mich als mein Diener.«

»Wanda -«

»Ich verbitte mir jede Vertraulichkeit«, sagte sie, mir scharf das Wort abschneidend, »ebenso, daß Sie, ohne daß ich rufe oder klingle, bei mir eintreten und zu mir sprechen, ohne von mir angeredet zu sein. Sie heißen von nun an nicht mehr Severin, sondern Gregor.«

Ich bebte vor Wut und doch - ich kann es leider nicht leugnen - auch vor Genuß und prickelnder Aufregung.

»Aber, Sie kennen doch meine Verhältnisse, gnädige Frau«, begann ich verwirrt, »ich bin noch von meinem Vater abhängig und zweifle, daß er mir eine so große Summe als ich zu dieser Reise brauche -«

»Das heißt, du hast kein Geld, Gregor«, bemerkte Wanda vergnügt, »um so besser, dann bist du vollkommen von mir abhängig und in der Tat mein Sklave.«

»Sie bedenken nicht«, versuchte ich einzuwenden, »daß ich als Mann von Ehre unmöglich -«

»Ich habe wohl bedacht«, erwiderte sie fast im Tone des Befehls, »daß Sie als Mann von Ehre vor allem Ihren Schwur, Ihr Wort einzulösen haben, mir als Sklave zu folgen, wohin ich es gebiete, und mir in allem zu gehorchen, was ich auch befehlen mag. Nun geh', Gregor!«

Ich wendete mich zur Türe.

»Noch nicht - du darfst mir vorher die Hand küssen«, damit reichte sie mir dieselbe mit einer gewissen stolzen Nachlässigkeit zum Kusse, und ich - ich Dilettant - ich Esel - ich elender Sklave - preßte sie mit heftiger Zärtlichkeit an meine von Hitze und Erregung trockenen Lippen.

Noch ein gnädiges Kopfnicken. Dann war ich entlassen.

Ich brannte noch spät am Abend Licht, und Feuer im großen, grünen Ofen, denn ich hatte noch manches an Briefen und Schriften zu ordnen, und der Herbst war, wie es gewöhnlich bei uns der Fall ist, auf einmal mit voller Gewalt hereingebrochen.

Plötzlich klopfte sie mit dem Stiel der Peitsche an mein Fenster. Ich öffnete und sah sie draußen stehen in ihrer mit Hermelin besetzten Jacke und einer hohen, runden Kosakenmütze von Hermelin, in der Art, wie sie die große Katharina zu tragen liebte.

»Bist du bereit, Gregor?« fragte sie finster.

»Noch nicht, Herrin«, entgegnete ich.

»Das Wort gefällt mir«, sagte sie hierauf, »du darfst mich immer Herrin nennen, verstehst du? Morgen früh um 9 Uhr fahren wir hier fort. Bis zur Kreisstadt bist du mein Begleiter, mein Freund, von dem Augenblicke, wo wir in den Waggon steigen, - mein Sklave, mein Diener. Nun schließe das Fenster und öffne die Türe.«

Nachdem ich getan, wie sie geheißen, und sie hereingetreten war, fragte sie, die Brauen spöttisch zusammenziehend, »nun, wie gefall' ich dir?«

»Du -«

»Wer hat dir das erlaubt«, sie gab mir einen Hieb mit der Peitsche.

»Sie sind wunderbar schön, Herrin.«

Wanda lächelte und setzte sich in meinen Lehnstuhl. »Knie hier nieder - hier neben meinem Sessel.«

Ich gehorchte.

»Küss' mir die Hand.«

Ich faßte ihre kleine kalte Hand und küßte sie.

»Und den Mund -«

Ich schlang meine Arme in leidenschaftlicher Aufwallung um die schöne, grausame Frau und bedeckte ihr Antlitz, Mund und Büste mit glühenden Küssen, und sie gab sie mir mit gleichem Feuer zurück - die Lider wie im Traum geschlossen - bis nach Mitternacht.

Pünktlich um 9 Uhr morgens, wie sie es befohlen hatte, war alles zur Abreise bereit, und wir verließen in einer bequemen Kalesche das kleine Karpatenbad, in dem sich das interessanteste Drama meines Lebens zu einem Knoten geschürzt hatte, dessen Auflösung damals kaum von jemandem geahnt werden konnte.

Noch ging alles gut. Ich saß an Wandas Seite, und sie plauderte auf das Liebenswürdigste und Geistreichste mit mir, wie mit einem guten Freunde, über Italien, über Pisemskis neuen Roman und Wagnerische Musik. Sie trug auf der Reise eine Art Amazone, ein Kleid von schwarzem Tuche und eine kurze Jacke von gleichem Stoffe mit dunklem Pelzbesatz, welche sich knapp an ihre schlanken Formen schlossen und dieselben prächtig hoben, darüber einen dunklen Reisepelz. Das Haar, in einen antiken Knoten geschlungen, ruhte unter einer kleinen dunklen Pelzmütze, von welcher ein schwarzer Schleier ringsum herabfiel. Wanda war sehr gut aufgelegt, steckte mir Bonbons in den Mund, frisierte mich, löste mein Halstuch und schlang es in eine reizende, kleine Masche, deckte ihren Pelz über meine Knie, um dann verstohlen die Finger meiner Hand zusammenzupressen, und wenn unser jüdischer Kutscher einige Zeit konsequent vor sich hinnickte, gab sie mir sogar einen Kuß und ihre kalten Lippen hatten dabei jenen frischen, frostigen Duft einer jungen Rose, welche im Herbste einsam zwischen kahlen Stauden und gelben Blättern blüht, und deren Kelch der erste Reif mit kleinen, eisigen Diamanten behangen hat.

Das ist die Kreisstadt. Wir steigen vor dem Bahnhofe aus. Wanda wirft ihren Pelz ab und mir mit einem reizenden Lächeln über den Arm, dann geht sie die Karten lösen.

Wie sie zurückkehrt, ist sie vollkommen verändert.

»Hier ist dein Billett, Gregor«, spricht sie in dem Tone, in welchem hochmütige Damen zu ihren Lakaien sprechen.

»Ein Billett dritter Klasse«, erwiderte ich mit komischem Entsetzen.

»Natürlich«, fährt sie fort, »nun gib aber acht, du steigst erst dann ein, wenn ich im Coupe bin und deiner nicht mehr bedarf. Auf jeder Station hast du zu meinem Waggon zu eilen und nach meinen Befehlen zu fragen. Versäume dies ja nicht. Und nun gib mir meinen Pelz.«

Nachdem ich ihr demütig wie ein Sklave hineingeholfen, suchte sie, von mir gefolgt, ein leeres Coupe erster Klasse auf, sprang auf meine Schulter gestützt hinein und ließ sich von mir die Füße in Bärenfelle einhüllen und auf die Wärmflasche setzen.

Dann nickte sie mir zu und entließ mich. Ich stieg langsam in einen Waggon dritter Klasse, der mit dem niederträchtigsten Tabaksqualm, wie die Vorhölle mit dem Nebel des Acheron gefüllt war, und hatte nun Muße, über die Rätsel des menschlichen Daseins nachzudenken, und über das größte dieser Rätsel - das Weib.

Sooft der Zug hält, springe ich heraus, laufe zu ihrem Waggon und erwarte mit abgezogener Mütze ihre Befehle. Sie wünscht bald einen Kaffee, bald ein Glas Wasser, einmal ein kleines Souper, ein anderesmal ein Becken mit warmem Wasser, um sich die Hände zu waschen, so geht es fort, sie läßt sich von ein paar Kavalieren, die in ihr Coupe gestiegen sind, den Hof machen; ich sterbe vor Eifersucht und muß Sätze machen wie ein Springbock, um jedesmal das Verlangte rasch zur Stelle zu schaffen und den Zug nicht zu versäumen. So bricht die Nacht herein. Ich kann weder einen Bissen essen noch schlafen, atme dieselbe verzwiebelte Luft mit polnischen Bauern, Handelsjuden und gemeinen Soldaten, und sie liegt, wenn ich die Stufen ihres Coupe ersteige, in ihrem behaglichen Pelz auf den Polstern ausgestreckt, mit den Tierfellen bedeckt, eine orientalische Despotin; und die Herren sitzen gleich indischen Göttern aufrecht an der Wand und wagen kaum zu atmen.

In Wien, wo sie einen Tag bleibt, um Einkäufe zu machen, und vor allem eine Reihe luxuriöser Toiletten anzuschaffen, fährt sie fort, mich als ihren Bedienten zu behandeln. Ich gehe hinter ihr, respektvoll zehn Schritte entfernt, sie reicht mir, ohne mich nur eines freundlichen Blickes zu würdigen, die Pakete und läßt mich zuletzt wie einen Esel beladen nachkeuchen.

Vor der Abfahrt nimmt sie alle meine Kleider, um sie an die Kellner des Hotels zu verschenken, und befiehlt mir, ihre Livree anzuziehen, ein Krakusenkostüm in ihren Farben, hellblau mit rotem Aufschlag und viereckiger, roter Mütze, mit Pfauenfedern verziert, das mir gar nicht übel steht.

Die silbernen Knöpfe tragen ihr Wappen. Ich habe das Gefühl, als wäre ich verkauft oder hätte meine Seele dem Teufel verschrieben.

Mein schöner Teufel führte mich in einer Tour von Wien bis Florenz, statt der leinenen Masuren und fettlockigen Juden leisten mir jetzt krausköpfige Contadini, ein prächtiger Sergeant des ersten italienischen Grenadierregiments und ein armer deutscher Maler Gesellschaft. Der Tabakdampf riecht jetzt nicht mehr nach Zwiebel, sondern nach Salami und Käse.

Es ist wieder Nacht geworden. Ich liege auf meinem hölzernen Ruhebette auf der Folter, Arme und Beine sind mir wie zerbrochen. Aber poetisch ist die Geschichte doch, die Sterne funkeln ringsum, der Sergeant hat ein Gesicht wie Apollo von Belvedere, und der deutsche Maler singt ein wunderbares deutsches Lied:

>>Nun alle Schatten dunkeln
Und Stern auf Stern erwacht,
Welch' Hauch der heißen Sehnsucht
Flutet durch die Nacht!<<

>>Durch das Meer der Träume
Steuert ohne Ruh',
Steuert meine Seele
Deiner Seele zu.<<

Und ich denke an die schöne Frau, die königlich ruhig in ihren weichen Pelzen schläft.

Florenz! Getümmel, Geschrei, zudringliche Fachini und Fiaker. Wanda wählt einen Wagen und weist die Träger ab.

>>Wozu hätte ich denn einen Diener<<, spricht sie, >>Gregor - hier ist der Schein - hole das Gepäck.<<

Sie wickelt sich in ihren Pelz und sitzt ruhig im Wagen, während ich die schweren Koffer, einen nach dem anderen herbeitrage. Unter dem letzten breche ich einen Augenblick zusammen, ein freundlicher Carabiniere mit intelligentem Gesicht steht mir bei. Sie lacht.

>>Der muß schwer sein<<, sagte sie, >>denn in dem sind alle meine Pelze.<<

Ich steige auf den Bock und wische mir die hellen Tropfen von der Stirne. Sie nennt das Hotel, der Fiaker treibt sein Pferd an. In wenigen Minuten halten wir vor der glänzend erleuchteten Einfahrt.

»Sind Zimmer da?« fragt sie den Portier.

»Ja, Madame.«

»Zwei für mich, eines für meinen Diener, alle mit Öfen.«

»Zwei elegante, Madame, beide mit Kaminen für Sie«, entgegnete der Garçon, der herbeigeeilt ist, »und eines ohne Heizung für den Bedienten.«

»Zeigen Sie mir die Zimmer.«

Sie besichtigt sie, dann sagt sie kurzweg: »Gut. Ich bin zufrieden, machen Sie nur rasch Feuer, der Diener kann im ungeheizten Zimmer schlafen.«

Ich sehe sie nur an.

»Bringe die Koffer herauf, Gregor«, befehlt sie, ohne meine Blicke zu beachten, »ich mache indes Toilette und gehe in den Speisesaal hinab. Du kannst dann auch etwas zu Nacht essen.«

Während sie in das Nebenzimmer geht, schleppe ich die Koffer herauf, helfe dem Garçon, der mich über meine »Herrschaft« in schlechtem Französisch auszufragen versucht, in ihrem Schlafzimmer Feuer machen und sehe einen Augenblick mit stillem Neide den flackernden Kamin, das duftige, weiße Himmelbett, die Teppiche, mit denen der Boden belegt ist. Dann steige ich müde und hungrig eine Treppe hinab und verlange etwas zu essen. Ein gutmütiger Kellner, der österreichischer Soldat war und sich alle Mühe gibt, mich deutsch zu unterhalten, führt mich in den Speisesaal und bedient mich. Eben habe ich nach sechsunddreißig Stunden den ersten frischen Trunk getan, den ersten warmen Bissen auf der Gabel, als sie hereintritt.

Ich erhebe mich.

»Wie können Sie mich in ein Speisezimmer führen, in dem mein Bedienter ißt«, fährt sie den Garçon an, vor Zorn flammend, dreht sich um und geht hinaus.

Ich danke indes dem Himmel, daß ich wenigstens ruhig weiteressen kann. Hierauf steige ich vier Treppen zu meinem Zimmer empor, in dem bereits mein kleiner Koffer steht und ein schmutziges Öllämpchen brennt, es ist ein schmales Zimmer ohne Kamin, ohne Fenster, mit einem kleinen Luftloch. Es würde mich wenn es nicht so hundekalt wäre - an die venetianischen Bleikammern erinnern. Ich muß unwillkürlich laut lachen, so daß es widerhallt und ich über mein eigenes Gelächter erschrecke.

Plötzlich wird die Türe aufgerissen und der Garçon mit einer theatralischen Geste, echt italienisch, ruft: »Sie sollen zu Madame hinabkommen, augenblicklich!« Ich nehme meine Mütze, stolpere einige Stufen hinab, komme endlich glücklich im ersten Stockwerke vor ihre Türe an und klopfe.

»Herein!«

Ich trete ein, schließe und bleibe an der Türe stehen.

Wanda hat es sich bequem gemacht, sie sitzt im Negligé von weißer Mousseline und Spitzen, auf einem kleinen, roten Samtdiwan, die Füße auf einem Polster von gleichem Stoffe und hat ihren Pelzmantel umgeworfen, denselben, in dem sie mir zuerst als Göttin der Liebe erschien.

Die gelben Lichter der Armleuchter, die auf dem Trumeau stehen, ihre Reflexe in dem großen Spiegel und die roten Flammen des Kaminfeuers spielen herrlich auf dem grünen Samt, dem dunkelbraunen Zobel des Mantels, auf der weißen, glatt gespannten Haut, und in dem roten, flammenden Haare der schönen Frau, welche mir ihr helles, aber kaltes Antlitz zukehrt, und ihre kalten, grünen Augen auf mir ruhen läßt.

»Ich bin mit dir zufrieden, Gregor«, begann sie.

Ich verneigte mich.

»Komm näher.«

Ich gehorchte.

»Noch näher«, sie blickte hinab und strich mit der Hand über den Zobel. »Venus im Pelz empfängt ihren Sklaven. Ich sehe, daß Sie doch mehr sind als ein gewöhnlicher Phantast, Sie bleiben mindestens hinter Ihren Träumen nicht zurück, Sie sind der Mann, was Sie sich auch einbilden mögen, und wäre es das Tollste, auszuführen; ich gestehe, das gefällt mir, das imponiert mir. Es liegt Stärke darin, und nur die Stärke achtet man. Ich glaube sogar, Sie würden in ungewöhnlichen Verhältnissen, in einer großen Zeit, das was Ihre Schwäche scheint, als eine wunderbare Kraft offenbaren. Unter den ersten Kaisern wären Sie ein Märtyrer, zur Zeit der Reformation ein Anabaptist, in der französischen Revolution einer jener begeisterten Girondisten geworden, die mit der Marseillaise auf den Lippen die Guillotine bestiegen. So aber sind Sie mein Sklave, mein -«

Sie sprang plötzlich auf, so daß der Pelz herabsank, und schlang die Arme mit sanfter Gewalt um meinen Hals.

»Mein geliebter Sklave, Severin, oh! wie ich dich liebe, wie ich dich anbete, wie schmuck du in dem Krakauerkostüme aussiehst, aber du wirst heute nacht frieren in dem elenden Zimmer da oben ohne Kamin, soll ich dir meinen Pelz geben, mein Herzchen, den großen da -«

Sie hob ihn rasch auf, warf ihn mir auf die Schultern und hatte mich, ehe ich mich versah, vollkommen darin eingewickelt. »Ah! Wie gut das Pelzwerk dir zu Gesichte steht, deine noblen Züge treten erst recht hervor. Sobald du nicht mehr mein Sklave bist, wirst du einen Samtrock tragen mit Zobel, verstehst du, sonst ziehe ich nie mehr eine Pelzjacke an -«

Und wieder begann sie mich zu streicheln, zu küssen und zog mich endlich auf den kleinen Samtdiwan nieder.

»Du gefällst dir, glaube ich, in dem Pelze«, sagte sie, »gib ihn mir, rasch, rasch, sonst verliere ich ganz das Gefühl meiner Würde.« Ich legte den Pelz um sie, und Wanda schlüpfte mit dem rechten Arme in den Ärmel.

»So ist es auf dem Bilde von Titian. Nun aber genug des Scherzes. Sieh doch nicht immer so unglücklich drein, das macht mich traurig, du bist ja vorläufig nur für die Welt mein Diener, mein Sklave bist du noch nicht, du hast den Vertrag noch nicht unterzeichnet, du bist noch frei, kannst mich jeden Augenblick verlassen; du hast deine Rolle herrlich gespielt. Ich war entzückt, aber hast du es nicht schon satt, findest du mich nicht abscheulich? Nun, so sprich doch - ich befehle es dir.«

»Muß ich es dir gestehen, Wanda?« begann ich.

»Ja, du mußt.«

»Und wenn du es dann auch mißbrauchst«, fuhr ich fort, »ich bin verliebter als je in dich, und ich werde dich immer mehr, immer fanatischer verehren, anbeten, je mehr du mich mißhandelst, so wie du jetzt gegen mich warst, entzündest du mein Blut, berauschest du alle meine Sinne« - ich preßte sie an mich und hing einige Augenblicke an ihren feuchten Lippen - »du schönes Weib«, rief ich dann, sie betrachtend, und riß in meinem Enthusiasmus den Zobelpelz von ihren Schultern und preßte meinen Mund auf ihren Nacken.

»Du liebst mich also, wenn ich grausam bin«, sprach Wanda, »geh jetzt! - du langweilst mich - hörst du nicht -«

Sie gab mir eine Ohrfeige, daß es mir in dem Auge blitzte und im Ohr läutete.

»Hilf mir in meinen Pelz, Sklave.« Ich half, so gut ich konnte.

»Wie ungeschickt«, rief sie, und kaum hatte sie ihn an, schlug sie mich wieder ins Gesicht. Ich fühlte es, wie ich mich entfärbte.

»Habe ich dir weh getan?« fragte sie und legte die Hand sanft auf mich.

»Nein, nein«, rief ich.

»Du darfst dich allerdings nicht beklagen, du willst es ja so; nun, gib mir noch einen Kuß.«

Ich schlang die Arme um sie, und ihre Lippen sogen sich an den meinen fest, und wie sie in dem großen, schweren Pelze an meiner Brust lag, hatte ich ein seltsames, beklemmendes Gefühl, wie wenn mich ein wildes Tier, eine Bärin umarmen würde, und mir war es, als müßte ich jetzt ihre Krallen in meinem Fleische fühlen. Aber für diesmal entließ mich die Bärin gnädig.

Die Brust von lachenden Hoffnungen erfüllt, stieg ich in mein elendes Bedientenzimmer und warf mich auf mein hartes Bett.

»Das Leben ist doch eigentlich urkomisch«, dachte ich mir, »vor kurzem hat noch das schönste Weib, Venus selbst, an deiner Brust geruht, und jetzt hast du Gelegenheit, die Hölle der Chinesen zu studieren, welche die Verdammten nicht, gleich uns, in die Flammen werfen, sondern durch die Teufel auf Eisfelder treiben lassen.

Wahrscheinlich haben ihre Religionsstifter auch in ungeheizten Zimmern geschlafen.«

Ich bin heute nacht mit einem Schrei aus dem Schlafe aufgeschreckt, ich habe von einem Eisfelde geträumt, auf dem ich mich verirrt hatte und vergebens den Ausweg suchte. Plötzlich kam ein Eskimo in einem mit Rentier bespannten Schlitten und hatte das Gesicht des Garçons, der mir das ungeheizte Zimmer angewiesen.

»Was suchen Sie hier, Monsieur?« rief er, »hier ist der Nordpol.«

Im nächsten Augenblicke war er verschwunden, und Wanda flog auf kleinen Schlittschuhen über die Eisfläche heran, ihr weißer Atlasrock flatterte und knisterte, der Hermelin ihrer Jacke und Mütze, vor allem aber ihr Antlitz schimmerte weißer, als der weiße Schnee, sie schoß auf mich zu, schloß mich in ihre Arme und begann mich zu küssen, plötzlich fühlte ich mein Blut warm an mir herabrieseln.

»Was tust du?« fragte ich entsetzt.

Sie lachte, und wie ich sie jetzt ansah, war es nicht mehr Wanda, sondern eine große weiße Bärin, welche ihre Tatzen in meinen Leib bohrte.

Ich schrie verzweifelt auf und hörte ihr teuflisches Gelächter noch, als ich erwacht war und erstaunt im Zimmer herumsah.

Früh am Morgen stand ich bereits an Wandas Türe, und als der Garçon den Kaffee brachte, nahm ich ihm denselben und servierte ihn meiner schönen Herrin. Sie hatte bereits Toilette gemacht und sah prächtig aus, frisch und rosig, lächelte mir freundlich zu und rief mich zurück, als ich mich respektvoll entfernen wollte.

»Nimm auch rasch dein Frühstück, Gregor«, sprach sie, »wir gehen dann sofort Wohnungen suchen, ich will so kurz als möglich im Hotel bleiben, hier sind wir furchtbar geniert, und wenn ich etwas länger mit dir plaudre, heißt es gleich: die Russin hat mit ihrem Bedienten ein Liebesverhältnis, man sieht, die Rasse der Katharina stirbt nicht aus.«

Eine halbe Stunde später gingen wir aus, Wanda in ihrem Tuchkleide, ihrer russischen Mütze, ich in meinem Krakauerkostüm. Wir erregten Aufsehen. Ich ging etwa zehn Schritte entfernt hinter ihr und machte ein finsteres Gesicht, während ich jede Sekunde in lautes Lachen auszubrechen fürchtete. Es gab kaum eine Straße, in der nicht an einem der hübschen Häuser eine kleine Tafel mit dem »Camere ammobiliate« prangte. Wanda sendete mich jedesmal die Treppe hinauf, und nur wenn ich die Meldung machte, daß die Wohnung ihren Absichten zu entsprechen scheine, stieg sie selbst empor. So war ich um Mittag herum bereits so müde, wie ein Jagdhund nach einer Parforcejagd.

Wieder traten wir in ein Haus und wieder verließen wir es, ohne eine passende Wohnung gefunden zu haben. Wanda war bereits etwas ärgerlich. Plötzlich sagte sie zu mir: »Severin, der Ernst, mit dem du deine Rolle spielst, ist reizend, und der Zwang, den wir uns auferlegt haben, regt mich geradezu auf, ich halte es nicht mehr aus, du bist zu lieb, ich muß dir einen Kuß geben. Komm in ein Haus hinein.«

»Aber gnädige Frau -« wendete ich ein.

»Gregor!« sie trat in die nächste offene Flur, ging einige Stufen der dunklen Stiege hinauf, schlang dann mit heißer Zärtlichkeit die Arme um mich und küßte mich.

»Ach! Severin, du warst sehr klug, du bist als Sklave weit gefährlicher, als ich dachte, ja, ich finde dich unwiderstehlich, ich fürchte, ich werde mich noch einmal in dich verlieben.«

»Liebst du mich denn nicht mehr?« fragte ich, von einem jähen Schrecken ergriffen.

Sie schüttelte ernsthaft den Kopf, küßte mich aber wieder mit ihren schwellenden, köstlichen Lippen.

Wir kehrten in das Hotel zurück. Wanda nahm das Gabelfrühstück und gebot mir, ebenfalls rasch etwas zu essen.

Ich wurde aber selbstverständlich nicht so rasch bedient, wie sie, und so geschah es, daß ich eben den zweiten Bissen meines Beefsteaks zum Munde führte, als der Garçon eintrat und mit seiner theatralischen Geste rief: »Augenblicklich zu Madame.«

Ich nahm einen raschen und schmerzlichen Abschied von meinem Frühstück und eilte müde und hungrig Wanda nach, welche bereits in der Straße stand.

»Für so grausam habe ich Sie doch nicht gehalten, Herrin«, sagte ich vorwurfsvoll, »daß Sie mich nach allen diesen Fatiguen nicht einmal ruhig essen lassen.«

Wanda lachte herzlich. »Ich dachte, du bist fertig«, sprach sie, »aber es ist auch so gut. Der Mensch ist zum Leiden geboren und du ganz besonders. Die Märtyrer haben auch keine Beefsteaks gegessen.«

Ich folgte ihr grollend, in meinen Hunger verbissen.

»Ich habe die Idee, eine Wohnung in der Stadt zu nehmen, aufgegeben«, fuhr Wanda fort, »man findet schwer ein ganzes Stockwerk, in dem man abgeschlossen ist und tun kann, was man will. Bei einem so seltsamen, phantastischen Verhältnisse, wie es das unsere ist, muß alles zusammenstimmen. Ich werde eine ganze Villa mieten und - nun, warte nur, du wirst staunen. Ich erlaube dir jetzt, dich satt zu essen und dich dann etwas in Florenz umzusehen. Vor dem Abend komme ich nicht nach Hause. Wenn ich dich dann brauche, werde ich dich schon rufen lassen.«

Ich habe den Dom gesehen, den Palazzo vecchio, die Loggia di Lanzi und bin dann lange am Arno gestanden. Immer wieder ließ ich meinen Blick auf dem herrlichen, altertümlichen Florenz ruhen, dessen runde Kuppeln und Türme sich weich in den blauen, wolkenlosen Himmel zeichneten, auf den prächtigen Brücken, durch deren weite Bogen der schöne, gelbe Fluß seine lebhaften Wellen trieb, auf den grünen Hügeln, welche, schlanke Zypressen und weitläufige Gebäude, Paläste oder Klöster tragend, die Stadt umgeben.

Es ist eine andere Welt, in der wir uns befinden, eine heitere, sinnliche und lachende. Auch die Landschaft hat nichts von dem Ernst, der Schwermut der unseren. Da ist weithin, bis zu den letzten weißen Villen, die im hellgrünen Gebirge zerstreut sind, kein Fleckchen, das die Sonne nicht in das hellste Licht setzen würde, und die Menschen sind weniger ernst, wie wir, und mögen weniger denken, sie sehen aber alle aus, wie wenn sie glücklich wären.

Man behauptet auch, daß man im Süden leichter stirbt.

Mir ahnt jetzt, daß es eine Schönheit gibt ohne Stachel und eine Sinnlichkeit ohne Qual.

Wanda hat eine allerliebste kleine Villa auf einem der reizenden Hügel an dem linken Ufer des Arno, gegenüber der Cascine, entdeckt und für den Winter gemietet. Dieselbe liegt in einem hübschen Garten mit reizenden Laubgängen, Grasplätzen und einer herrlichen Camelienflur. Sie hat nur ein Stockwerk und ist im italienischen Stile im Viereck erbaut; die eine Front entlang läuft eine offene Galerie, eine Art Loggia mit Gipsabgüssen antiker Statuen, von der steinerne Stufen in den Garten hinabführen. Aus der Galerie gelangt man in ein Badezimmer mit einem herrlichen Marmorbassin, aus dem eine Wendeltreppe in das Schlafgemach der Herrin führt.

Wanda bewohnt das erste Stockwerk allein.

Mir wurde ein Zimmer ebener Erde angewiesen, es ist sehr hübsch und hat sogar einen Kamin.

Ich habe den Garten durchstreift und auf einem runden Hügel einen kleinen Tempel entdeckt, dessen Tor ich verschlossen fand; aber das Tor hat eine Ritze, und wie ich das Auge an dieselbe lege, sehe ich auf weißem Piedestal die Liebesgöttin stehen. Mich ergreift ein leiser Schauer. Mir ist, als lächle sie mir zu: »Bist du da? Ich habe dich erwartet.«

Es ist Abend. Eine hübsche kleine Zofe bringt mir den Befehl, vor der Herrin zu erscheinen. Ich steige die breite Marmortreppe empor, gehe durch den Vorsaal, einen großen mit verschwenderischer Pracht eingerichteten Salon und klopfe an die Türe des Schlafgemachs. Ich klopfe sehr leise, denn der Luxus, den ich überall entfaltet sehe, beängstigt mich, und so werde ich nicht gehört und stehe einige Zeit vor der Türe. Mir ist zumute, als stände ich vor dem Schlafgemach der großen Katharina und als müßte sie jeden Augenblick im grünen Schlafpelz mit dem roten Ordensbande auf der bloßen Brust und mit ihren kleinen, weißen, gepuderten Löckchen heraustreten.

Ich klopfe wieder. Wanda reißt ungeduldig den Flügel auf.

»Warum so spät?« fragt sie.

»Ich stand vor der Türe, du hast mein Klopfen nicht gehört«, entgegnete ich schüchtern. Sie schließt die Türe, hängt sich in mich ein und führt mich zu der rotdamastenen Ottomane, auf der sie geruht hat. Die ganze Einrichtung des Zimmers, Tapeten, Vorhänge, Portieren, Himmelbett, alles ist von rotem Damast, und die Decke bildet ein herrliches Gemälde, Simson und Delila.

Wanda empfängt mich in einem betörenden Deshabillee, das weiße Atlasgewand fließt leicht und malerisch an ihrem schlanken Leib herab und läßt Arme und Büste bloß, welche sich weich und nachlässig in die dunklen Felle des großen grünsamtenen Zobelpelzes schmiegen. Ihr rotes Haar fällt, halb offen, von Schnüren schwarzer Perlen gehalten, über den Rücken bis zur Hüfte herab.

»Venus im Pelz«, flüstre ich, während sie mich an ihre Brust zieht und mit ihren Küssen zu ersticken droht. Dann spreche ich kein Wort mehr und denke auch nicht mehr, alles geht unter in einem Meere niegeahnter Seligkeit.

Wanda macht sich endlich sanft los und betrachtete sich, auf den einen Arm gestützt. Ich war zu ihren Füßen herabgesunken, sie zog mich an sich und spielte mit meinem Haare.

»Liebst du mich noch?« fragte sie, ihr Auge verschwamm in süßer Leidenschaft.

»Du fragst!« rief ich.

»Erinnerst du dich noch deines Schwures«, fuhr sie mit einem reizenden Lächeln fort, »nun, da alles eingerichtet, alles bereit ist, frage ich dich noch einmal: ist es wirklich dein Ernst, mein Sklave zu werden?«

»Bin ich es denn nicht bereits?« fragte ich erstaunt.

»Du hast die Dokumente noch nicht unterschrieben.«

»Dokumente - was für Dokumente?«

»Ah! ich sehe, du denkst nicht mehr daran«, sagte sie, »also lassen wir es bleiben.«

»Aber Wanda«, sprach ich, »du weißt ja, daß ich keine größere Seligkeit kenne, als dir zu dienen, dein Sklave zu sein, und daß ich alles um das Gefühl geben würde, mich ganz in deiner Hand zu wissen, mein Leben sogar -«

»Wie du schön bist«, flüsterte sie, »wenn du so begeistert bist, wenn du so leidenschaftlich sprichst. Ach! ich bin mehr als je in dich verliebt und da soll ich herrisch sein gegen dich und strenge und grausam, ich fürchte, ich werde es nicht können.«

»Mir ist nicht bange darum«, entgegnete ich lächelnd, »wo hast du also die Dokumente?«

»Hier«, sie zog sie halb verschämt aus ihrem Busen hervor und reichte sie mir.

»Damit du das Gefühl hast, ganz in meiner Hand zu sein, habe ich noch ein zweites Dokument aufgesetzt, in welchem du erklärst, daß du entschlossen bist, dir das Leben zu nehmen. Ich kann dich dann sogar töten, wenn ich will.«

»Gib.«

Während ich die Dokumente entfaltete und zu lesen begann, holte Wanda Tinte und Feder, dann setzte sie sich zu mir, legte den Arm um meinen Nacken und blickte über meine Schultern in das Papier.

Das erste lautete:

>   »Vertrag zwischen Frau Wanda von Dunajew
>   und Herrn Severin von Kusiemski

Herr Severin von Kusiemski hört mit dem heutigen Tage auf, der Bräutigam der Frau Wanda von Dunajew zu sein und verzichtet auf alle seine Rechte als Geliebter; er verpflichtet sich dagegen mit seinem

Ehrenworte als Mann und Edelmann, fortan der Sklave derselben zu sein und zwar solange sie ihm nicht selbst die Freiheit zurückgibt.

Er hat als der Sklave der Frau von Dunajew den Namen Gregor zu führen, unbedingt jeden ihrer Wünsche zu erfüllen, jedem ihrer Befehle zu gehorchen, seiner Herrin mit Unterwürfigkeit zu begegnen, jedes Zeichen ihrer Gunst als eine außerordentliche Gnade anzusehen.

Frau von Dunajew darf ihren Sklaven nicht allein bei dem geringsten Versehen oder Vergehen nach Gutdünken strafen, sondern sie hat auch das Recht, ihn nach Laune oder nur zu ihrem Zeitvertreib zu mißhandeln, wie es ihr eben gefällt, ja sogar zu töten, wenn es ihr beliebt, kurz, er ist ihr unbeschränktes Eigentum.

Sollte Frau von Dunajew ihrem Sklaven je die Freiheit schenken, so hat Herr Severin von Kusiemski alles, was er als Sklave erfahren oder erduldet, zu vergessen und *nie und niemals, unter keinen Umständen und in keiner Weise an Rache oder Wiedervergeltung zu denken.*

Frau von Dunajew verspricht dagegen, als seine Herrin so oft als möglich im Pelz zu erscheinen, besonders wenn sie gegen ihren Sklaven grausam sein wird.«

Unter dem Vertrage stand das Datum des heutigen Tages. Das zweite Dokument enthielt nur wenige Worte.

»Seit Jahren des Daseins und seiner Täuschungen überdrüssig, habe ich meinem wertlosen Leben freiwillig ein Ende gemacht.«

Mich faßte ein tiefes Grauen, als ich zu Ende war, noch war es Zeit, noch konnte ich zurück, aber der Wahnsinn der Leidenschaft, der Anblick des schönen Weibes, das aufgelöst an meiner Schulter lehnte, rissen mich fort.

»Dieses hier mußt du zuerst abschreiben, Severin«, sprach Wanda, auf das zweite Dokument deutend, »es muß vollkommen in deinen Schriftzügen abgefaßt sein, bei dem Vertrage ist das natürlich nicht nötig.«

Ich kopierte rasch die wenigen Zeilen, in denen ich mich als Selbstmörder bezeichnete, und gab sie Wanda. Sie las und legte sie dann lächelnd auf den Tisch.

»Nun, hast du den Mut, das zu unterzeichnen?« fragte sie, den Kopf neigend, mit einem feinen Lächeln.

Ich nahm die Feder.

»Laß mich zuerst«, sprach Wanda, »dir zittert die Hand, fürchtest du dich so sehr vor deinem Glück?«

Sie nahm den Vertrag und die Feder - ich blickte im Kampfe mit mir selbst einen Augenblick empor und jetzt erst fiel mir, wie auf vielen Gemälden italienischer und holländischer Schule, der durchaus unhistorische Charakter des Deckengemäldes auf, der demselben ein seltsames, für mich geradezu unheimliches Gepräge gab. Delila, eine üppige Dame mit flammendem roten Haare, liegt halb entkleidet in einem dunklen Pelzmantel auf einer roten Ottomane und beugt sich lächelnd zu Simson herab, den die Philister niedergeworfen und gebunden haben. Ihr Lächeln ist in seiner spöttischen Koketterie von wahrhaft infernalischer Grausamkeit, ihr Auge, halb geschlossen, begegnet jenem Simsons, das noch im letzten Blicke mit wahnsinniger Liebe an dem ihren hängt, denn schon kniet einer der Feinde auf seiner Brust, bereit, ihm das glühende Eisen hineinzustoßen.

»So-« rief Wanda, »du bist ja ganz verloren, was hast du nur, es bleibt ja doch alles beim alten, auch wenn du unterschrieben hast, kennst du mich denn noch immer nicht, Herzchen?«

Ich blickte in den Vertrag. Da stand in großen kühnen Zügen ihr Name. Noch einmal schaute ich in ihr zauberkräftiges Auge, dann nahm ich die Feder und unterschrieb rasch den Vertrag.

»Du hast gezittert«, sprach Wanda ruhig, »soll ich dir die Feder führen?«

Sie faßte in demselben Augenblick sanft meine Hand, und da stand mein Name auch auf dem zweiten Papier. Wanda sah beide Dokumente noch einmal an und schloß sie dann in den Tisch, welcher zu Häupten der Ottomane stand.

»So - nun gib mir noch deinen Paß und dein Geld.«

Ich ziehe meine Brieftasche hervor und reiche sie ihr, sie blickt hinein, nickt und legt sie zu dem Übrigen, während ich vor ihr knie und mein Haupt in süßer Trunkenheit an ihrer Brust ruhen lasse. Da stößt sie mich plötzlich mit dem Fuße von sich, springt auf und zieht die Glocke, auf deren Ton drei junge, schlanke Negerinnen, wie aus Ebenholz geschnitzt und ganz in roten Atlas gekleidet, hereintreten, jede einen Strick in der Hand.

Jetzt begreife ich auf einmal meine Lage und will mich erheben, aber Wanda, welche, hoch aufgerichtet, ihr kaltes, schönes Antlitz mit den finstern Brauen, den höhnischen Augen mir zugewendet, als Herrin gebietend vor mir steht, winkt mit der Hand, und ehe ich noch recht weiß, was mit mir geschieht, haben mich die Negerinnen zu Boden gerissen, mir Beine und Hände fest zusammengeschnürt und die Arme wie einem, der hingerichtet werden soll, auf den Rücken gebunden, so daß ich mich kaum bewegen kann.

»Gib mir die Peitsche, Haydée«, befiehlt Wanda mit unheimlicher Ruhe.

Die Negerin reicht sie kniend der Gebieterin.

»Und nimm mir den schweren Pelz ab«, fährt diese fort, »er hindert mich.«

Die Negerin gehorchte.

»Die Jacke dort!« befahl Wanda weiter.

Haydée brachte rasch die hermelinbesetzte Kazabaika, welche auf dem Bette lag, und Wanda schlüpfte mit zwei unnachahmlich reizenden Bewegungen hinein.

»Bindet ihn an die Säule hier.«

Die Negerinnen heben mich auf, schlingen ein dickes Seil um meinen Leib und binden mich stehend an eine der massiven Säulen, welche den Himmel des breiten italienischen Bettes tragen. Dann sind sie auf einmal verschwunden, wie wenn die Erde sie verschlungen hätte.

Wanda tritt rasch auf mich zu, das weiße Atlasgewand fließt ihr in langer Schleppe wie Silber, wie Mondlicht nach, ihre Haare lodern gleich Flammen auf dem weißen Pelz der Jacke; jetzt steht sie vor mir, die linke Hand in die Seite gestemmt, in der Rechten die Peitsche, und stößt ein kurzes Lachen aus.

»Jetzt hat das Spiel zwischen uns aufgehört«, spricht sie mit herzloser Kälte, »jetzt ist es Ernst, du Tor! den ich verlache und verachte, der sich mir, dem übermütigen, launischen Weibe, in wahnsinniger Verblendung als Spielzeug hingegeben. Du bist nicht mehr mein Geliebter, sondern mein Sklave, auf Tod und Leben meiner Willkür preisgegeben.

Du sollst mich kennen lernen!

Vor allem wirst du mir jetzt einmal im Ernste die Peitsche kosten, ohne daß du etwas verschuldet hast, damit du begreifst, was dich erwartet, wenn du dich ungeschickt, ungehorsam oder widerspenstig zeigst.«

Sie schürzte hierauf mit wilder Grazie den pelzbesetzten Ärmel auf und hieb mich über den Rücken.

Ich zuckte zusammen, die Peitsche schnitt wie ein Messer in mein Fleisch.

»Nun, wie gefällt dir das?« rief sie.

Ich schwieg.

»Wart' nur, du sollst mir noch wie ein Hund wimmern unter der Peitsche«, drohte sie und begann mich zugleich zu peitschen. Die Hiebe fielen rasch und dicht, mit entsetzlicher Gewalt auf meinen Rücken, meine Arme, meinen Nacken, ich biß die Zähne zusammen, um nicht aufzuschreien. Jetzt traf sie mich ins Gesicht, das warme Blut rann mir herab, sie aber lachte und peitschte fort.

»Jetzt erst verstehe ich dich«, rief sie dazwischen, »es ist wirklich ein Genuß, einen Menschen so in seiner Gewalt zu haben und noch dazu einen Mann, der mich liebt - du liebst mich doch? - Nicht - Oh! ich zerfleische dich noch, so wächst mir bei jedem Hiebe das Vergnügen; nun krümme dich doch ein wenig, schreie, wimmere!

Bei mir sollst du kein Erbarmen finden.«

Endlich scheint sie müde.

Sie wirft die Peitsche weg, streckt sich auf der Ottomane aus und klingelt.

Die Negerinnen treten ein.

»Bindet ihn los.«

Wie sie mir das Seil lösen, schlage ich wie ein Stück Holz zu Boden. Die schwarzen Weiber lachen und zeigen die weißen Zähne.

»Löst ihm die Stricke an den Füßen.«

Es geschieht. Ich kann mich erheben.

»Komm zu mir, Gregor.«

Ich nähere mich dem schönen Weibe, das mir noch nie so verführerisch erschien wie heute in seiner Grausamkeit, in seinem Hohne.

»Noch einen Schritt«, gebietet Wanda, »knie nieder und küsse mir den Fuß.«

Sie streckt den Fuß unter dem weißen Atlassaum hervor und ich übersinnlicher Tor presse meine Lippen darauf.

»Du wirst mich jetzt einen ganzen Monat nicht sehen, Gregor«, spricht sie ernst, »damit ich dir fremd werde, du dich leichter in deine neue Stellung mir gegenüber findest; du wirst während dieser Zeit im Garten arbeiten und meine Befehle erwarten. Und nun marsch, Sklave!«

Ein Monat ist in monotoner Regelmäßigkeit, in schwerer Arbeit, in schwermütiger Sehnsucht vergangen, in Sehnsucht nach ihr, die mir alle diese Leiden bereitet. Ich bin dem Gärtner zugewiesen, helfe ihm die Bäume, die Hecken stutzen, die Blumen umsetzen, die Beete umgraben, die Kieswege kehren, teile seine grobe Kost und sein hartes Lager, bin mit den Hühnern auf und gehe mit den Hühnern zur Ruhe, und höre von Zeit zu Zeit, daß unsere Herrin sich amüsiert, daß sie von Anbetern umringt ist, und einmal höre ich sogar ihr mutwilliges Lachen bis in den Garten hinab.

Ich komme mir so dumm vor. Bin ich es bei diesem Leben geworden oder war ich es schon vorher? Der Monat geht zu Ende, übermorgen - was wird sie nun mit mir beginnen, oder hat sie mich vergessen, und ich kann bis zu meinem seligen Ende Hecken stutzen und Bukette binden?

Ein schriftlicher Befehl.

»Der Sklave Gregor wird hiermit zu meinem persönlichen Dienst befohlen.

Wanda Dunajew.«

Mit klopfendem Herzen teile ich am nächsten Morgen die damastene Gardine und trete in das Schlafgemach meiner Göttin, das noch von holdem Halbdunkel erfüllt ist.

»Bist du es, Gregor?« fragt sie, während ich vor dem Kamin knie und Feuer mache. Ich erzitterte bei dem Tone der geliebten Stimme. Sie selbst kann ich nicht sehen, sie ruht unnahbar hinter den Vorhängen des Himmelbettes.

»Ja, gnädige Frau«, antworte ich.

»Wie spät?«

»Neun Uhr vorbei.«

»Das Frühstück.«

Ich eile es zu holen und knie dann mit dem Kaffeebrett vor ihrem Bette nieder.

»Hier ist das Frühstück, Herrin.«

Wanda schlägt die Vorhänge zurück und seltsam, wie ich sie in ihren weißen Kissen mit dem aufgelösten flutenden Haare sehe, erscheint sie mir im ersten Augenblick vollkommen fremd, ein schönes Weib; aber die geliebten Züge sind es nicht, dieses Antlitz ist hart und hat einen unheimlichen Ausdruck von Müdigkeit, von Übersättigung.

Oder habe ich für dies alles früher kein Auge gehabt?

Sie heftet die grünen Augen mehr neugierig als drohend oder etwa mitleidig auf mich und zieht den dunklen Schlafpelz, in dem sie ruht, träge über die entblößte Schulter herauf.

In diesem Augenblicke ist sie so reizend, so sinnverwirrend, daß ich mein Blut zu Kopf und Herzen steigen fühle, und das Brett in meiner Hand zu schwanken beginnt. Sie bemerkt es und greift nach der Peitsche, die auf ihrem Nachttisch liegt.

»Du bist ungeschickt, Sklave«, sagte sie, die Stirne runzelnd.

Ich senke den Blick zur Erde und halte das Brett, so fest ich nur kann, und sie nimmt ihr Frühstück und gähnt und dehnt ihre üppigen Glieder in dem herrlichen Pelz.

Sie hat geklingelt. Ich trete ein. »Diesen Brief an den Fürsten Corsini.« Ich eile in die Stadt, übergebe den Brief dem Fürsten, einem jungen schönen Mann mit glühenden schwarzen Augen und bringe ihr von Eifersucht verzehrt die Antwort.

»Was ist dir?« fragt sie hämisch lauernd, »du bist so entsetzlich bleich.«

»Nichts, Herrin, ich bin nur etwas rasch gegangen.«

Beim Dejeuner ist der Fürst an ihrer Seite, und ich bin verurteilt, sie und ihn zu bedienen, während sie scherzen und ich für beide gar nicht auf der Welt bin. Einen Augenblick wird es mir schwarz vor den Augen, ich schenke eben Bordeaux in sein Glas und schütte ihn über das Tischtuch, über ihre Robe.

»Wie ungeschickt«, ruft Wanda und gibt mir eine Ohrfeige, der Fürst lacht und sie lacht gleichfalls und mir schießt das Blut ins Gesicht.

Nach dem Dejeuner fährt sie in die Cascine. Sie kutschiert selbst den kleinen Wagen mit den hübschen englischen Braunen, ich sitze hinter ihr und sehe wie sie kokettiert und lächelnd dankt, wenn sie von einem der vornehmen Herren gegrüßt wird.

Wie ich ihr aus dem Wagen helfe, stützt sie sich leicht auf meinen Arm, die Berührung durchzuckt mich elektrisch. Ach! das Weib ist doch wunderbar und ich liebe sie mehr als je.

Zum Diner um sechs abends ist eine kleine Gesellschaft von Damen und Herren da. Ich serviere und diesmal schütte ich keinen Wein über das Tischtuch.

Eine Ohrfeige ist doch eigentlich mehr als zehn Vorlesungen, man begreift so schnell, besonders wenn es eine kleine volle Frauenhand ist, die uns belehrt.

Nach dem Diner fährt sie in die Pergola; wie sie die Treppe hinabkömmt in ihrem schwarzen Samtkleide, mit dem großen Kragen von Hermelin, ein Diadem aus weißen Rosen im Haare, sieht sie wahrhaft blendend aus. Ich öffne den Schlag, helfe ihr in den Wagen. Vor dem Theater springe ich vom Bock, sie stützt sich beim Aussteigen auf meinen Arm, welcher unter der süßen Last erbebt. Ich öffne ihr die Türe der Loge und warte dann im Gange. Vier Stunden dauert die Vorstellung, während welcher sie die Besuche ihrer Kavaliere empfängt und ich die Zähne vor Wut zusammenbeiße.

Es ist weit über Mitternacht, als die Klingel der Herrin zum letzten Male tönt.

»Feuer!« befiehlt sie kurz, und wie es im Kamine prasselt, »Tee«.

Als ich mit dem Samowar zurückkehre, hat sie sich bereits entkleidet und schlüpft eben mit Hilfe der Negerin in ihr weißes Negligé.

Haydée entfernt sich hierauf.

»Gib mir den Schlafpelz«, sagt Wanda, ihre schönen Glieder schläfrig dehnend. Ich hebe ihn vom Fauteuil und halte ihn, während sie langsam träge in die Ärmel schlüpft. Dann wirft sie sich in die Polster der Ottomane.

»Ziehe mir die Schuhe aus und dann die Samtpantoffeln an.« Ich knie nieder und ziehe an dem kleinen Schuh, welcher mir widersteht. »Rasch!

rasch!« ruft Wanda, »du tust mir weh! warte nur - ich werde dich noch abrichten.« Sie schlägt mich mit der Peitsche, schon ist es gelungen!

»Und jetzt marsch!« noch ein Fußtritt - dann darf ich zur Ruhe gehen.

Heute habe ich sie zu einer Soirée begleitet. Im Vorzimmer befal sie mir, ihr den Pelz abzunehmen, dann trat sie mit einem stolzen Lächeln, ihres Sieges gewiß, in den glänzend erleuchteten Saal, und ich konnte wieder Stunde auf Stunde in trüben einförmigen Gedanken verrinnen sehen; von Zeit zu Zeit tönte Musik zu mir heraus, wenn die Türe einen Augenblick geöffnet blieb. Ein paar Lakaien versuchten ein Gespräch mit mir einzuleiten, da ich aber nur wenige Worte italienisch spreche, gaben sie es bald auf.

Ich schlafe endlich ein und träume, daß ich Wanda in einem wütenden Anfall von Eifersucht morde und zum Tode verurteilt werde, ich sehe mich an das Brett geschnallt, das Beil fällt, ich fühle es im Nacken, aber ich lebe noch -

Da schlägt mich der Henker ins Gesicht -

Nein, es ist nicht der Henker, es ist Wanda, welche zornig vor mir steht und ihren Pelz verlangt. Ich bin im Augenblick bei ihr und helfe ihr hinein.

Es ist doch ein Genuß, einem schönen üppigen Weibe einen Pelz umzugeben, zu sehen, zu fühlen, wie ihr Nacken, ihre herrlichen Glieder sich in die köstlichen weichen Felle schmiegen, und die wogenden Locken aufzuheben und über den Kragen zu legen, und dann wenn sie ihn abwirft und die holde Wärme und ein leichter Duft ihres Leibes hängen an den goldenen Haarspitzen des Zobels - es ist um die Sinne zu verlieren!

Endlich ein Tag ohne Gäste, ohne Theater, ohne Gesellschaft. Ich atme auf. Wanda sitzt in der Galerie und liest, für mich scheint sie keinen Auftrag zu haben. Mit der Dämmerung, dem silbernen Abendnebel zieht sie sich zurück. Ich bediene sie beim Diner, sie speist allein, aber sie hat keinen Blick, keine Silbe für mich, nicht einmal - eine Ohrfeige.

Ach! wie sehne ich mich nach einem Schlag von ihrer Hand. Mir kommen die Tränen, ich fühle, wie tief sie mich erniedrigt hat, so tief, daß sie es nicht einmal der Mühe wert findet, mich zu quälen, zu mißhandeln.

Ehe sie zu Bette geht, ruft mich ihre Klingel.

»Du wirst heute nacht bei mir schlafen, ich habe die vorige Nacht abscheuliche Träume gehabt und fürchte mich, allein zu sein. Nimm dir ein Polster von der Ottomane und lege dich auf das Bärenfell zu meinen Füßen.«

Hierauf verlöschte Wanda die Lichter, so daß nur eine kleine Ampel von der Decke herab das Zimmer beleuchtete, und stieg in das Bett. »Rühre dich nicht, damit du mich nicht weckst.«

Ich tat, wie sie befohlen hatte, aber ich konnte lange nicht einschlafen; ich sah das schöne Weib, schön wie eine Göttin, in ihrem dunklen Schlafpelz ruhen, auf dem Rücken liegend, die Arme unter dem Nacken, von ihren roten Haaren überflutet; ich hörte, wie sich ihre herrliche Brust in tiefem regelmäßigen Atemholen hob, und jedesmal, wenn sie sich nur regte, war ich wach und lauschte, ob sie meiner bedürfe.

Aber sie bedurfte meiner nicht.

Ich hatte keine andere Aufgabe zu erfüllen, keine höhere Bedeutung für sie, als ein Nachtlicht oder ein Revolver, den man sich zum Bette legt.

Bin ich toll oder ist sie es? Entspringt dies alles in einem erfinderischen mutwilligen Frauengehirne, in der Absicht, meine übersinnlichen Phantasien zu übertreffen, oder ist dies Weib wirklich eine jener neronischen Naturen, welche einen teuflischen Genuß darin finden, Menschen, welche denken und empfinden und einen Willen haben wie sie selbst, gleich einem Wurme unter dem Fuße zu haben?

Was habe ich erlebt!

Als ich mit dem Kaffeebrett vor ihrem Bette niederkniete, legte Wanda plötzlich die Hand auf meine Schulter und tauchte ihre Augen tief in die meinen.

»Was du für schöne Augen hast«, sprach sie leise, »und jetzt erst recht, seitdem du leidest. Bist du recht unglücklich?«

Ich senkte den Kopf und schwieg.

»Severin! liebst du mich noch«, rief sie plötzlich leidenschaftlich, »kannst du mich noch lieben?« und sie riß mich mit solcher Gewalt an sich, daß das Brett umklappte, die Kannen und Tassen zu Boden fielen und der Kaffee über den Teppich lief.

»Wanda - meine Wanda«, schrie ich auf und preßte sie heftig an mich und bedeckte ihren Mund, ihr Antlitz, ihre Brust mit Küssen.

»Das ist ja mein Elend, daß ich dich immer mehr, immer wahnsinniger liebe, je mehr du mich mißhandelst, je öfter du mich verratest! oh! ich werde noch sterben vor Schmerz und Liebe und Eifersucht.«

»Aber ich habe dich ja noch gar nicht verraten, Severin«, erwiderte Wanda lächelnd.

»Nicht? Wanda! Um Gottes willen! scherze nicht so unbarmherzig mit mir«, rief ich. »Habe ich nicht selbst den Brief zum Fürsten -«

»Allerdings, eine Einladung zum Dejeuner.«

»Du hast, seitdem wir in Florenz sind -«

»Dir die Treue vollkommen bewahrt«, entgegnete Wanda, »ich schwöre es dir bei allem, was mir heilig ist. Ich habe alles nur getan, um deine Phantasie zu erfüllen, nur deinetwegen.

Aber ich werde mir einen Anbeter nehmen, sonst ist die Sache nur halb, und du machst mir am Ende noch Vorwürfe, daß ich nicht grausam genug gegen dich war. Mein lieber, schöner Sklave! Heute aber sollst du wieder einmal Severin, sollst du ganz nur mein Geliebter sein. Ich habe deine Kleider nicht fortgegeben, du findest sie hier im Kasten, ziehe dich so an, wie du damals warst in dem kleinen Karpatenbade, wo wir uns so innig liebten; vergiß alles, was seitdem geschehen ist, o, du wirst es leicht vergessen in meinen Armen, ich küsse dir allen Kummer weg.«

Sie begann mich wie ein Kind zu zärteln, zu küssen, zu streicheln. Endlich bat sie mit holdem Lächeln: »Zieh' dich jetzt an, auch ich will Toilette machen; soll ich meine Pelzjacke nehmen? ja, ja, ich weiß schon, geh nur!«

Als ich zurückkam, stand sie in ihrer weißen Atlasrobe, der roten mit Hermelin besetzten Kazabaika, das Haar weiß gepudert, ein kleines Diamantendiadem über der Stirne, in der Mitte des Zimmers. Einen Augenblick erinnerte sie mich unheimlich an Katharina II., aber sie ließ mir keine Zeit zu Erinnerungen, sie zog mich zu sich auf die Ottomane und wir verbrachten zwei selige Stunden; sie war jetzt nicht die strenge, launische Herrin, sie war ganz nur die feine Dame, die zärtliche Geliebte. Sie zeigte mir Photographien, Bücher, welche eben erschienen waren, und sprach mit mir über dieselben mit so viel Geist und Klarheit und Geschmack, daß ich mehr als einmal entzückt ihre Hand an die Lippen führte. Sie ließ mich dann ein paar Gedichte von Lermontow vortragen, und als ich recht im Feuer war - legte sie die kleine Hand liebevoll auf die meine und fragte, während ein holdes Vergnügen auf ihren weichen Zügen, in ihrem sanften Blicke lag, »bist du glücklich?«

»Noch nicht.«

Sie legte sich hierauf in die Polster zurück und öffnete langsam ihre Kazabaika.

Ich aber deckte den Hermelin rasch wieder über ihre halbentblößte Brust. »Du machst mich wahnsinnig«, stammelte ich.

»So komm.«

Schon lag ich in ihren Armen, schon küßte sie mich wie eine Schlange mit der Zunge; da flüsterte sie noch einmal: »Bist' du glücklich?«

»Unendlich!« rief ich.

Sie lachte auf; es war ein böses, gellendes Gelächter, bei dem es mich kalt überrieselte.

»Früher träumtest du, der Sklave, das Spielzeug eines schönen Weibes zu sein, jetzt bildest du dir ein, ein freier Mensch, ein Mann, mein Geliebter zu sein, du Tor! Ein Wink von mir, und du bist wieder Sklave. - Auf die Knie.«

Ich sank von der Ottomane herab zu ihren Füßen, mein Auge hing noch zweifelnd an dem ihren.

»Du kannst es nicht glauben«, sprach sie, mich mit auf der Brust verschränkten Armen betrachtend, »ich langweile mich, und du bist eben gut genug, mir ein paar Stunden die Zeit zu vertreiben. Sieh mich nicht so an -«

Sie trat mich mit dem Fuße.

»Du bist eben, was ich will, ein Mensch, ein Ding, ein Tier-« Sie klingelte. Die Negerinnen traten ein.

»Bindet ihm die Hände auf den Rücken.«

Ich blieb knien und ließ es ruhig geschehen. Dann führten sie mich in den Garten hinab bis zu dem kleinen Weinberg, der ihn gegen den Süden begrenzt. Zwischen den Traubengeländen war Mais angebaut gewesen, da und dort ragten noch einzelne dürre Stauden. Seitwärts stand ein Pflug.

Die Negerinnen banden mich an einen Pflock und unterhielten sich damit, mich mit ihren goldenen Haarnadeln zu stechen. Es dauerte jedoch nicht lange, so kam Wanda, die Hermelinmütze auf dem Kopf, die Hände in den Taschen ihrer Jacke, sie ließ mich losbinden, mir die Arme auf den Rücken schnüren, mir ein Joch auf den Nacken setzen und mich in den Pflug spannen.

Dann stießen mich ihre schwarzen Teufelinnen in den Acker, die eine führte den Pflug, die andere lenkte mich mit dem Seil, die dritte trieb mich mit der Peitsche an, und Venus im Pelz stand zur Seite und sah zu.

Wie ich ihr am nächsten Tage das Diner serviere, sagt Wanda: »Bringe noch ein Gedeck, ich will, daß du heute mit mir speisest«, und als ich ihr gegenüber Platz nehmen will: »Nein, zu mir, ganz nahe zu mir.«

Sie ist in bester Laune, gibt mir Suppe mit ihrem Löffel, füttert mich mit ihrer Gabel, legt dann den Kopf wie ein spielendes Kätzchen auf den Tisch und kokettiert mit mir. Es will das Unglück, daß ich Haydée, welche statt mir die Gerichte bringt, etwas länger ansehe, als es vielleicht nötig ist; mir fällt erst jetzt ihre edle, beinahe europäische Gesichtsbildung, die herrliche, statuenhafte Büste, wie aus schwarzem Marmor gemeißelt, auf. Die schöne Teufelin bemerkt, daß sie mir gefällt, und blökt lächelnd die Zähne - kaum hat sie das Gemach verlassen, so springt Wanda vor Zorn flammend auf.

»Was, du wagst es, vor mir ein anderes Weib so anzusehen! Sie gefällt dir am Ende besser wie ich, sie ist noch dämonischer.«

Ich erschrecke, so habe ich sie noch nie gesehen, sie ist plötzlich bleich bis in die Lippen und zittert am ganzen Leibe - Venus im Pelz ist eifersüchtig auf ihren Sklaven - sie reißt die Peitsche vom Nagel herab und haut mich ins Gesicht, dann ruft sie die schwarzen Dienerinnen, läßt mich durch sie binden und in den Keller herabschleppen, wo sie mich in ein dunkles, feuchtes, unterirdisches Gewölbe, einen förmlichen Kerker werfen.

Dann fällt die Türe in das Schloß, Riegel werden vorgeschoben, ein Schlüssel singt im Schloß. Ich bin gefangen, begraben.

Da liege ich nun, ich weiß nicht wie lange, gebunden wie ein Kalb, das zur Schlachtbank geschleppt wird, auf einem Bund feuchten Strohs, ohne Licht, ohne Speise, ohne Trank, ohne Schlaf - sie ist imstande und läßt mich verhungern, wenn ich nicht früher erfriere. Die Kälte schüttelt mich. Oder ist es das Fieber. Ich glaube, ich fange an, dieses Weib zu hassen.

Ein roter Streifen, wie Blut, schwimmt über dem Boden, es ist Licht, das durch die Tür fällt, jetzt wird sie geöffnet.

Wanda erscheint an der Schwelle, in ihren Zobelpelz gehüllt, und leuchtet mit einer Fackel hinein.

»Lebst du noch?« fragt sie.

»Kommst du, mich zu töten?« antworte ich mit matter, heiserer Stimme.

Mit zwei hastigen Schritten ist Wanda bei mir, kniet an meinem Lager nieder und nimmt meinen Kopf in ihren Schoß. - »Bist du krank - wie deine Augen glühen, liebst du mich? Ich will, daß du mich liebst.«

Sie zieht einen kurzen Dolch hervor, ich schrecke zusammen, wie seine Klinge mir vor den Augen blitzt, ich glaube wirklich, daß sie mich töten will. Sie aber lacht und durchschneidet die Stricke, die mich fesseln.

Sie läßt mich jetzt jeden Abend nach dem Diner kommen, läßt sich von mir vorlesen und bespricht mit mir allerhand anziehende Fragen und Gegenstände. Dabei scheint sie ganz verwandelt, es ist, als schäme sie sich der Wildheit, die sie mir verraten, der Roheit, mit welcher sie mich behandelt hat. Eine rührende Sanftmut verklärt ihr ganzes Wesen, und wenn sie mir zum Abschied die Hand reicht, dann liegt in ihrem Auge jene übermenschliche Gewalt der Güte und Liebe, welche uns Tränen entlockt, bei der wir alle Leiden des Daseins vergessen und alle Schrecken des Todes.

Ich lese ihr die Manon l'Escault. Sie fühlt die Beziehung, sie spricht zwar kein Wort, aber sie lächelt von Zeit zu Zeit, und endlich klappt sie das kleine Buch zu.

»Wollen Sie nicht weiterlesen, gnädige Frau?«

»Heute nicht. Heute spielen wir selbst Manon l'Escault. Ich habe ein Rendezvous in den Cascinen und Sie, mein lieber Chevalier, werden mich zu demselben begleiten; ich weiß, Sie tun es, nicht?«

»Sie befehlen.«

»Ich befehle nicht, ich bitte Sie darum«, spricht sie mit unwiderstehlichem Liebreiz, dann steht sie auf, legt die Hände auf meine Schultern und sieht mich an. »Diese Augen!« ruft sie aus, »ich liebe dich so, Severin, du weißt nicht, wie ich dich liebe.«

»Ja«, entgegne ich bitter, »so sehr, daß Sie einem anderen ein Rendezvous geben.«

»Das tue ich ja nur, um dich zu reizen«, antwortet sie lebhaft, »ich muß Anbeter haben, damit ich dich nicht verliere, ich will dich nie verlieren, niemals, hörst du, denn ich liebe nur dich, dich allein.«

Sie hing leidenschaftlich an meinen Lippen.

»Oh! könnte ich dir, wie ich möchte, meine ganze Seele im Kusse hingeben - so - nun aber komme.«

Sie schlüpfte in einen einfachen, schwarzen Samtpaletot und umhüllte ihr Haupt mit einem dunklen Baschlik. Dann ging sie rasch durch die Galerie und stieg in den Wagen.

»Gregor wird mich fahren«, rief sie dem Kutscher zu, der sich befremdet zurückzog.

Ich stieg auf den Bock und peitschte zornig in die Pferde.

In den Cascinen, dort, wo die Hauptallee zu einem dichten Laubgang wird, stieg Wanda aus. Es war Nacht, nur einzelne Sterne blickten durch die grauen Wolken, welche über den Himmel zogen. Am Arno stand ein Mann in einem dunklen Mantel und einem Räuberhut und blickte in die gelben Wellen. Wanda schritt rasch durch das Gebüsch zur Seite und schlug ihn auf die Achsel. Ich sah noch, wie er sich zu ihr wendete, ihre Hand faßte - dann verschwanden sie hinter der grünen Wand.

Eine qualvolle Stunde. Endlich raschelt es seitwärts im Laube, sie kehrten zurück.

Der Mann begleitet sie an den Wagen. Das Licht der Laterne fällt voll und grell auf ein unendlich jugendliches, sanftes und schwärmerisches Gesicht, das ich nie gesehen habe, und spielt in langen, blonden Locken.

Sie reicht ihm die Hand, die er ehrfurchtsvoll küßt, dann winkt sie mir und im Nu fliegt der Wagen längs der langen Laubwand, die wie eine grüne Tapete gegen den Fluß zu steht, davon.

Man läutet an der Gartenpforte. Ein bekanntes Gesicht. Der Mann aus den Cascinen.

»Wen darf ich melden?« frage ich französisch. Der Angeredete schüttelt beschämt den Kopf.

»Verstehen Sie vielleicht etwas deutsch?« fragte er schüchtern.

»Jawohl. Ich bitte also um Ihren Namen.«

»Ah! ich habe leider noch keinen«, antwortet er verlegen - »sagen Sie Ihrer Herrin nur, der deutsche Maler aus den Cascinen wäre da und bäte - doch da ist sie selbst.«

Wanda war auf den Balkon herausgetreten und nickte dem Fremden zu.

»Gregor, führe den Herrn zu mir«, rief sie mir zu.

Ich wies dem Maler die Treppe.

»Ich bitte, ich finde jetzt schon; ich danke, danke sehr«, damit sprang er die Stufen empor. Ich blieb unten stehen und sah dem armen Deutschen mit tiefem Mitleid nach.

Venus im Pelz hat seine Seele in ihren roten Haarschlingen gefangen. Er wird sie malen und dabei verrückt werden.

Ein sonniger Wintertag, auf den Blättern der Baumgruppen, auf dem grünen Plan der Wiese zittert es wie Gold. Die Kamelien am Fuße der Galerie prangen im reichsten Knospenschmuck. Wanda sitzt in der Loggia und zeichnet, der deutsche Maler aber steht ihr gegenüber, die Hände wie anbetend ineinander gelegt und sieht ihr zu, nein, er blickt in ihr Antlitz und ist ganz versunken in ihren Anblick, wie entrückt.

Sie aber sieht es nicht, sie sieht auch mich nicht, wie ich mit dem Spaten in der Hand die Blumenbeete umgrabe, nur um sie zu sehen, ihre Nähe zu fühlen, die wie Musik, wie Poesie auf mich wirkt.

Der Maler ist fort. Es ist ein Wagnis, aber ich wage es. Ich trete zur Galerie hin, ganz nahe und frage Wanda: »Liebst du den Maler, Herrin?«

Sie sieht mich an, ohne mir zu zürnen, schüttelt den Kopf, und endlich lächelt sie sogar.

»Ich habe Mitleid mit ihm«, antwortet sie, »aber ich liebe ihn nicht. Ich liebe niemand. Dich habe ich geliebt, so innig, so leidenschaftlich, so tief wie ich nur lieben konnte, aber jetzt liebe ich auch dich nicht mehr, mein Herz ist öde, tot, und das macht mich wehmütig.«

»Wanda!« rief ich schmerzlich ergriffen.

»Auch du wirst mich bald nicht mehr lieben«, fuhr sie fort, »sag' es mir, wenn es einmal so weit ist, ich will dir dann die Freiheit zurückgeben.«

»Dann bleibe ich mein ganzes Leben dein Sklave, denn ich bete dich an und werde dich immer anbeten«, rief ich, von jenem Fanatismus der Liebe ergriffen, der mir schon wiederholt so verderblich war.

Wanda betrachtete mich mit einem seltsamen Vergnügen. »Bedenke es wohl«, sprach sie, »ich habe dich unendlich geliebt und war despotisch gegen dich, um deine Phantasie zu erfüllen, jetzt zittert noch etwas von jenem süßen Gefühl als innige Teilnahme für dich in meiner Brust, wenn auch dies verschwunden ist, wer weiß, ob ich dich dann frei gebe, ob ich dann nicht wirklich grausam, unbarmherzig, ja roh gegen dich werde, ob es mir nicht eine diabolische Freude macht, während ich gleichgültig bin oder einen anderen liebe, den Mann, der mich abgöttisch anbetet, zu quälen, zu foltern, und an seiner Liebe für mich sterben zu sehen. Bedenke das wohl!«

»Ich habe alles längst bedacht«, erwiderte ich, wie im Fieber glühend, »ich kann nicht sein, nicht leben ohne dich; ich sterbe, wenn du mir die Freiheit gibst, laß mich dein Sklave sein, töte mich, aber stoße mich nicht von dir.«

»Nun, so sei mein Sklave«, erwiderte sie, »aber vergiß nicht, daß ich dich nicht mehr liebe, und daß deine Liebe daher keinen größeren Wert für mich hat, wie die Ähnlichkeit eines Hundes, und Hunde tritt man.«

Heute habe ich die mediceische Venus besucht.

Es war noch zeitig, der kleine achteckige Saal der Tribuna wie ein Heiligtum mit Dämmerlicht gefüllt, und ich stand, die Hände gefaltet, in tiefer Andacht vor dem stummen Götterbilde.

Aber ich stand nicht lange.

Es war noch kein Mensch in der Galerie, nicht einmal ein Engländer, und da lag ich auf meinen Knien und blickte auf den holden, schlanken Leib, die knospende Brust, in das jungfräulich wollüstige Angesicht mit den halbgeschlossenen Augen, auf die duftigen Locken, welche zu beiden Seiten kleine Hörner zu verbergen scheinen.

Die Klingel der Gebieterin.

Es ist Mittag. Sie aber liegt noch im Bett, die Arme im Nacken verschlungen.

»Ich werde baden«, spricht sie, »und du wirst mich bedienen. Schließe die Türe.«

94

Ich gehorchte.

»Nun geh hinab und versichere dich, daß auch unten gesperrt ist.«

Ich stieg die Wendeltreppe hinab, die aus ihrem Schlafgemache in das Badezimmer führte, die Füße brachen mir, ich mußte mich auf das eiserne Geländer stützen. Nachdem ich die Türe, welche in die Loggia und den Garten mündete, verschlossen fand, kehrte ich zurück. Wanda saß jetzt mit offenem Haar, in ihrem grünen Sammetpelz auf dem Bett. Bei einer raschen Bewegung, welche sie machte, sah ich, daß sie nur mit dem Pelze bekleidet war und erschrak, ich weiß nicht warum, so furchtbar, wie ein zum Tode Verurteilter, welcher weiß, daß er dem Schafott entgegen geht, doch beim Anblick desselben zu zittern beginnt.

»Komm, Gregor, nimm mich auf die Arme.«

»Wie, Herrin?«

»Nun, du sollst mich tragen, verstehst du nicht?«

Ich hob sie auf, so daß sie auf meinen Armen saß, während die ihren sich um meinen Nacken schlangen, und wie ich so mit ihr die Treppe langsam, Stufe für Stufe, hinabstieg und ihr Haar von Zeit zu Zeit an meine Wange schlug und ihr Fuß sich leicht auf mein Knie stemmte, da erbebte ich unter der schönen Last und dachte, ich müßte jeden Augenblick unter ihr zusammenbrechen.

Das Badezimmer bestand aus einer weiten und hohen Rotunde, welche ihr weiches, ruhiges Licht von oben durch die rote Glaskuppel bekam. Zwei Palmen breiteten ihre großen Blätter als grünes Dach über ein Ruhebett aus roten, sammetnen Polstern, von dem mit türkischen Teppichen belegte Stufen in das weite Marmorbassin hinabführten, welches die Mitte einnahm.

»Oben auf meinem Nachttisch liegt ein grünes Band«, sagte Wanda, während ich sie auf dem Ruhebett niederließ, »bringe es mir und bringe mir auch die Peitsche.«

Ich flog die Treppe hinauf und zurück und legte beides kniend in die Hand der Gebieterin, welche sich hierauf das schwere elektrische Haar von mir in einen großen Knoten binden und mit dem grünen Sammetband befestigen ließ. Dann bereitete ich das Bad und zeigte mich recht ungeschickt dabei, da mir Hände und Füße den Dienst versagten, und jedesmal, wenn ich das schöne Weib, das auf den rotsammetnen Polstern lag und dessen holder Leib von Zeit zu Zeit, da und dort, aus dem dunklen

Pelzwerk hervorleuchtete, betrachten mußte - denn es war nicht mein Wille, es zwang mich eine magnetische Gewalt - empfand ich, wie alle Wollust, alle Lüsternheit nur in dem Halbverhüllten, pikant Entblößten liegt, und ich empfand es noch lebhafter, als endlich das Bassin gefüllt war und Wanda mit einer einzigen Bewegung den Pelzmantel abwarf, und wie die Göttin in der Tribuna vor mir stand.

In diesem Augenblick erschien sie mir in ihrer unverhüllten Schönheit so heilig, so keusch, daß ich vor ihr, wie damals vor der Göttin, in die Knie sank und meine Lippen andächtig auf ihren Fuß preßte.

Meine Seele, welche vor kurzem noch so wilde Wogen geschlagen, floß auf einmal ruhig, und Wanda hatte jetzt auch nichts Grausames mehr für mich.

Sie stieg langsam die Stufen hinab, und ich konnte mit einer stillen Freude, der kein Atom von Qual oder Sehnsucht beigemischt war, sie betrachten, wie sie in der kristallenen Flut auf- und abtauchte, und wie die Wellen, welche sie selbst erregte, gleichsam verliebt um sie spielten.

Unser nihilistischer Ästhetiker hat doch recht: ein wirklicher Apfel ist schöner als ein gemalter, und ein lebendiges Weib ist schöner als eine Venus aus Stein.

Und als sie dann aus dem Bade stieg, und die silbernen Tropfen und das rosige Licht rieselten nur so an ihr herab - eine stumme Verzückung umfing mich. Ich schlug die Linnen um sie, ihren herrlichen Leib trocknend, und jene ruhige Seligkeit blieb mir jetzt auch, als sie wieder, den einen Fuß auf mich, wie auf einen Schemel setzend, in dem großen Sammetmantel auf den Polstern ruhte, die elastischen Zobelfelle sich begehrlich an ihren kalten Marmorleib schmiegten, und der linke Arm, auf den sie sich stützte, wie ein schlafender Schwan, in dem dunklen Pelz des Ärmels lag, während ihre Rechte nachlässig mit der Peitsche spielte.

Zufällig glitt mein Blick über den massiven Spiegel an der Wand gegenüber, und ich schrie auf, denn ich sah uns in seinem goldenen Rahmen wie im Bilde, und dieses Bild war so wunderbar schön, so seltsam, so phantastisch, daß mich eine tiefe Trauer bei dem Gedanken faßte, daß seine Linien, seine Farben zerrinnen sollen wie Nebel.

»Was hast du?« fragte Wanda. Ich deutete auf den Spiegel. »Ah! Es ist in der Tat schön«, rief sie aus, »schade, daß man den Augenblick nicht festhalten kann.«

»Und warum nicht?« fragte ich, »wird nicht jeder Künstler, auch der berühmteste, stolz darauf sein, wenn du ihm gestattest, dich durch seinen Pinsel zu verewigen?«

»Der Gedanke, daß diese außerordentliche Schönheit«, fuhr ich, sie mit Begeisterung betrachtend, fort, »diese herrliche Bildung des Gesichtes, dieses seltsame Auge mit seinem grünen Feuer, dieses dämonische Haar, diese Pracht des Leibes für die Welt verloren gehen sollen, ist entsetzlich, und faßt mich mit allen Schauern des Todes, der Vernichtung an; dich aber soll die Hand des Künstlers ihr entreißen, du darfst nicht wie wir anderen ganz und für immer untergehen, ohne eine Spur deines Daseins zurückzulassen, dein Bild muß leben, wenn du selbst schon längst zu Staub zerfallen bist, deine Schönheit muß über den Tod triumphieren!«

Wanda lächelte.

»Schade, daß das heutige Italien keinen Titian oder Raphael hat«, sprach sie, »indes vielleicht ersetzt die Liebe das Genie, wer weiß, unser kleiner Deutscher?« Sie sann nach.

»Ja - er soll mich malen - und ich werde dafür sorgen, daß ihm Amor die Farben mischt.«

Der junge Maler hat in ihrer Villa sein Atelier aufgeschlagen, sie hat ihn vollkommen im Netz. Er hat eben eine Madonna angefangen, eine Madonna mit rotem Haare und grünen Augen! Aus diesem Rasseweibe ein Bild der Jungfräulichkeit machen, das kann nur der Idealismus eines Deutschen. Der arme Bursche ist wirklich beinahe noch ein größerer Esel als ich. Das Unglück ist nur, daß unsere Titania unsere Eselohren zu früh entdeckt hat.

Nun lacht sie über uns, und wie sie lacht, ich höre ihr übermütiges, melodisches Lachen in seinem Studio, unter dessen offenen Fenster ich stehe und eifersüchtig lausche.

»Sind Sie toll, mich - ah! es ist nicht zu glauben, mich als Mutter Gottes!« - rief sie und lachte wieder, »warten Sie nur, ich will Ihnen ein anderes Bild von mir zeigen, ein Bild, das ich selbst gemalt habe, sie sollen es mir kopieren.«

Ihr Kopf, im Sonnenlichte flammend, erschien am Fenster. »Gregor!«

Ich eilte die Stufen hinauf, durch die Galerie in das Atelier. »Führe ihn in das Badezimmer«, befahl Wanda, während sie selbst davoneilte.

Wenige Augenblicke und Wanda kam, nur mit dem Zobelpelz bekleidet, die Peitsche in der Hand, die Treppe herab und streckte sich wie damals auf den Sammetpolstern aus; ich lag zu ihren Füßen und sie setzte den Fuß auf mich, und ihre Rechte spielte mit der Peitsche. »Sieh mich an«, sprach sie, »mit deinem tiefen, fanatischen Blick - so - so ist es recht.«

Der Maler war entsetzlich bleich geworden, er verschlang die Szene mit seinen schönen, schwärmerischen, blauen Augen, seine Lippen öffneten sich, aber blieben stumm.

»Nun, wie gefällt Ihnen das Bild?«

»Ja - so will ich Sie malen«, sprach der Deutsche, aber es war eigentlich keine Sprache, es war ein beredtes Stöhnen, das Weinen einer kranken, sterbenskranken Seele.

Die Zeichnung mit der Kohle ist fertig, die Köpfe, die Fleischpartien sind grundiert, ihr diabolisches Antlitz tritt bereits in einigen kecken Strichen hervor, in dem grünen Auge blitzt Leben. Wanda steht, die Arme auf der Brust verschränkt, vor der Leinwand.

»Das Bild soll, wie viele der venetianischen Schule, zugleich ein Porträt und eine Historie werden«, erklärt der Maler, der wieder totenbleich ist.

»Und wie wollen Sie es dann nennen?« fragt sie; »aber was ist Ihnen, sind Sie krank?«

»Ich fürchte -« antwortete er, mit einem verzehrenden Blicke auf das schöne Weib im Pelz, »aber sprechen wir von dem Bilde.«

»Ja, sprechen wir von dem Bilde.«

»Ich denke mir die Liebesgöttin, welche zu einem sterblichen Manne aus dem Olymp herabgestiegen ist und auf dieser modernen Erde frierend ihren hehren Leib in einem großen, schweren Pelz und ihre Füße in dem Schoße des Geliebten zu wärmen sucht; ich denke mir den Günstling einer schönen Despotin, welche den Sklaven peitscht, wenn sie müde ist, ihn zu küssen, und von ihm um so wahnsinniger geliebt wird, je mehr sie ihn mit Füßen tritt, und so werde ich das Bild ›*Venus im Pelz*‹ nennen.«

Der Maler malt langsam. Um so rascher wächst seine Leidenschaft. Ich fürchte, er nimmt sich am Ende noch das Leben. Sie spielt mit ihm und gibt ihm Rätsel auf, und er kann sie nicht losen und fühlt sein Blut rieseln -

sie aber unterhält sich dabei. Während der Sitzung nascht sie Bonbons, dreht aus den Papierhülsen kleine Kugeln und bewirft ihn damit.

»Es freut mich, daß Sie so gut aufgelegt sind, gnädige Frau«, spricht der Maler, »aber Ihr Gesicht hat ganz jenen Ausdruck verloren, den ich zu meinem Bilde brauche.«

»Jenen Ausdruck, den Sie zu Ihrem Bilde brauchen«, erwiderte sie lächelnd, »gedulden Sie sich nur einen Augenblick.«

Sie richtet sich auf und versetzt mir einen Hieb mit der Peitsche; der Maler blickt sie starr an, in seinem Antlitz malt sich ein kindliches Staunen, mischt sich Abscheu und Bewunderung. Während sie mich peitscht, gewinnt Wandas Antlitz immer mehr jenen grausamen, höhnischen Charakter, der mich so unheimlich entzückt.

»Ist das jetzt jener Ausdruck, den Sie zu Ihrem Bilde brauchen?« ruft sie. Der Maler senkt verwirrt den Blick vor dem kalten Strahl ihres Auges.

»Es ist der Ausdruck -« stammelt er, »aber ich kann jetzt nicht malen -«

»Wie?« spricht Wanda spöttisch, »kann ich Ihnen vielleicht helfen?«

»Ja -« schreit der Deutsche wie im Wahnsinn auf - »peitschen Sie mich auch.«

»Oh! mit Vergnügen«, erwidert sie, die Achseln zuckend, »aber wenn ich peitschen soll, so will ich im Ernste peitschen.« »Peitschen Sie mich tot«, ruft der Maler.

»Lassen Sie sich also von mir binden?« fragt sie lächelnd.

»Ja« - stöhnt er -

Wanda verließ für einen Augenblick das Gemach und kehrte mit den Stricken zurück.

»Also - haben Sie noch den Mut, sich Venus im Pelz, der schönen Despotin, auf Gnade und Ungnade in die Hände zu geben?« begann sie jetzt spöttisch.

»Binden Sie mich«, antwortete der Maler dumpf. Wanda band ihm die Hände auf den Rücken, zog ihm einen Strick durch die Arme und einen zweiten um seinen Leib und fesselte ihn so an das Fensterkreuz, dann schlug sie den Pelz zurück, ergriff die Peitsche und trat vor ihn hin.

Für mich hatte die Szene einen schauerlichen Reiz, den ich nicht beschreiben kann, ich fühlte mein Herz schlagen, als sie lachend zum ersten Hiebe ausholte und die Peitsche durch die Luft pfiff und er unter ihr leicht zusammenzuckte, und dann, als sie mit halb geöffnetem Munde, so daß ihre Zähne zwischen den roten Lippen blitzten, auf ihn lospeitschte, und ehe er sie mit seinen rührenden, blauen Augen um Gnade zu bitten schien - es ist nicht zu beschreiben.

Sie sitzt ihm jetzt allein. Er arbeitet an ihrem Kopfe.

Mich hat sie im Nebenzimmer hinter dem schweren Türvorhang postiert, wo ich nicht gesehen werden kann und alles sehe. Was sie nur hat.

Fürchtet sie sich vor ihm? wahnsinnig genug hat sie ihn gemacht, oder soll es eine neue Folter für mich werden? Mir zittern die Knie.

Sie sprechen zusammen. Er dämpft seine Stimme so sehr, daß ich nichts verstehen kann, und sie antwortet ebenso. Was soll das heißen? Besteht ein Einverständnis zwischen ihnen?

Ich leide furchtbar, mir droht das Herz zu springen.

Jetzt kniet er vor ihr, er umschlingt sie und preßt seinen Kopf an ihre Brust - und sie - die Grausame - sie lacht - und jetzt höre ich, wie sie laut ausruft:

»Ah! Sie brauchen wieder die Peitsche.«

»Weib! Göttin! hast du denn kein Herz - kannst du nicht lieben«, ruft der Deutsche, »weißt du nicht einmal, was das heißt, lieben, sich in Sehnsucht, in Leidenschaft verzehren, kannst du dir nicht einmal denken, was ich leide? Hast du denn kein Erbarmen für mich?«

»Nein!« erwidert sie stolz und spöttisch, »aber die Peitsche.« Sie zieht sie rasch aus der Tasche ihres Pelzes und schlägt ihn mit dem Stiel ins Gesicht. Er richtet sich auf und weicht um ein paar Schritte zurück.

»Können Sie jetzt wieder malen?« fragt sie gleichgültig. Er antwortet ihr nicht, sondern tritt wieder vor die Staffelei und ergreift Pinsel und Palette.

Sie ist wunderbar gelungen, es ist ein Porträt, das an Ähnlichkeit seinesgleichen sucht, und scheint zugleich ein Ideal, so glühend, so übernatürlich, so teuflisch, möchte ich sagen, sind die Farben. Der Maler hat eben alle seine Qualen, seine Anbetung und seinen Fluch in das Bild hineingemalt.

Jetzt malt er mich, wir sind täglich einige Stunden allein. Heute wendet er sich plötzlich zu mir mit seiner vibrierenden Stimme und sagt:

»Sie lieben dieses Weib?«

»Ja.«

»Ich liebe sie auch.« Seine Augen schwammen in Tränen. Er schwieg einige Zeit und malte weiter.

»Bei uns in Deutschland ist ein Berg, in dem sie wohnt«, murmelte er dann vor sich hin, »sie ist eine Teufelin.«

Das Bild ist fertig. Sie wollte ihm dafür zahlen, großmütig, wie Königinnen zahlen.

»Oh! Sie haben mich bereits bezahlt«, sprach er ablehnend mit einem schmerzlichen Lächeln.

Ehe er ging, öffnete er geheimnisvoll seine Mappe und ließ mich hineinblicken - ich erschrak. Ihr Kopf sah mich gleichsam lebendig wie aus einem Spiegel an.

»Den nehme ich mit«, sprach er, »der ist mein, den kann sie mir nicht entreißen, ich habe ihn mir sauer genug verdient.«

»Mir ist eigentlich doch leid um den armen Maler«, sagte sie heute zu mir, »es ist albern, so tugendhaft zu sein, wie ich es bin. Meinst du nicht auch?«

Ich wagte nicht, ihr eine Antwort zu geben.

»Oh, ich vergaß, daß ich mit einem Sklaven spreche, ich muß hinaus, ich will mich zerstreuen, will vergessen.

Schnell, meinen Wagen!«

Eine neue phantastische Toilette, russische Halbstiefel von veilchenblauem Samt, mit Hermelin besetzt, eine Robe von gleichem Stoff, durch schmale Streifen und Kokarden desselben Pelzwerkes emporgehalten und geschürzt, ein entsprechender, anliegender kurzer Paletot, gleichfalls reich mit Hermelin ausgeschlagen und gefüttert; eine hohe Mütze von Hermelinpelz im Stile Katharinas II., mit kleinem Reiherbusch, der von einer Brillanten-Agraffe gehalten wird, das rote Haar aufgelöst über den Rücken. So steigt sie auf den Bock und kutschiert selbst, ich nehme den Platz hinter ihr ein. Wie sie in die Pferde peitscht. Das Gespann fliegt wie rasend dahin.

Sie will heute offenbar Aufsehen erobern, und das gelingt ihr vollständig. Heute ist sie die Löwin der Cascine. Man grüßt sie aus den Wagen; auf dem Pfade für die Fußgeher bilden sich Gruppen, welche von ihr sprechen. Doch niemand wird von ihr beachtet, hie und da der Gruß eines älteren Kavaliers mit einem leichten Kopfnicken erwidert.

Da sprengt ein junger Mann auf schlankem wilden Rappen heran; wie er Wanda sieht, pariert er sein Pferd und läßt es im Schritte gehen - schon ist er ganz nahe - er hält und läßt sie vorbei, und jetzt erblickt auch sie ihn - die Löwin den Löwen. Ihre Augen begegnen sich - und wie sie an ihm vorbeijagt, kann sie sich von der magischen Gewalt der seinen nicht losreißen und wendet den Kopf nach ihm.

Mir steht das Herz still bei diesem halb staunenden, halb verzückten Blick, mit dem sie ihn verschlingt, aber er verdient ihn.

Er ist bei Gott ein schöner Mann. Nein, mehr, er ist ein Mann, wie ich noch nie einen lebendig gesehen habe. Im Belvedere steht er in Marmor gehauen, mit derselben schlanken und doch eisernen Muskulatur, demselben Antlitz, denselben wehenden Locken, und was ihn so eigentümlich schön macht, ist, daß er keinen Bart trägt. Wenn er minder feine Hüften hätte, könnte man ihn für ein verkleidetes Weib halten, und der seltsame Zug um den Mund, die Löwenlippe, welche die Zähne etwas sehen läßt und dem schönen Gesichte momentan etwas Grausames verleiht -

Apollo, der den Marsyas schindet.

Er trägt hohe schwarze Stiefel, eng anliegende Beinkleider von weißem Leder, einen kurzen Pelzrock, in der Art, wie ihn die italienischen Reiteroffiziere tragen, von schwarzem Tuche mit Astrachanbesatz und reicher Verschnürung, auf den schwarzen Locken ein rotes Fez.

Jetzt verstehe ich den männlichen Eros und bewundere den Sokrates, der einem solchen Alcibiades gegenüber tugendhaft blieb.

So aufgeregt habe ich meine Löwin noch nie gesehen. Ihre Wangen loderten, als sie vor der Treppe ihrer Villa vom Wagen sprang, die Stufen hinaufeilte und mich mit einem gebieterischen Wink ihr folgen hieß.

Mit großen Schritten in ihrem Gemache auf und ab eilend, begann sie mit einer Hast, die mich erschreckte.

»Du wirst erfahren, wer der Mann in den Cascinen war, heute noch, sofort.-

O welch ein Mann! Hast du ihn gesehen? Was sagst du? Sprich.«

»Der Mann ist schön«, erwiderte ich dumpf.

»Er ist so schön -« sie hielt inne und stützte sich auf die Lehne eines Sessels - »daß es mir den Atem benommen hat.«

»Ich begreife den Eindruck, den er dir gemacht hat«, antworte ich; meine Phantasie riß mich wieder im wilden Wirbel fort- »ich selbst war außer mir, und ich kann mir denken -«

»Du kannst dir denken«, lachte sie auf, »daß dieser Mann mein Geliebter ist, und daß er dich peitscht, und es dir ein Genuß ist, von ihm gepeitscht zu werden.

Geh jetzt, geh.«

Ehe es Abend war, hatte ich ihn ausgekundschaftet.

Wanda war noch in voller Toilette, als ich zurückkehrte, sie lag auf der Ottomane, das Gesicht in den Händen vergraben, das Haar verwirrt, gleich einer roten Löwenmähne.

»Wie nennt er sich?« fragte sie mit unheimlicher Ruhe.

»Alexis Papadopolis.«

»Ein Grieche also.«

Ich nickte.

»Er ist sehr jung?«

»Kaum älter als du selbst. Man sagt, er sei in Paris gebildet und nennt ihn einen Atheisten. Er hat auf Candia gegen die Türken gekämpft und soll sich dort nicht weniger durch seinen Rassehaß und seine Grausamkeit, wie durch seine Tapferkeit ausgezeichnet haben.«

»Also alles in allem, ein Mann«, rief sie mit funkelnden Augen.

»Gegenwärtig lebt er in Florenz«, fuhr ich fort, »er soll enorm reich sein -«

»Um das habe ich nicht gefragt«, fiel sie mir rasch und schneidend ins Wort.

»Der Mann ist gefährlich. Fürchtest du dich nicht vor ihm? Ich fürchte mich vor ihm. Hat er eine Frau?«

»Nein.«

»Eine Geliebte?«

»Auch nicht.«

»Welches Theater besucht er?«

»Heute abend ist er im Theater Nicolini, wo die geniale Virginia Marini und Salvini, der erste lebende Künstler Italiens, vielleicht Europas, spielen.«

»Sieh, daß du eine Loge bekommst - rasch! rasch!« befahl sie.

»Aber Herrin -«

»Willst du die Peitsche kosten?«

»Du kannst im Parterre warten«, sprach sie, als ich ihr Opernglas und Affiche auf die Logenbrüstung gelegt hatte und eben den Schemel zurechtschob.

Da stehe ich nun und muß mich an die Wand lehnen, um nicht umzusinken vor Neid und Wut - nein, Wut ist nicht das Wort dafür, vor Todesangst.

Ich sehe sie im blauen Moirékleide, mit dem großen Hermelinmantel um die bloßen Schultern in ihrer Loge und ihn ihr gegenüber. Ich sehe, wie sie sich gegenseitig mit den Augen verschlingen, wie für sie beide heute die Bühne, Goldonis Pamela, Salvini, die Marini, das Publikum, ja die Welt untergegangen ist - und ich, was bin ich in diesem Augenblicke? -

Heute besucht sie den Ball bei dem griechischen Gesandten. Weiß sie, daß sie ihn dort trifft?

Sie hat sich wenigstens darnach angezogen. Ein schweres meergrünes Seidenkleid schließt sich plastisch an ihre göttlichen Formen und zeigt Büste und Arme unverhüllt; in dem Haare, das einen einzigen flammenden Knoten bildet, blüht eine weiße Seerose, von der grünes Schilf, mit einzelnen losen Flechten vermischt, auf den Nacken herabfällt. Keine Spur mehr von Erregung, von jener zitternden Fieberhaftigkeit in ihrem Wesen, sie ist ruhig, so ruhig, daß mir das Blut dabei erstarrt, und ich mein Herz unter ihrem Blicke kalt werden fühle. Langsam, mit müder träger Majestät, steigt sie die Marmorstufen hinauf, läßt ihre kostbare Umhüllung herabgleiten und tritt nachlässig in den Saal, den Rauch von hundert Kerzen mit silbernem Nebel gefüllt hat.

Einige Augenblicke sehe ich ihr wie verloren nach, dann hebe ich ihren Pelz auf, der, ohne daß ich es wußte, meinen Händen entsunken war. Er ist noch warm von ihren Schultern.

Ich küsse die Stelle, und Tränen füllen meine Augen.

Da ist er.

In seinem, mit dunklem Zobel verschwenderisch ausgeschlagenen schwarzen Samtrock, ein schöner, übermütiger Despot, der mit Menschenleben und Menschenseelen spielt. Er steht im Vorsal, sieht stolz umher und läßt seine Augen unheimlich lange auf mir ruhen.

Mich faßt unter seinem eisigen Blick wieder jene entsetzliche Todesangst, die Ahnung, daß dieser Mann sie fesseln, sie berücken, sie unterjochen kann, und ein Gefühl von Scham seiner wilden Männlichkeit gegenüber, von Neid, von Eifersucht.

Wie ich mich so recht als den verschraubten schwächlichen Geistesmenschen fühle! Und was das Schmachvollste ist: ich möchte ihn hassen und kann es nicht. Und wie kommt es, daß auch er mich, gerade mich unter dem Schwarm von Dienern herausgefunden hat.

Er winkt mich mit einer unnachahmlichen vornehmen Kopfbewegung zu sich, und ich - ich folge seinem Winke - gegen meinen Willen.

»Nimm mir den Pelz ab«, befiehlt er ruhig.

Ich zittere am ganzen Leibe vor Empörung, aber ich gehorche, demütig wie ein Sklave.

Ich harre die ganze Nacht im Vorsal, wie im Fieber phantasierend. Seltsame Bilder schweben meinem innern Auge vorbei, ich sehe, wie sie sich begegnen - den ersten langen Blick - ich sehe sie in seinen Armen durch den Saal schweben, trunken, mit halbgeschlossenen Lidern an seiner Brust liegen - ich sehe ihn im Heiligtum der Liebe, nicht als Sklaven, als Herrn auf der Ottomane liegend und sie zu seinen Füßen, ich sehe mich ihn kniend bedienen, das Teebrett in meiner Hand schwanken und ihn nach der Peitsche greifen. Jetzt sprechen die Diener von ihm.

Es ist ein Mann wie ein Weib, er weiß, daß er schön ist und benimmt sich danach; er wechselt vier- bis fünfmal im Tage seine kokette Toilette, gleich einer eitlen Kurtisane.

In Paris erschien er zuerst in Frauenkleidern, und die Herren bestürmten ihn mit Liebesbriefen. Ein durch seine Kunst und Leidenschaft gleich berühmter italienischer Sänger drang bis in seine Wohnung und drohte, vor ihm auf den Knien, sich das Leben zu nehmen, wenn er ihn nicht erhöre.

»Ich bedaure«, erwiderte er lächelnd, »ich würde Sie mit Vergnügen begnadigen, aber so bleibt nichts übrig, als Ihr Todesurteil zu vollstrecken, denn ich bin - ein Mann.«

Der Saal hat sich schon bedeutend geleert - sie aber denkt offenbar noch gar nicht daran, aufzubrechen.

Schon dringt der Morgen durch die Jalousien.

Endlich rauscht ihr schweres Gewand, das ihr gleich grünen Wellen nachfließt, sie kommt Schritt für Schritt im Gespräche mit ihm.

Ich bin für sie kaum mehr auf der Welt, sie nimmt sich nicht einmal mehr die Mühe, mir einen Befehl zu erteilen.

»Den Mantel für Madame«, befiehlt er, er denkt natürlich gar nicht daran, sie zu bedienen.

Während ich ihr den Pelz umgebe, steht er mit gekreuzten Armen neben ihr. Sie aber stützt, als ich ihr auf meinen Knien liegend die Pelzschuhe anziehe, die Hand leicht auf seine Schulter und fragt: »Wie war das mit der Löwin?«

»Wenn der Löwe, den sie gewählt, mit dem sie lebt, von einem anderen angegriffen wird«, erzählte der Grieche, »legt sich die Löwin ruhig nieder und sieht dem Kampfe zu, und wenn ihr Gatte unterliegt, sie hilft ihm nicht - sie sieht ihn gleichgültig unter den Klauen des Gegners in seinem Blute enden und folgt dem Sieger, dem Stärkeren, das ist die Natur des Weibes.«

Meine Löwin sah mich in diesem Augenblicke rasch und seltsam an.

Mich schauerte es, ich weiß nicht warum, und das rote Frühlicht tauchte mich und sie und ihn in Blut.

Sie ging nicht zu Bette, sondern warf nur ihre Balltoilette ab und löste ihr Haar, dann befahl sie mir, Feuer zu machen, und saß beim Kamine und starrte in die Glut.

»Bedarfst du noch meiner, Herrin?« fragte ich, die Stimme versagte mir bei dem letzten Worte.

Wanda schüttelte den Kopf.

Ich verließ das Gemach, ging durch die Galerie und setzte mich auf die Stufen nieder, welche von derselben in den Garten hinabführen. Vom Arno her wehte ein leichter Nordwind frische feuchte Kühle, die grünen Hügel standen weithin in rosigem Nebel, goldner Duft schwebte um die Stadt, die runde Kuppel des Domes.

An dem blaßblauen Himmel zitterten noch einzelne Sterne.

Ich riß meinen Rock auf und preßte die glühende Stirne gegen den Marmor. Alles, was bis jetzt gewesen, erschien mir als ein kindisches Spiel; nun aber war es Ernst, furchtbarer Ernst.

Ich ahnte eine Katastrophe, ich sah sie vor mir, ich konnte sie mit Händen greifen, aber mir fehlte der Mut, ihr zu begegnen, meine Kraft war gebrochen. Und wenn ich ehrlich bin, nicht die Schmerzen, die Leiden, die über mich hereinbrechen konnten, nicht die Mißhandlungen, die mir vielleicht bevorstanden, schreckten mich.

Ich fühle nun eine Furcht, die Furcht, sie, die ich mit einer Art Fanatismus liebte, zu verlieren, diese aber so gewaltig, so zermalmend, daß ich plötzlich wie ein Kind zu schluchzen begann.

Den Tag über blieb sie in ihrem Zimmer eingeschlossen und ließ sich von der Negerin bedienen. Als der Abendstern in dem blauen Äther aufglühte, sah ich sie durch den Garten gehen, und da ich ihr behutsam von weitem folgte, in den Tempel der Venus treten. Ich schlich ihr nach und blickte durch die Ritze der Türe.

Sie stand vor dem hehren Bilde der Göttin, wie betend die Hände gefaltet, und das heilige Licht des Sternes der Liebe warf seine blauen Strahlen über sie.

Nachts auf meinem Lager faßte mich die Angst, sie zu verlieren, die Verzweiflung mit einer Gewalt, welche mich zum Helden, zum Libertiner machte. Ich entzündete die kleine, rote Öllampe, welche unter einem Heiligenbilde im Korridor hängt, und trat, das Licht mit einer Hand dämpfend, in ihr Schlafgemach.

Die Löwin war endlich matt gehetzt, zu Tode gejagt, in ihren Polstern eingeschlafen, sie lag auf dem Rücken, die Fäuste geballt, und atmete schwer. Ein Traum schien sie zu beängstigen. Langsam zog ich die Hand zurück und ließ das volle, rote Licht auf ihr wunderbares Antlitz fallen.

Doch sie erwachte nicht.

Ich stellte die Lampe sachte zu Boden, sank vor Wandas Bette nieder und legte meinen Kopf auf ihren weichen, glühenden Arm. Sie bewegte sich einen Augenblick, doch sie erwachte auch jetzt nicht. Wie lange ich so lag, mitten in der Nacht, in entsetzlichen Qualen versteinert, ich weiß es nicht.

Endlich faßte mich ein heftiges Zittern und ich konnte weinen - meine Tränen flossen über ihren Arm. Sie zuckte mehrmals zusammen, endlich fuhr sie empor, strich mit der Hand über die Augen und blickte auf mich.

»Severin«, rief sie, mehr erschreckt als zornig. Ich fand keine Antwort.

»Severin«, fuhr sie leise fort, »was ist dir? Bist du krank?«

Ihre Stimme klang so teilnehmend, so gut, so liebevoll, daß sie mir wie mit glühenden Zangen in die Brust griff und ich laut zu schluchzen begann.

»Severin!« begann sie von neuem, »du armer unglücklicher Freund.« Ihre Hand strich sanft über meine Locken. »Mir ist leid, sehr leid um dich; aber ich kann dir nicht helfen, ich weiß beim besten Willen keine Arznei für dich.«

»Oh! Wanda, muß es denn sein?« stöhnte ich in meinem Schmerze auf.

»Was, Severin? Wovon sprichst du?«

»Liebst du mich denn gar nicht mehr?« fuhr ich fort, »fühlst du nicht ein wenig Mitleid mit mir? Hat der fremde, schöne Mann dich schon ganz an sich gerissen?«

»Ich kann nicht lügen«, entgegnete sie sanft nach einer kleinen Pause, »er hat mir einen Eindruck gemacht, den ich nicht fassen kann, unter dem ich selbst leide und zittere, einen Eindruck, wie ich ihn von Dichtern geschildert gefunden habe, wie ich ihn auf der Bühne sah, aber für ein Gebilde der Phantasie hielt. Oh! das ist ein Mann wie ein Löwe, stark und schön und stolz und doch weich, nicht roh wie unsere Männer im Norden.

Mir tut es leid um dich, glaub' mir, Severin; aber ich muß ihn besitzen, was sage ich? ich muß mich ihm hingeben, wenn er mich will.«

»Denk an deine Ehre, Wanda, die du bisher so makellos bewahrt hast«, rief ich, »wenn ich dir schon nichts mehr bedeute.«

»Ich denke daran«, erwiderte sie, »ich will stark sein, so lange ich kann, ich will -« sie barg ihr Gesicht verschämt in den Polstern - »ich will sein Weib werden - wenn er mich will.«

»Wanda!« schrie ich, wieder von jener Todesangst erfaßt, die mir jedesmal den Atem, die Besinnung raubte; »du willst sein Weib werden, du willst ihm gehören für immer, oh! stoße mich nicht von dir! Er liebt dich nicht -«

»Wer sagt dir das!« rief sie aufflammend.

»Er liebt dich nicht«, fuhr ich leidenschaftlich fort, »ich aber liebe dich, ich bete dich an, ich bin dein Sklave, ich will mich treten lassen von dir, dich auf meinen Armen durch das Leben tragen.«

»Wer sagt dir, daß er mich nicht liebt!« unterbrach sie mich heftig.

»Oh! sei mein«, flehte ich, »sei mein! Ich kann ja nicht mehr sein, nicht leben ohne dich. Hab doch Erbarmen, Wanda, Erbarmen!«

Sie sah mich an, und jetzt war es wieder jener kalte, herzlose Blick, jenes böse Lächeln.

»Du sagst ja, daß er mich nicht liebt«, sprach sie höhnisch; »nun gut, tröste dich also damit.« Zugleich wendete sie sich auf die andere Seite und kehrte mir schnöd' den Rücken.

»Mein Gott, bist du denn kein Weib aus Fleisch und Blut, hast du kein Herz wie ich!« rief ich, während sich meine Brust wie im Krampfe hob.

»Du weißt es ja«, entgegnete sie boshaft, »ich bin ein Weib aus Stein, ›*Venus im Pelz*‹, dein Ideal, knie nur und bete mich an.«

»Wanda!« flehte ich, »Erbarmen!«

Sie begann zu lachen. Ich drückte mein Gesicht in ihre Polster und ließ die Tränen, in denen sich mein Schmerz löste, herabströmen.

Lange Zeit war alles stille, dann richtete sich Wanda langsam auf.

»Du langweilst mich«, begann sie.

»Wanda!«

»Ich bin schläfrig, laß mich schlafen.«

»Erbarmen«, flehte ich, »stoß mich nicht von dir, es wird dich kein Mann, es wird dich keiner so lieben wie ich.«

»Laß mich schlafen«, - sie kehrte mir den Rücken.

Ich sprang auf, riß den Dolch, der neben ihrem Bette hing, aus der Scheide und setzte ihn auf meine Brust.

»Ich töte mich hier vor deinen Augen«, murmelte ich dumpf.

»Tu' was du willst«, erwiderte Wanda mit vollkommener Gleichgültigkeit, »aber laß mich schlafen.«

Dann gähnte sie laut. »Ich bin sehr schläfrig.«

Einen Augenblick stand ich versteinert, dann begann ich zu lachen und wieder laut zu weinen, endlich steckte ich den Dolch in meinen Gürtel und warf mich wieder vor ihr auf die Knie.

»Wanda - höre mich doch nur an, nur noch wenige Augenblicke«, bat ich.

»Ich will schlafen! hörst du nicht«, schrie sie zornig, sprang von ihrem Lager und stieß mich mit dem Fuße von sich, »vergißt du, daß ich deine Herrin bin?« und als ich mich nicht von der Stelle rührte, ergriff sie die Peitsche und schlug mich. Ich erhob mich - sie traf mich noch einmal - und diesmal ins Gesicht.

»Mensch, Sklave!«

Mit geballter Faust gegen den Himmel deutend, verließ ich, plötzlich entschlossen, ihr Schlafgemach. Sie warf die Peitsche weg und brach in ein helles Gelächter aus - und ich kann mir auch denken, daß ich in meiner theatralischen Attitude recht komisch war.

Entschlossen, mich von dem herzlosen Weibe loszureißen, das mich so grausam behandelt hat und nun im Begriffe ist, mich zum Lohne für meine sklavische Anbetung, für alles, was ich von ihr geduldet, noch treulos zu verraten, packe ich meine wenigen Habseligkeiten in ein Tuch, dann schreibe ich an sie:

»*Gnädige Frau*!

Ich habe Sie geliebt wie ein Wahnsinniger, ich habe mich Ihnen hingegeben, wie noch nie ein Mann einem Weibe, Sie aber haben meine heiligsten Gefühle mißbraucht und mit mir ein freches, frivoles Spiel getrieben. Solange Sie jedoch nur grausam und unbarmherzig waren, konnte ich Sie noch lieben, jetzt aber sind Sie im Begriffe, *gemein* zu werden. Ich bin nicht mehr der Sklave, der sich von Ihnen treten und

110

peitschen läßt. Sie selbst haben mich frei gemacht, und ich verlasse eine Frau, die ich nur noch hassen und *verachten* kann.

Severin Kusiemski.«

Diese Zeilen übergebe ich der Mohrin und eile dann, so rasch ich nur kann, davon. Atemlos erreiche ich den Bahnhof, da fühle ich einen heftigen Stich im Herzen - ich halte - ich beginne zu weinen - Oh! es ist schmachvoll - ich will fliehen und kann nicht. Ich kehre um - wohin? - zu ihr - die ich verabscheue und anbete zu gleicher Zeit.

Wieder besinne ich mich. Ich kann nicht zurück. Ich darf nicht zurück.

Wie soll ich aber Florenz verlassen? Mir fällt ein, daß ich ja kein Geld habe, keinen Groschen. Nun also zu Fuß, ehrlich betteln ist besser, als das Brot einer Kurtisane essen.

Aber ich kann ja nicht fort.

Sie hat mein Wort, mein Ehrenwort. Ich muß zurück. Vielleicht entbindet sie mich dessen.

Nach einigen raschen Schritten bleibe ich wieder stehen.

Sie hat mein Ehrenwort, meinen Schwur, daß ich ihr Sklave bin, solange sie es will, solange sie mir nicht selbst die Freiheit schenkt; aber ich kann mich ja töten.

Ich gehe durch die Cascine an den Arno hinab, ganz hinab, wo sein gelbes Wasser eintönig plätschernd ein paar verlorene Weiden bespült - dort sitze ich und schließe meine Rechnung mit dem Dasein ab - ich lasse mein ganzes Leben an mir vorüberziehen und finde es recht erbärmlich, einzelne Freuden, unendlich viel Gleichgültiges und Wertloses, dazwischen reich gesäte Schmerzen, Leiden, Beängstigungen, Enttäuschungen, gescheiterte Hoffnungen, Gram, Sorge und Trauer.

Ich dachte an meine Mutter, die ich so sehr geliebt und an entsetzlicher Krankheit dahinsiechen sah, an meinen Bruder, der voll Ansprüche auf Genuß und Glück in der Blüte seiner Jugend starb, ohne nur seine Lippen an den Becher des Lebens gesetzt zu haben - ich dachte an meine tote Amme, die Spielgenossen meiner Kindheit, die Freunde, welche mit mir gestrebt und gelernt, sie alle, welche die kalte, tote, gleichgültige Erde deckt; ich dachte an meinen Turteltäuber, der nicht selten mir, statt seinem Weibchen, gurrend Verbeugungen machte - alles Staub zum Staube zurückgekehrt.

Ich lachte laut auf und gleite in das Wasser - im selben Augenblicke aber halte ich mich an einer Weidenrute fest, die über den gelben Wellen hängt - und ich sehe das Weib, das mich elend gemacht hat, vor mir, sie schwebt über dem Wasserspiegel, von der Sonne durchleuchtet, als wäre sie durchsichtig, rote Flammen um Haupt und Nacken, und wendet mir ihr Antlitz zu und lächelt.

Da bin ich wieder, triefend, durchnäßt, glühend vor Scham und Fieber. Die Negerin hat meinen Brief übergeben, so bin ich gerichtet, verloren, in der Hand eines herzlosen, beleidigten Weibes. Nun, sie soll mich töten, ich, ich kann es nicht, und doch will ich nicht länger leben.

Wie ich um das Haus herumgehe, steht sie in der Galerie, über die Brüstung gelehnt, das Gesicht im vollen Lichte der Sonne, mit den grünen Augen blinzelnd.

»Lebst du noch?« fragt sie, ohne sich zu bewegen. Ich stehe stumm, das Haupt auf die Brust gesenkt.

»Gib mir meinen Dolch zurück«, fährt sie fort, »dir nützt er so nichts. Du hast ja nicht einmal den Mut, dir das Leben zu nehmen.«

»Ich habe ihn nicht mehr«, erwiderte ich, zitternd, vom Frost geschüttelt.

Sie überfliegt mich mit einem stolzen, höhnischen Blick.

»Du hast ihn wohl im Arno verloren?« Sie zuckte die Achseln.

»Meinetwegen. Nun und warum bist du nicht fort?«

Ich murmelte etwas, was weder sie noch ich selbst verstehen konnte.

»Oh! du hast kein Geld«, rief sie, »da!« und sie warf mir mit einer unsäglich geringschätzenden Bewegung ihre Börse zu.

Ich hob sie nicht auf.

Wir schwiegen beide geraume Zeit.

»Du willst also nicht fort?«

»Ich kann nicht.«

Wanda fährt ohne mich in die Cascine, sie ist im Theater ohne mich, sie empfängt Gesellschaft, die Negerin bedient sie. Niemand fragt nach mir. Ich irre unstet im Garten umher, wie ein Tier, das seinen Herrn verloren hat.

Im Gebüsch liegend, sehe ich ein paar Sperlingen zu, die um ein Samenkorn kämpfen.

Da rauscht ein Frauengewand.

Wanda nähert sich, in einem dunklen Seidenkleide, züchtig bis zum Halse geschlossen, mit ihr der Grieche. Sie sind im lebhaften Gespräche, doch kann ich kein Wort davon verstehen. Jetzt stampft er mit dem Fuße, daß der Kies ringsum auseinanderstäubt, und haut mit der Reitpeitsche in die Luft. Wanda schrickt zusammen.

Fürchtet sie, daß er sie schlägt? Sind sie soweit?

Er hat sie verlassen, sie ruft ihn, er hört sie nicht, er will sie nicht hören.

Wanda nickt traurig mit dem Kopfe und setzt sich auf die nächste Steinbank; sie sitzt lange in Gedanken versunken. Ich sehe ihr mit einer Art boshafter Freude zu, endlich raffe ich mich gewaltsam auf und trete höhnisch vor sie hin. Sie fährt empor und zittert am ganzen Leibe.

»Ich komme, Ihnen nur Glück zu wünschen«, sage ich, mich verneigend, »ich sehe, gnädige Frau, Sie haben Ihren Herrn gefunden.«

»Ja, Gott sei gedankt!« ruft sie, »keinen neuen Sklaven, ich habe deren genug gehabt: einen Herrn. Das Weib braucht einen Herrn und betet ihn an.«

»Du betest ihn also an, Wanda!« schrie ich auf, »diesen rohen Menschen -«

»Ich liebe ihn so, wie ich noch niemand geliebt habe.«

»Wanda!« - ich ballte die Fäuste, aber schon kamen mir die Tränen und der Taumel der Leidenschaft ergriff mich, ein süßer Wahnsinn. »Gut, so wähle ihn, nimm ihn zum Gatten, er soll dein Herr sein, ich aber will dein Sklave bleiben, solange ich lebe.«

»Du willst mein Sklave sein, auch dann?« sprach sie, »das wäre pikant, ich fürchte aber, er wird es nicht dulden.«

»Er?«

»Ja, er ist jetzt schon eifersüchtig auf dich«, rief sie, »er auf dich! er verlangte von mir, daß ich dich sofort entlasse, und als ich ihm sagte, wer du bist -«

»Du hast ihm gesagt -« wiederholte ich starr.

»Alles habe ich ihm gesagt«, erwiderte sie, »unsere ganze Geschichte erzählt, alle deine Seltsamkeiten, alles - und er - statt zu lachen - wurde zornig und stampfte mit dem Fuße.«

»Und drohte, dich zu schlagen?«

Wanda sah zu Boden und schwieg.

»Ja, ja«, sprach ich mit höhnischer Bitterkeit, »du fürchtest dich vor ihm, Wanda!« - ich warf mich ihr zu Füßen und umschlang erregt ihre Knie - »ich will ja nichts von dir, nichts, als immer in deiner Nähe sein, dein Sklave! - ich will dein Hund sein -«

»Weißt du, daß du mich langweilst?« sprach Wanda apathisch. Ich sprang auf. Alles kochte in mir.

»Jetzt bist du nicht mehr grausam, jetzt bist du gemein!« sprach ich, jedes Wort scharf und herb betonend.

»Das steht bereits in Ihrem Briefe«, entgegnete Wanda mit einem stolzen Achselzucken, »ein Mann von Geist soll sich nie wiederholen.«

»Wie handelst du an mir!« brach ich los, »wie nennst du das?«

»Ich könnte dich züchtigen«, entgegnete sie höhnisch, »aber ich ziehe vor, dir diesmal statt mit Peitschenhieben mit Gründen zu antworten. Du hast kein Recht, mich anzuklagen, war ich nicht jederzeit ehrlich gegen dich? Habe ich dich nicht mehr als einmal gewarnt? Habe ich dich nicht herzlich, ja leidenschaftlich geliebt und habe ich dir etwa verheimlicht, daß es gefährlich ist, sich mir hinzugeben, sich vor mir zu erniedrigen, daß ich beherrscht sein will? Du aber wolltest mein Spielzeug sein, mein Sklave! Du fandest den höchsten Genuß darin, den Fuß, die Peitsche eines übermütigen, grausamen Weibes zu fühlen. Was willst du also jetzt?

In mir haben gefährliche Anlagen geschlummert, aber du erst hast sie geweckt; wenn ich jetzt Vergnügen daran finde, dich zu quälen, zu mißhandeln, bist nur du schuld, du hast aus mir gemacht, was ich jetzt bin, und nun bist du noch unmännlich, schwach und elend genug, mich anzuklagen.«

»Ja, ich bin schuldig«, sprach ich, »aber habe ich nicht gelitten dafür? Laß es jetzt genug sein, ende das grausame Spiel.«

»Das will ich auch«, entgegnete sie mit einem seltsamen, falschen Blick!

»Wanda!« rief ich heftig, »treibe mich nicht auf das Äußerste, du siehst, daß ich wieder Mann bin.«

»Strohfeuer«, erwiderte sie, »das einen Augenblick Lärm macht und ebenso schnell verlöscht, wie es aufgeflammt ist. Du glaubst mich einzuschüchtern und bist mir nur lächerlich. Wärst du der Mann gewesen, für den ich dich anfangs hielt, ernst, gedankenvoll, streng, ich hätte dich treu geliebt und wäre dein Weib geworden. Das Weib verlangt nach einem Manne, zu dem es aufblicken kann, einen - der so wie du - freiwillig seinen Nacken darbietet, damit es seine Füße darauf setzen kann, braucht es als willkommenes Spielzeug und wirft ihn weg, wenn es seiner müde ist.«

»Versuch' es nur, mich wegzuwerfen«, sprach ich höhnisch, »es gibt Spielzeug, das gefährlich ist.«

»Fordere mich nicht heraus«, rief Wanda, ihre Augen begannen zu funkeln, ihre Wangen röteten sich.

»Wenn ich dich nicht besitzen soll«, fuhr ich mit von Wut erstickter Stimme fort, »so soll dich auch kein anderer besitzen.«

»Aus welchem Theaterstück ist diese Stelle?« höhnte sie, dann faßte sie mich bei der Brust; sie war in diesem Augenblicke ganz bleich vor Zorn, »fordere mich nicht heraus«, fuhr sie fort, »ich bin nicht grausam, aber ich weiß selbst nicht, wie weit ich noch kommen kann, und ob es dann noch eine Grenze gibt.«

»Was kannst du mir Ärgeres tun, als ihn zu deinem Geliebten, deinem Gatten machen?« antwortete ich, immer mehr aufflammend.

»Ich kann dich zu seinem Sklaven machen«, entgegnete sie rasch, »bist du nicht in meiner Hand? habe ich nicht den Vertrag? Aber freilich, für dich wird es nur ein Genuß sein, wenn ich dich binden lasse und zu ihm sage: ›Machen Sie jetzt mit ihm, was Sie wollen.‹«

»Weib, bist du toll!« schrie ich auf.

»Ich bin sehr vernünftig«, sagte sie ruhig, »ich warne dich zum letzten Male. Leiste mir jetzt keinen Widerstand, jetzt, wo ich so weit gegangen bin, kann ich leicht noch weiter gehen. Ich fühle eine Art Haß auf dich, ich würde dich mit wahrer Lust von ihm totpeitschen sehen, aber noch bezähme ich mich, noch -«

Meiner kaum mehr mächtig, faßte ich sie beim Handgelenke und riß sie zu Boden, so daß sie vor mir auf den Knien lag. »Severin!« rief sie, auf ihrem Gesichte malten sich Wut und Schrecken.

»Ich töte dich, wenn du sein Weib wirst«, drohte ich, die Töne kamen heiser und dumpf aus meiner Brust, »du bist mein, ich lasse dich nicht, ich habe dich zu lieb«, dabei umklammerte ich sie und drückte sie an mich und meine Rechte griff unwillkürlich nach dem Dolche, der noch in meinem Gürtel stak.

Wanda heftete einen großen, ruhigen, unbegreiflichen Blick auf mich.

»So gefällst du mir«, sprach sie gelassen, »jetzt bist du Mann, und ich weiß in diesem Augenblicke, daß ich dich noch liebe.«

»Wanda« - mir kamen vor Entzücken die Tränen, ich beugte mich über sie und bedeckte ihr reizendes Gesichtchen mit Küssen und sie - plötzlich in lautes, mutwilliges Lachen ausbrechend - rief: »Hast du jetzt genug von deinem Ideal, bist du mit mir zufrieden?«

»Wie?« - stammelte ich - »es ist nicht dein Ernst.«

»Es ist mein Ernst«, fuhr sie heiter fort, »daß ich dich lieb habe, dich allein, und du - du kleiner, guter Narr, hast nicht gemerkt, daß alles nur Scherz und Spiel war - und wie schwer es mir wurde, dir oft einen Peitschenhieb zu geben, wo ich dich eben gerne beim Kopfe genommen und abgeküßt hätte. Aber jetzt ist es genug, nicht wahr? Ich habe meine grausame Rolle besser durchgeführt, als du erwartet hast, nun wirst du wohl zufrieden sein, dein kleines, gutes, kluges und auch ein wenig hübsches Weibchen zu haben - nicht? - Wir wollen recht vernünftig leben und -«

»Du wirst mein Weib!« rief ich in überströmender Seligkeit.

»Ja - dein Weib - du lieber, teurer Mann«, flüsterte Wanda, indem sie meine Hände küßte.

Ich zog sie an meine Brust empor.

»So, nun bist du nicht mehr Gregor, mein Sklave«, sprach sie, »jetzt bist du wieder mein lieber Severin, mein Mann -«

»Und er? - du liebst ihn nicht?« fragte ich erregt.

»Wie konntest du nur glauben, daß ich den rohen Menschen liebe - aber du warst ganz verblendet - mir war bang um dich -«

»Ich hätte mir fast das Leben genommen um deinetwillen.«

»Wirklich?« rief sie, »ach! ich zittere noch bei dem Gedanken, daß du schon im Arno warst -«

»Du aber hast mich errettet«, entgegnete ich zärtlich, »du schwebtest über den Gewässern und lächeltest, und dein Lächeln rief mich zurück ins Leben.«

Es ist ein seltsames Gefühl, das ich habe, wie ich sie jetzt in meinen Armen halte, und sie ruht stumm an meiner Brust und läßt sich von mir küssen und lächelt; mir ist es, als wäre ich plötzlich aus Fieberphantasien erwacht, oder ein Schiffbrüchiger, der tagelang mit den Wogen gekämpft hat, die ihn jeden Augenblick zu verschlingen drohten, und endlich an das Land geworfen wurde.

»Ich hasse dieses Florenz, wo du so unglücklich warst«, sprach sie, als ich ihr gute Nacht sagte, »ich will sofort abreisen, morgen schon, du wirst die Güte haben, einige Briefe für mich zu schreiben, und während du damit beschäftigt bist, fahre ich in die Stadt und mache meine Abschiedsbesuche. Ist's dir so recht?«
»Gewiß, mein liebes, gutes, schönes Weib.«

Sie klopfte früh am Morgen an meine Türe und fragte, wie ich geschlafen. Ihre Liebenswürdigkeit ist wahrhaft entzückend, ich hätte nie gedacht, daß ihr die Sanftmut so gut läßt.

Nun ist sie mehr als vier Stunden fort, ich bin mit meinen Briefen längst fertig und sitze in der Galerie und blicke auf die Straße hinaus, ob ich nicht ihren Wagen in der Ferne entdecke. Mir wird ein wenig bange um sie, und doch habe ich weiß Gott keinen Anlaß mehr zu Zweifeln oder Befürchtungen; aber es liegt da auf meiner Brust und ich werde es nicht los. Vielleicht sind es die Leiden vergangener Tage, die noch ihren Schatten in meine Seele werfen.

Da ist sie, strahlend von Glück, von Zufriedenheit.
»Nun, ist alles nach Wunsch gegangen?« fragte ich sie, zärtlich ihre Hand küssend.
»Ja, mein Herz«, erwidert sie, »und wir reisen heute nacht, hilf mir meine Koffer packen.«

Gegen Abend bittet sie mich, selbst auf die Post zu fahren und ihre Briefe zu besorgen. Ich nehme ihren Wagen und bin in einer Stunde zurück.

»Die Herrin hat nach Ihnen gefragt«, spricht die Negerin lächelnd, als ich die breite Marmortreppe hinaufsteige.

»War jemand da?«

»Niemand«, erwiderte sie und kauert sich wie eine schwarze Katze auf den Stufen nieder.

Ich gehe langsam durch den Saal und stehe jetzt vor der Türe ihres Schlafgemaches.

Warum klopft mir das Herz? Ich bin doch so glücklich.

Leise öffnend, schlage ich die Portiere zurück. Wanda liegt auf der Ottomane, sie scheint mich nicht zu bemerken. Wie schön ist sie in dem Kleide von silbergrauer Seide, das sich verräterisch an ihre herrlichen Formen anschließt und ihre wunderbare Büste und ihre Arme unverhüllt läßt. Ihr Haar ist mit einem schwarzen Sammetbande durchschlungen und aufgebunden. Im Kamin lodert ein mächtiges Feuer, die Ampel wirft ihr rotes Licht, das ganze Zimmer schwimmt im Blut.

»Wanda!« sage ich endlich.

»O Severin!« ruft sie freudig, »ich habe dich mit Ungeduld erwartet«, sie springt auf und schließt mich in ihre Arme; dann setzt sie sich wieder in die üppigen Polster und will mich zu sich ziehen, ich gleite indes sanft zu ihren Füßen nieder und lege mein Haupt in ihren Schoß.

»Weißt du, daß ich heute sehr verliebt in dich bin?« flüstert sie und streicht mir ein paar lose Härchen aus der Stirne und küßt mich auf die Augen.

»Wie schön deine Augen sind, sie haben mir immer am besten an dir gefallen, heute aber machen sie mich förmlich trunken. Ich vergehe« - sie dehnte ihre herrlichen Glieder und blinzelte mich durch die roten Wimpern zärtlich an.

»Und du - du bist kalt - du hältst mich wie ein Stück Holz; warte nur, ich will dich noch verliebt machen!« rief sie und hing wieder schmeichelnd und kosend an meinen Lippen.

»Ich gefalle dir nicht mehr, ich muß wieder einmal grausam gegen dich sein, ich bin heute offenbar zu gut gegen dich; weißt du was, Närrchen, ich werde dich ein wenig peitschen -«

»Aber Kind -«

»Ich will es.«

»Wanda!«

»Komm, laß dich binden«, fuhr sie fort und sprang mutwillig durch das Zimmer, »ich will dich recht verliebt sehen, verstehst du? Da sind die Stricke. Ob ich es noch kann?«

Sie begann damit, mir die Füße zu fesseln, dann band sie mir die Hände fest auf den Rücken und endlich schnürte sie mir die Arme wie einem Delinquenten zusammen.

»So«, sprach sie in heiterem Eifer, »kannst du dich noch rühren?«

»Nein.«

»Gut -«

Sie machte hierauf aus einem starken Seile eine Schlinge, warf sie mir über den Kopf und ließ sie bis zu den Hüften hinabgleiten, dann zog sie sie fest zusammen und band mich an die Säule. Mich faßte in diesem Augenblicke ein seltsamer Schauer.

»Ich habe das Gefühl, wie wenn ich hingerichtet würde«, sagte ich leise.

»Du sollst auch heute einmal ordentlich gepeitscht werden!« rief Wanda.

»Aber nimm die Pelzjacke dazu«, sagte ich, »ich bitte dich.«

»Dies Vergnügen kann ich dir schon machen«, antwortete sie, holte ihre Kazabaika und zog sie lächelnd an, dann stand sie, die Arme auf der Brust verschränkt, vor mir und betrachtete mich mit halbgeschlossenen Augen.

»Kennst du die Geschichte vom Ochsen des Dionys?« fragte sie.

»Ich erinnere mich nur dunkel, was ist damit?«

»Ein Höfling ersann für den Tyrannen von Syrakus ein neues Marterwerkzeug, einen eisernen Ochsen, in welchen der zum Tode Verurteilte gesperrt und in ein mächtiges Feuer gesetzt wurde. Sobald nun der eiserne Ochse zu glühen begann, und der Verurteilte in seinen Qualen aufschrie, klang sein Jammern wie das Gebrüll eines Ochsen.

Dionys lächelte dem Erfinder gnädig zu und ließ, um auf der Stelle einen Versuch mit seinem Werk zu machen, ihn selbst zuerst in den eisernen Ochsen sperren.

Die Geschichte ist sehr lehrreich.

So warst du es, der mir die Selbstsucht, den Übermut, die Grausamkeit eingeimpft hat, und du sollst ihr erstes Opfer werden. Ich finde jetzt in der

Tat Vergnügen daran, einen Menschen, der denkt und fühlt und will, wie ich, einen Mann, der an Geist und Körper stärker ist, wie ich, in meiner Gewalt zu haben, zu mißhandeln, und ganz besonders einen Mann, der mich liebt.

Liebst du mich noch?«

»Bis zum Wahnsinn!« rief ich.

»Um so besser«, erwiderte sie, »um so mehr Genuß wirst du bei dem haben, was ich jetzt mit dir anfangen will.«

»Was hast du nur?« fragte ich, »ich verstehe dich nicht, in deinen Augen blitzt es heute wirklich wie Grausamkeit und du bist so seltsam schön - so ganz ›Venus im Pelz‹.«

Wanda legte, ohne mir zu antworten, die Arme um meinen Nacken und küßte mich. Mich ergriff in diesem Augenblicke wieder der volle Fanatismus meiner Leidenschaft.

»Nun, wo ist die Peitsche?« fragte ich. Wanda lachte und trat zwei Schritte zurück »Du willst also durchaus gepeitscht werden?« rief sie, indem sie den Kopf übermütig in den Nacken warf.

»Ja.«

Auf einmal war Wandas Gesicht vollkommen verändert, wie vom Zorne entstellt, sie schien mir einen Moment sogar häßlich. »Also peitschen Sie ihn!« rief sie laut.

In demselben Augenblicke steckte der schöne Grieche seinen schwarzen Lockenkopf durch die Gardinen ihres Himmelbettes. Ich war anfangs sprachlos, starr. Die Situation war entsetzlich komisch, ich hätte selbst laut aufgelacht, wenn sie nicht zugleich so verzweifelt traurig, so schmachvoll für mich gewesen wäre.

Das übertraf meine Phantasie. Es lief mir kalt über den Rücken, als mein Nebenbuhler heraustrat in seinen Reitstiefeln, seinem engen, weißen Beinkleid, seinem knappen Samtrock, und mein Blick auf seine athletischen Glieder fiel.

»Sie sind in der Tat grausam«, sprach er, zu Wanda gekehrt.

»Nur genußsüchtig«, entgegnete sie mit wildem Humor, »der Genuß macht allein das Dasein wertvoll, wer genießt, der scheidet schwer vom Leben, wer leidet oder darbt, grüßt den Tod wie einen Freund; wer aber genießen will, muß das Leben heiternehmen, im Sinne der Antike, er muß sich nicht scheuen, auf Kosten anderer zu schwelgen, er darf nie Erbarmen haben, er muß andere vor seinen Wagen, vor seinen Pflug spannen, wie Tiere; Menschen, die fühlen, die genießen möchten, wie er, zu seinem Sklaven machen, sie ausnützen in seinem Dienste, zu seinen Freuden, ohne Reue; nicht fragen, ob ihnen auch wohl dabei geschieht, ob sie zugrunde gehen. Er muß immer vor Augen haben: wenn sie mich so in der Hand hätten, wie ich sie, täten sie mir dasselbe, und ich müßte mit meinem Schweiße, meinem Blute, meiner Seele ihre Genüsse bezahlen. So war die Welt der Alten, Genuß und Grausamkeit, Freiheit und Sklaverei gingen von jeher Hand in Hand; Menschen, welche gleich olympischen Göttern leben wollen, müssen Sklaven haben, welche sie in ihre Fischteiche werfen, und Gladiatoren, die sie während ihres üppigen Gastmahls kämpfen lassen und sich nichts daraus machen, wenn dabei etwas Blut auf sie spritzt.«

Ihre Worte brachten mich vollends zu mir.

»Binde mich los!« rief ich zornig.

»Sind Sie nicht mein Sklave, mein Eigentum?« erwiderte Wanda, »soll ich Ihnen den Vertrag zeigen?«

»Binde mich los!« drohte ich laut, »sonst -« ich riß an den Stricken.

»Kann er sich losreißen?« fragte sie, »denn er hat gedroht, mich zu töten.«

»Seien Sie ruhig«, sprach der Grieche, meine Fesseln prüfend.

»Ich rufe um Hilfe«, begann ich wieder.

»Es hört Sie niemand«, entgegnete Wanda, »und niemand wird mich hindern, Ihre heiligsten Gefühle wieder zu mißbrauchen und mit Ihnen ein frivoles Spiel zu treiben«, fuhr sie fort, mit satanischem Hohne die Phrasen meines Briefes an sie wiederholend.

»Finden Sie mich in diesem Augenblicke bloß grausam und unbarmherzig, oder bin ich im Begriffe, gemein zu werden? Was? Lieben Sie mich noch oder hassen und verachten Sie mich bereits? Hier ist die Peitsche« - sie reichte sie dem Griechen, der sich mir rasch näherte.

»Wagen Sie es nicht!« rief ich, vor Entrüstung bebend, »von Ihnen dulde ich nichts -«

»Das glauben Sie nur, weil ich keinen Pelz habe«, erwiderte der Grieche mit einem frivolen Lächeln und nahm seinen kurzen Zobelpelz vom Bette.

»Sie sind köstlich!« rief Wanda, gab ihm einen Kuß und half ihm in den Pelz hinein.

»Darf ich ihn wirklich peitschen?« fragte er.

»Machen Sie mit ihm, was Sie wollen«, entgegnete Wanda.

»Bestie!« stieß ich empört hervor.

Der Grieche heftete seinen kalten Tigerblick auf mich und versuchte die Peitsche, seine Muskeln schwollen, während er ausholte und sie durch die Luft pfeifen ließ, und ich war gebunden wie Marsyas und mußte sehen, wie sich Apollo anschickte, mich zu schinden.

Mein Blick irrte im Zimmer umher und blieb auf der Decke haften, wo Simson zu Delilas Füßen von den Philistern geblendet wird. Das Bild erschien mir in diesem Augenblicke wie ein Symbol, ein ewiges Gleichnis der Leidenschaft, der Wollust, der Liebe des Mannes zum Weibe. »Ein jeder von uns ist am Ende ein Simson«, dachte ich, »und wird zuletzt wohl oder übel von dem Weibe, das er liebt, verraten, sie mag ein Tuchmieder tragen oder einen Zobelpelz.«

»Nun sehen Sie zu«, rief der Grieche, »wie ich ihn dressieren werde.« Er zeigte die Zähne und sein Gesicht bekam jenen blutgierigen Ausdruck, der mich gleich das erste Mal an ihm erschreckt hatte. Und er begann mich zu peitschen - so unbarmherzig, so furchtbar, daß ich unter jedem Hiebe zusammenzuckte und vor Schmerz am ganzen Leibe zu zittern begann, ja die Tränen liefen mir über die Wangen, während Wanda in ihrer Pelzjacke auf der Ottomane lag, auf den Arm gestützt, mit grausamer Neugier zusah und sich vor Lachen wälzte.

Das Gefühl, vor einem angebeteten Weibe von dem glücklichen Nebenbuhler mißhandelt zu werden, ist nicht zu beschreiben, ich verging vor Scham und Verzweiflung.

Und das Schmachvollste war, daß ich in meiner jämmerlichen Lage, unter Apollos Peitsche und bei meiner Venus grausamem Lachen anfangs eine Art phantastischen, übersinnlichen Reiz empfand, aber Apollo peitschte mir die Poesie heraus, Hieb für Hieb, bis ich endlich in ohnmächtiger Wut die Zähne zusammenbiß und mich, meine wollüstige Phantasie, Weib und Liebe verfluchte.

Ich sah jetzt auf einmal mit entsetzlicher Klarheit, wohin die blinde Leidenschaft, die Wollust, seit Holofernes und Agamemnon den Mann geführt hat, in den Sack, in das Netz des verräterischen Weibes, in Elend, Sklaverei und Tod.

Mir war es, wie das Erwachen aus einem Traum.

Schon floß mein Blut unter seiner Peitsche, ich krümmte mich wie ein Wurm, den man zertritt, aber er peitschte fort ohne Erbarmen und sie lachte fort ohne Erbarmen, während sie die gepackten Koffer schloß, in ihren Reisepelz schlüpfte, und lachte noch, als sie an seinem Arme die Treppe hinab, in den Wagen stieg.

Dann war es einen Augenblick stille. Ich lauschte atemlos.

Jetzt fiel der Schlag zu, die Pferde zogen an - noch einige Zeit das Rollen des Wagens - dann war alles vorbei.

Einen Augenblick dachte ich daran, Rache zu nehmen, ihn zu töten, aber ich war ja durch den elenden Vertrag gebunden, mir blieb also nichts übrig, als mein Wort zu halten und meine Zähne zusammenzubeißen.

Die erste Empfindung nach der grausamen Katastrophe meines Lebens war die Sehnsucht nach Mühen, Gefahren und Entbehrungen. Ich wollte Soldat werden und nach Asien gehen oder Algier, aber mein Vater, der alt und krank war, verlangte nach mir.

So kehrte ich still in die Heimat zurück und half ihm zwei Jahre seine Sorgen tragen und die Wirtschaft führen und lernte, was ich bisher nicht gekannt, und mich jetzt gleich einem Trunk frischen Wassers labte, *arbeiten* und *Pflichten erfüllen*. Dann starb mein Vater, und ich wurde Gutsherr, ohne daß sich dadurch etwas geändert hätte. Ich habe mir selbst die spanischen Stiefel angelegt und lebe hübsch vernünftig weiter, wie wenn der Alte hinter mir stünde und mit seinen großen, klugen Augen über meine Schulter blicken würde.

Eines Tages kam eine Kiste an, von einem Briefe begleitet. Ich erkannte Wandas Schrift.

Seltsam bewegt öffnete ich ihn und las.

»*Mein Herr*!

Jetzt, wo mehr als drei Jahre seit jener Nacht in Florenz verflossen sind, darf ich Ihnen noch einmal gestehen, daß ich Sie sehr geliebt habe, Sie selbst aber haben mein Gefühl erstickt durch Ihre phantastische Hingebung, durch Ihre wahnsinnige Leidenschaft. Von dem Augenblicke an, wo Sie mein Sklave waren, fühlte ich, daß Sie nicht mehr mein Mann werden konnten, aber ich fand es pikant, Ihnen Ihr Ideal zu verwirklichen und Sie vielleicht - während ich mich köstlich amüsierte - zu heilen.

Ich habe den starken Mann gefunden, dessen ich bedurfte und mit dem ich so glücklich war, wie man es nur auf dieser komischen Lehmkugel sein kann.

Aber mein Glück war, wie jedes menschliche, nur von kurzer Dauer. Er ist, vor einem Jahre etwa, im Duell gefallen und ich lebe seitdem in Paris, wie eine Aspasia.

Und Sie? - Ihrem Leben wird es gewiß nicht an Sonnenschein fehlen, wenn Ihre Phantasie die Herrschaft über Sie verloren hat und jene Eigenschaften bei Ihnen hervorgetreten sind, welche mich anfangs so sehr anzogen, die Klarheit des Gedankens, die Güte des Herzens und vor allem - der sittliche Ernst.

Ich hoffe, Sie sind unter meiner Peitsche gesund geworden, die Kur war grausam aber radikal. Zur Erinnerung an jene Zeit und eine Frau, welche Sie leidenschaftlich geliebt hat, sende ich Ihnen das Bild des armen Deutschen.

Venus im Pelz.«

Ich mußte lächeln, und wie ich in Gedanken versank, stand plötzlich das schöne Weib in der hermelinbesetzten Samtjacke, die Peitsche in der Hand, vor mir und ich lächelte weiter über das Weib, das ich so wahnsinnig geliebt, die Pelzjacke, die mich einst so sehr entzückt, über die Peitsche, und lächelte endlich über meine Schmerzen und sagte mir: die Kur war grausam, aber radikal, und die Hauptsache ist: ich bin gesund geworden.

»Nun, und die Moral von der Geschichte?« sagte ich zu Severin, indem ich das Manuskript auf den Tisch legte.

»Daß ich ein Esel war«, rief er, ohne sich zu mir zu wenden, er schien sich zu genieren. »Hätte ich sie nur gepeitscht!«

»Ein kurioses Mittel«, erwiderte ich, »das mag bei deinen Bäuerinnen -«

»Oh! die sind daran gewöhnt«, antwortete er lebhaft, »aber denke dir die Wirkung bei unsern feinen, nervösen, hysterischen Damen -«

»Aber die Moral?«

»Daß das Weib, wie es die Natur geschaffen und wie es der Mann gegenwärtig heranzieht, sein Feind ist und nur seine Sklavin oder seine Despotin sein kann, *nie aber seine Gefährtin*. Dies wird sie erst dann sein können, wenn sie ihm gleich steht an Rechten, wenn sie ihm ebenbürtig ist durch Bildung und Arbeit.

Jetzt haben wir nur die Wahl, Hammer oder Amboß zu sein, und ich war der Esel, aus mir den Sklaven eines Weibes zu machen, verstehst du?

Daher die Moral der Geschichte: Wer sich peitschen läßt, verdient, gepeitscht zu werden.

Mir sind die Hiebe, wie du siehst, sehr gut bekommen, der rosige, übersinnliche Nebel ist zerronnen und mir wird niemand mehr die heiligen Affen von Benares oder den Hahn des Plato für ein Ebenbild Gottes ausgeben.«

DON JUAN VON KOLOMEA

» Alle Weisheit meines Lebens
Hat das eine mich gelehrt,
Lieb ist sterblich! Ganz vergebens
Hoffst du, daß die Liebe währt!
Bist du treu, sie lachen deiner,
Ändern wie die Moden sich,
Änderst du dich, keift gemeiner,
Eifersücht'ger Neid um dich.
Drum vermeide Hymens Falle,
Hoffe nie: ein Weib sei dein!
Aber lieb und täusche alle,
Um nicht selbst getäuscht zu sein.«

Karamsin

Wir fuhren aus der Kreisstadt Kolomea* auf das Land. Es war Abend und am Freitag. Der Pole sagt: »Der Freitag ist ein guter Anfang«, aber mein deutscher Kutscher, ein Kolonist aus Mariahilf, behauptete, der Freitag sei ein Unglückstag, denn an diesem Tage sei unser Herr am Kreuze gestorben und habe das Christentum angefangen.

Diesmal behielt der Deutsche recht, denn eine halbe Stunde von Kolomea wurden wir von einer Bauernwache angehalten.

»Steh! - den Paß!«

Wir standen. Aber der Paß! - Meine Papiere waren freilich in Ordnung, aber wer hatte an meinen Schwaben gedacht. Der saß auf seinem Kutschbock, als wenn die Erfindung des Passes noch zu machen wäre, schnalzte mit der Peitsche und legte frischen Schwamm in seine kurze Pfeife. Der konnte freilich ein Verschwörer sein. Sein unverschämt behagliches Gesicht forderte meine russischen Bauern heraus. Paß hatte er keinen, das war richtig; nun zuckten sie die Achseln, das war ebenso richtig.

»Ein Verschwörer«, hieß es.

---

* Stadt im östlichen Galizien

»Aber Freunde, bedenkt doch!« Alles umsonst. »Ein Verschwörer!«

Mein Schwabe rückt verlegen auf seinem Brett und malträtiert fruchtlos die russische Sprache. Alles umsonst. Die Bauernwache kennt ihre Pflichten. Wer wagt, ihr eine Banknote anzubieten? Ich nicht. So werden wir denn zusammen gepackt und einige hundert Schritte weit zu der nächsten Schenke geführt.

Von weitem schien es vor derselben von Zeit zu Zeit aufzublitzen. Es war die aufwärts genagelte Sense eines Bauers, der vor der Türe Wache hielt, und gerade über dem Rauchfang der Schenke stand der Mond und blickte auf den Bauer und seine Sense. Er blickte durch das kleine Fenster der Schenke und warf seine Lichter wie Silbermünzen hinein und füllte die Pfützen vor dem Hause mit Silber, um den geizigen Juden zu ärgern. Ich meine den Schenkwirt, der uns auf der Schwelle empfing und seine lebhafte Freude über die vornehmen Gäste dadurch ausdrückte, daß er eine Art monotones Jammergeschrei ausstieß.

Er wackelte mit dem Körper auf und ab wie eine Ente, küßte auf meinen rechten Ärmel einen Schmutzfleck, und der Symmetrie wegen auch auf den linken, und schalt dabei die Bauern, daß sie »einen solchen Herren«, »einen solchen« - er wußte keine bezeichnendere Eigenschaft an mir zu finden - »einen solchen Herren arretiert, und einen solchen durch und durch schwarzgelben Herren[*], einen Herren, dessen Gesicht schon ganz schwarzgelb sei und dessen Seele ganz schwarzgelb sei, das möchte er auf die Thora beschwören«, und schalt und gebärdete sich, als hätten sie ihm das ärgste Unrecht zugefügt.

Ich ließ indes meinen Schwaben bei den Pferden - die Bauern bewachten ihn - und rettete meine schwarzgelbe Seele in die Schenkstube, wo sie sich auf der hölzernen Bank ausstreckte, die um den großen Ofen lief.

Ich langweilte mich bald, denn Freund Moschku[†] hatte vollauf zu tun, seinen Gästen Branntwein und Neuigkeiten auszuschenken, und hüpfte nur selten wie ein Floh über den breiten Schenktisch zu mir und saugte sich fest und versuchte ein gebildetes Gespräch von Politik und Literatur. Auch ohne das. Ich langweilte mich und sah mich in der Schenke um.

---

[*] schwarzgelb war das Wappen der österreichisch-ungarischen Habsburger-Monarchie, der damals auch Galizien angehörte
[†] Spottname für ›Jude‹

Ihr Grundton war Grünspan.

Die spärlich genährte Erdöllampe erfüllte die Schenke mit grünlichem Lichte. Grüner Schimmel an den Wänden, der große viereckige Ofen wie mit Grünspan lackiert, grünes Moos wuchs aus den Feldsteinparketten Israels. Grüner Bodensatz in den Schnapsgläsern, wirklicher Grünspan an den kleinen Blechmaßen, aus denen die Bauern tranken, wenn sie an den Schenktisch traten und ihre Kupfermünzen hinlegten. Eine grüne Vegetation bedeckte den Käse, den Moschku mir vorsetzte, und sein Weib saß im gelben Schlafrock mit großen Grünspanblumen hinter dem Ofen und schläferte ihr blaßgrünes Kind. Grünspan in dem abgehärmten Gesicht des Juden, Grünspan um seine kleinen, unruhigen Augen, um seine dünnen, bewegungsvollen Nasenflügel, in seinen höhnisch verzogenen, sauren Mundwinkeln.

Es gibt Gesichter, die mit der Zeit Grünspan ansetzen, es gibt solche, und mein Jude hatte ein solches Gesicht.

Der Schenktisch stand zwischen mir und seinen Gästen. Sie saßen alle um einen schmalen langen Tisch, meist Bauern aus der Umgegend; sie unterhielten sich leise und steckten die zottigen, schwermütigen grünen Köpfe zusammen. Einer schien mir ein Kirchensänger. Er führte das große Wort, hatte eine große Dose, aus der er aber allein schnupfte, des nötigen Respektes wegen, und las den Leuten aus einer halbvermoderten grünen russischen Zeitung vor.

Alles leise, ernsthaft, würdevoll, und draußen sang die Bauernwache ein melancholisches Lied, dessen Töne schienen aus weiter Ferne zu kommen. Wie Geister schwebten sie um die Schenke und klagten und schienen sich nicht hineinzuwagen unter die lebenden, flüsternden Menschen. Die Melancholie floß zu allen Ritzen herein als Moder, Mondlicht und Lied.

Auch meine Langeweile wurde zur Melancholie, zu jener Melancholie, welche uns Kleinrussen so eigentümlich ist, zu einer männlichen Ergebung in das Gefühl der Notwendigkeit. Und meine Langeweile war so notwendig wie Schlaf und Tod.

Der Kirchensänger war in seiner grünen Zeitung eben bei den Verstorbenen, Angekommenen, dem Kurszettel, der Eisenbahn-Fahrordnung angelangt, als draußen plötzlich Peitschenknallen, Pferdegetrappel, Menschenstimmen wirr durcheinanderklangen.

Dann war es stille.

Dann hörte man eine fremde Stimme, welche sich mit jenen der Bauernwachen mischte. Es war eine lachende männliche Stimme, es war Musik in ihr, aber eine fröhliche, kecke, übermütige Musik, die vor den Menschen in der Schenke nicht zurückschreckte. Sie tönte immer näher, bis ein fremder Mann über die Schwelle trat.

Ich richtete mich auf, aber ich sah nur seine hohe, schlanke Gestalt, denn er trat nach rückwärts in die Schenke, indem er noch immer lustig zu den Bauern sprach.

»Aber Freunde, tut mir doch nur den Gefallen und erkennt mich! Bin ich denn ein Emissär? Seht mich an! Fährt die Nationalregierung mit vier Pferden auf der Kaiserstraße ohne Paß? Geht die Nationalregierung mit einer Pfeife im Munde wie ich? Brüder! tut mir nur den Gefallen und seid gescheit!«

Jetzt kamen ein paar Bauernköpfe zum Vorschein und ebensoviel Hände, welche diese Bauernköpfe unter dem Kinn rieben, was soviel zu bedeuten hatte als: »Den Gefallen tun wir dir nicht, Bruder.«

»Also wirklich nicht? Aber tut mir doch die Gnade und seid vernünftig -«

»Es geht nicht.«

»Bin ich denn ein Pole? Wollt ihr, daß meine Eltern sich auf dem russischen Kirchhofe zu Czernelica im Grabe umdrehen? Waren meine Ahnen nicht mit Bogdan Chmielnicki, dem Kosaken, gegen Polen? In wieviel Schlachten? Bei Pilawce, bei Korsun, bei Batow, bei den gelben Wässern; haben mit ihm Zbaraz belagert, worin auch die Polen lagen, standen oder saßen nach Belieben - aber tut mir nur den Gefallen und laßt mich fahren.« »Es geht nicht.«

»Auch nicht, wenn mein Großahn mit Hetman Dorozenko Lemberg belagert hat? Damals, sag ich euch, waren die Köpfe der polnischen Edelleute billiger als Birnen, aber - bleibt gesund und laßt mich fahren.«

»Es geht nicht.«

»Es geht nicht! - Wirklich nicht?« »Wirklich nicht.«

»Nun gut, dann bleibt gesund.« Der Fremde ergab sich männlich der Notwendigkeit, ohne Klage. Er trat ein, immer noch das Gesicht von mir abgewendet, nickte zu den neuen Entenstößen des Juden und setzte sich vor den Schenktisch, den Rücken gegen mich.

Die Jüdin horchte, sah auf ihn, legte das schlafende Kind auf den Ofen und trat an den Schenktisch. Sie war schön, als Moschku sie heimführte, ich wette darauf. Jetzt ist alles so befremdend scharf in ihrem Gesichte. Schmerzen, Schande, Fußtritte, Peitschenhiebe haben lange in dem Antlitz ihres Volkes gewühlt, bis es diesen glühend welken, wehmütig höhnischen, demütig rachelustigen Ausdruck bekam. Sie krümmte ihren hohen Rücken, ihre feinen, durchsichtigen Hände spielten mit dem Branntweinmaß, ihre Augen hefteten sich auf den Fremden. Eine glühende, verlangende Seele stieg aus diesen großen schwarzen wollüstigen Augen, ein Vampir aus dem Grabe einer verfaulten Menschennatur, und saugte sich in das schöne Antlitz des Fremden.

Es war wirklich ein schönes Antlitz, es neigte sich über den Schenktisch zu ihr herüber wie der Mond, aber warf wirkliche Silbermünzen auf den Tisch und verlangte eine Flasche Wein.

»Geh hinaus!« sagte der Jude zu seinem Weib.

Sie krümmte sich noch tiefer und ging mit geschlossenen Augen, wie eine, die im Schlafe wandelt; Moschku aber flüsterte über den Tisch zu mir: »Er ist ein gefährlicher Mensch, ein gefährlicher Mensch«, und schüttelte das vorsichtige Köpfchen mit den dicken kleinen Stirnlöckchen.

Das machte den Fremden aufmerksam. Er wandte sich rasch herum, erblickte mich, stand auf, riß seine runde Schaffellmütze vom Kopfe und entschuldigte sich in verbindlichster Weise. Wir begrüßten uns. Die russische Menschenfreundlichkeit hat sich in Sprache und Sitte so verkörpert, daß der einzelne die zärtlich schmeichelnde Redensart nicht mehr zu überbieten vermag. Aber in der Tat begrüßten wir uns noch artiger, als es gewöhnlich geschieht.

Nachdem wir uns gegenseitig unzählige Male als die elendesten Knechte bezeichnet hatten und zu den Füßen gefallen waren, setzte sich der Gefährliche mir gegenüber und bat, seine Pfeife stopfen zu dürfen. Es rauchten die Bauern, es rauchte der Diak, endlich rauchte auch der Ofen, aber er bat, und ich bewilligte alles »aus Erbarmen«. Er stopfte also seine lange türkische Pfeife.

»Diese Bauern!« sagte er heiter, »aber ich! - Sagen Sie selbst, würden Sie mir das auf hundert Schritte antun und mich für einen Polen halten?«

»Gewiß nicht.«

»Nun, sehen Sie, lieber Bruder!« setzte er in überströmender Dankbarkeit hinzu, »aber reden Sie mit denen da.« Er zog einen Feuerstein aus dem

Sack, legte ein kleines Stückchen Schwamm darauf und schlug damit auf sein Messer.

»Nun, aber der Jude nennt Sie doch einen gefährlichen Menschen.«

»Ja so.« Er sah vor sich auf den Tisch und lächelte. »Mein Moschku meint - den Weibern. Haben Sie gesehen, wie er seine Frau hinausgeschickt hat? Das fängt so leicht Feuer.«

Auch der Schwamm fing Feuer. Er legte ihn in die Pfeife und hüllte uns bald in dichte blaue Wolken. Er hatte die Augen bescheiden niedergeschlagen und lächelte nur so. Ich hatte Muße, ihn zu betrachten.

Er war offenbar ein Gutsbesitzer, denn er war sehr gut gekleidet; sein Tabaksbeutel reich gestickt, seine Art vornehm; aus der Nähe oder doch aus dem Kreise von Kolomea - denn der Jude kannte ihn. Ein Russe, das hatte er gleich gesagt und war auch nicht schwatzhaft genug, um für einen Polen gelten zu können. Es war ein Mann, der den Frauen gefallen konnte. Er hatte nichts von jener plumpen Kraft, von jener rohen Schwerfälligkeit, welche andern Völkern als Männlichkeit gilt, er war durchaus edel, schlank und schön; aber seine elastische Energie, seine unverwüstliche Zähigkeit sprach aus jeder Bewegung. Das braune schlichte Haar, der etwas gekräuselte, kurz geschnittene Vollbart warfen ihre vollen Schatten in ein wetterbraunes, aber wohlgebildetes Gesicht.

Er war nicht so ganz jung mehr, aber hatte fröhliche blaue Augen wie ein Knabe. Unauslöschliche, gütige Menschenliebe lag milde in diesem dunkeln Antlitz, dunkel in so viel Linien, welche das Leben tief hineingeschnitten.

Er stand auf und ging ein paarmal durch die Schenke. Die weiten Hosen in die faltigen gelben Stiefel gesteckt, den Leib unter dem offenen weiten Rocke mit einer bunten Binde gegürtet, die Pelzmütze auf dem Kopfe, sah er wie einer jener alten, weisen, tapferen Bojaren* aus, welche zu Rate saßen mit Wladimir und Jaroslaw, in die Schlacht zogen mit Igor und Roman.

Den Frauen konnte er gefährlich sein; ich glaubte es ihm gerne, und wie er so auf und ab ging und lächelte, war es auch mir ein Vergnügen, ihn anzusehen. Auch kam die Jüdin mit der Flasche Wein, setzte sie auf den Tisch und hockte wieder hinter den Ofen, das Auge unverwandt auf ihn

---

* russischer Adel

gerichtet. Mein Bojar kam herbei, sah die Flasche an und schien etwas zu erwarten.

»Eine Flasche Tokai«, sagte er heiter, »ist noch der beste Ersatz für das heiße Blut eines Weibes.«

Er rieb sich mit der flachen Hand die Brust; es machte mir den Eindruck, als ob ihm etwas auf dem Herzen brenne.

»Sie haben gewiß« - ich fürchtete unzart zu sein, er aber fiel lebhaft ein: »Ein Rendezvous? Freilich!« schloß die Augen halb, stieß dichte Wolken aus der Pfeife und nickte mit dem Kopf. »Ein Rendezvous, verstehen Sie mich, und was für ein Rendezvous. Oh, ich habe Glück bei den Weibern, verstehen Sie mich, ganz außerordentliches Glück. Sie sollen mich in den Himmel lassen unter die heiligen Frauen und Jungfrauen, so wird allenfalls der Himmel so ein - Haus. Gott verzeih mir die Sünde! Tun Sie mir die Gnade und glauben Sie es mir.«

»Ich glaube es Ihnen gerne.«

»Nun, sehen Sie. Aber das soll wahr bleiben, wie das Sprichwort sagt: ›Was du dem besten Freunde nicht sagst und deinem Weibe nicht sagst, sagst du dem Fremden auf der Heerstraße.‹ Mach die Flasche auf, Moschku, gib zwei Gläser - und Sie erbarmen sich, trinken mit mir den Tokai und hören meine Liebesabenteuer an, köstliche, seltene Liebesabenteuer, Raritäten von Liebesabenteuern, wie ein Autograph von Goliath dem Philister, denn die Silberlinge, um die Judas Ischariot unsern Herrn verkauft hat, sind gar nicht selten. Das glauben Sie mir aufs Wort, ich habe schon so viele in Galizien und in Rußland in den Kirchen gesehen, daß er eigentlich keinen so schlechten Handel gemacht hat. Aber Moschku -«

Der Schenkwirt hüpfte heran, stieß ein paarmal nach rückwärts aus, holte einen Korkzieher aus der Tasche, klopfte das Siegellack herab, blies darauf, nahm dann die Flasche zwischen die mageren Beine und zog unter furchtbaren Verzerrungen des Gesichtes den Kork heraus. Blies dann zum Überfluß noch einmal in die Flasche und schenkte den gelben Tokai in die reinsten zwei Gläser, welche in Israel geduldet werden. Der Fremde hob sein Glas gegen mich. »Auf Ihre Gesundheit!«

Er meinte es aufrichtig, denn er leerte das große Glas auf einen Zug. Ein Trinker war er nicht, dazu hatte er den Wein zuwenig gekostet, auf die Zunge genommen, an den Gaumen emporgeschnalzt.

Der Jude sah ihm zu und sprach schüchtern: »Das ist eine Ehre, daß der Herr Wohltäter wieder einmal bei mir einsprechen und wie gut aussehen, immer noch ganz am Fleck!« Moschku versuchte sich bei dieser Bemerkung die Haltung eines Löwen zu geben, und dazu schien es ihm unentbehrlich, seine mürben Arme wie die zerbrochenen Henkel einer Vase von Pompeji auseinanderzuspreizen und wie in der Tretmühle die Füße abwechselnd zu heben und wieder aufzustampfen.

»Nun, und wie befinden sich die gnädige Frau Wohltäterin und die lieben Kinder?«

»Gut! Gut!« Mein Bojar schenkte sich das zweite Glas ein und trank es aus, aber alles mit niedergeschlagenen Augen, wie beschämt. Und als der Jude längst fort war, blickte er schüchtern nach mir herüber und war über und über rot. Lange war er stille, rauchte so vor sich hin, schenkte mir ein, endlich sagte er ganz leise: »Ich muß Ihnen ziemlich lächerlich erscheinen. Sie denken gewiß, der alte Esel hat Weib und Kinder zu Hause und will mich da von seinen Romanen unterhalten und von Rendezvous und Liebesbriefen. Ich bitte Sie, sagen Sie gar nichts, ich weiß es ja doch. Aber sehen Sie, einmal ist es eine angenehme Pflicht, einen Fremden zu unterhalten, und da dachte ich - dann wieder - verzeihen Sie - es ist eigentlich recht sonderbar. Man begegnet sich, um sich vielleicht nie wiederzusehen. Man könnte denken, was liegt daran, was der von dir meint. Aber es ist nicht so. Bei mir wenigstens nicht. Freilich, ich will mich nicht schön machen, wer so ein Verführer ist, der ist es gewiß halb nur aus Wollust und halb aus Eitelkeit. Wenn man von meinen Abenteuern nichts wüßte, wäre ich der unglücklichste Mensch von der Welt, und da erzähle ich sie so jedem, und sie beneiden mich alle, aber heute hab ich mich lächerlich gemacht.«

Ich wendete etwas ein.

»Bemühen Sie sich nicht, es ist einmal so - lächerlich, denn Sie kennen ja meine Geschichte nicht. Der ganze Kreis weiß, was mir passiert ist, aber Sie wissen es nicht. Und dann wird man so lächerlich eitel, wenn man den Frauen gefällt, lächerlich eitel, will, jeder Mensch soll gut von uns denken, und verschenkt sein Geld an die Bettler auf der Straße und seine Geschichten an die Fremden in den Einkehrhäusern. Oh! es ist recht lächerlich. Aber nun muß ich Ihnen doch das Ganze erzählen. Haben Sie die Gnade und hören Sie mich an. Ich weiß nicht, ich habe so etwas Zutrauen zu Ihnen.«

Ich bedankte mich.

»Nun gut. Und dann, was fangen wir sonst an? Karten sind keine da! - Also will ich - aber nein! - und doch - bedenken Sie - ›ein guter Vogel beschmutzt sein Nest nicht‹, das sagt jeder Bauer bei uns. Aber ich bin kein guter Vogel. Ich bin ein leichter Vogel, ein lustiger Vogel. Noch eine Flasche Tokai, Moschku! - Ich will Ihnen meine Geschichte erzählen.«

Er stützte seinen Kopf in die Hände und dachte nach. Es war stille. Wieder tönte das grauenhafte Lied der Bauernwache, bald wie eine Totenklage aus weiter Ferne, bald ganz nahe und leise, als schwinge die Seele des fremden Mannes in verzweifelten, herzzerreißend süßen Melodien.

»Sie sind also verheiratet?« fragte ich endlich. »Ja.«

»Glücklich?«

Er lachte. Sein Lachen klang eigentlich harmlos wie das Lachen eines Kindes; aber mich machte es schauern, ich weiß nicht, warum.

»Glücklich?« sagte er, »was soll ich sagen? Tun Sie mir die Gnade und bedenken Sie einmal, was das ist: Glück! - Sind Sie Landwirt?«

»Nein.«

»Aber Sie verstehen etwas von der Landwirtschaft? Gewiß. Nun, sehen Sie, das Glück, möchte ich so sagen, ist nicht wie ein Dorf oder Gut, das einem gehört, sondern wie eine Pacht. Ich bitte, verstehen Sie mich, wie eine Pacht. Wer sich da einrichten will für die Ewigkeit, wer brachliegen läßt nach der Ordnung, oder gar düngt, oder den Wald schont, oder junges Holz hegt, oder eine Straße baut« - er nahm sich wie verzweifelt beim Kopfe - »Herrgott! der macht, als hätte er für seine Kinder zu sorgen. Da heißt es: was herausschlagen, das Jahr oder gar heute, ja nicht morgen. Da heißt es: das Feld aussaugen, den Wald verwüsten, die Weiden ruinieren, Gras wachsen lassen auf den Wegen, Scheunen, und wenn alles zugrunde gerichtet ist am Ende und der Stall jede Stunde einstürzen kann: gut, und auch der Speicher - um so besser! oder gar das Wohngebäude - unübertrefflich! unübertrefflich! Der hat's genossen, der hat jubiliert. - Da haben Sie das Glück! Lustig! Lustig!«

Die neue Flasche Tokai wurde entkorkt, und er schenkte fleißig ein.

»Was ist das Glück?« rief er, »der Atemzug, den ich mache. Da, sehen Sie!« - er hauchte in die Luft - »da haben Sie ihn! Sehen Sie! Sehen Sie ihn!« - er wies mit den Fingern hin - »Wo ist er jetzt? - Ein Augenblick, eine Sekunde auf der Uhr, einmal klopft der Zeiger - vorbei! Das Lied, das die Wache singt! Hören Sie den letzten schwellenden Ton, wie er sich emporhebt und fliegt - und schwimmt nur so in der Luft. Man meint, er könnte kein Ende nehmen. Er trägt uns fort, fort - immer fort! – da - da hat ihn die Nacht verschlungen - für immer - das ist das Glück.«

Wir schwiegen beide einige Zeit.

Endlich fragte er ziemlich heiter: »Verzeihen Sie, darf ich Sie fragen: warum sind denn alle Ehen unglücklich? oder doch die meisten! Was wollen Sie einwenden?« »Ich? Nichts! gar nichts!«

»Also sehen Sie, es ist eine Tatsache! Aber ein Mensch, der das, was so ist, annimmt, ohne darüber nachzudenken oder sich dagegen zu stemmen, der ist so ein schwacher Mensch in jeder Beziehung. - Ich meine, man muß tragen, was notwendig ist, was so bestimmt ist oder was so in der Natur liegt, wie allenfalls der Winter oder die Nacht oder der Tod. Aber ist es auch notwendig, daß die Ehen so in der Regel unglücklich sind? Ist da - nun, Sie verstehen mich - eine Notwendigkeit, eine Regel, wenn ich mich so ausdrücken darf ein Gesetz in der Natur?«

Mein Mann fragte mit dem Eifer eines Gelehrten, der seinen Gegenstand erörtert. Er war offenbar seiner Sache gewiß und sah mich nicht im mindesten ernsthaft, sondern mit der liebenswürdigsten Neugierde an.

»Was macht so die meisten Ehen unglücklich?« wiederholte er, »verstehen Sie mich, Bruder?«

Ich sagte irgend etwas, was man so gewöhnlich sagt. Er unterbrach mich, entschuldigte sich und sprach weiter.

»Verzeihen Sie, aber das haben Sie aus den deutschen Büchern. Es ist so. Sie lesen sie gerne, das möchte ich glauben, ich auch, aber man bekommt so Ideen, so Phrasen - nun, Sie verstehen mich ja. - Da könnte ich auch sagen: ›Meine Frau war mir nicht genug‹, oder ›sie hat mich nicht verstanden‹ und ›wie das furchtbar ist, wenn man so nicht verstanden wird‹, wie ich so ein ganz origineller Mensch bin, so ein Original, wie ich so ganz originelle Gedanken habe und so ganz originelle Gefühle und wie ich mich so enttäuscht sehe und keine Frau finde, die mich versteht, aber doch immerfort suche - solche Phrasen, wissen Sie - das ist aber alles erlogen, alles erlogen! Überhaupt, mein Bester, haben Sie schon bemerkt, wie eigentlich jeder Mensch ein Lügner ist? Nur gibt es zwei Arten, und darnach kann man die Menschen einteilen, in solche, welche andere

138

belügen, das sind die materiellen Menschen, von denen man so in den Büchern liest, und dann die Idealisten, wie die Deutschen sie nennen - die sich selbst belügen.«

Ich gestehe es, der Mann begann mich immer mehr zu interessieren.

Er trank noch ein Glas Tokai und war vollends im Fluß. Seine Augen schwammen, seine Zunge schwamm, seine Worte flossen nur so.

»Nun, Herr, was macht die Ehe unglücklich?« sagte er und legte seine Hände auf meine Achseln, als wolle er mich an sein Herz drücken - »denken Sie sich, Herr - die Kinder!«

Ich war überrascht.

»Aber, lieber Freund«, sagte ich, »sehen Sie einmal diesen Juden an, wie elend er da lebt, und sein Weib - würden sie nicht auseinanderlaufen wie Hunde, wenn nicht die Kinder wären und die Liebe zu den Kindern?«

Er nickte eifrig mit dem Kopfe und hob die Hände flach gegen mich empor, als wollte er mich segnen. »So ist es, so ist es, Bruder! Das eben, das allein - das, das! - Hören Sie nur meine Geschichte.

Ich war so ein Bursche, was soll ich Ihnen sagen, ein Tölpel. Ich fürchtete mich vor den Frauen. Wenn ich zu Pferde war, da war ich ein Mann. Oder ich nahm die Büchse und ging durch das Feld, in den Wald, in das Gebirge - ich will Ihnen aber keine Anekdoten erzählen von meinen Jagden - genug, wenn ich dem Bären begegnete, ließ ich ihn ganz nahe kommen und sagte nur: ›Hopp, Bruder!‹ - da stand er auf, daß ich seinen Atem fühlte, und ich schoß ihn, gerade auf den weißen Fleck hin, in die Brust. Aber wenn ich ein Weib sah, ging ich aus dem Wege. Sprach sie mich an, wurde ich rot, stotterte - so ein Tölpel, wissen Sie. Ich meinte immer noch, ein Weib habe nur längeres Haar als wir und längere Kleider, und das sei alles. So ein Tölpel! Sie wissen ja, wie man bei uns ist. Nicht einmal die Dienstleute sprechen so von diesen Sachen, man wächst auf, und es kommt einem der Bart beinahe, und man weiß nicht, warum einem das Herz schlägt, wenn man so ein Weib sieht. So ein Tölpel! sag ich Ihnen.

Da meinte ich, ich hätte Amerika entdeckt oder wenigstens einen neuen Planeten, wie ich endlich wußte. - Bedenken Sie nur, daß die Kinder nicht aus dem Wasser gezogen werden wie die Krebse. Gut. Da verliebte ich mich auf einmal. Ich weiß selbst nicht, wie. - Aber ich langweile Sie gewiß?«

»Nein, ich bitte - «

»Gut. Ich verliebe mich. Da hatte mein seliger Vater, da hatte er so eine Idee, uns tanzen zu lassen, nämlich meine Schwester und mich. Da kam so ein kleiner Franzose mit seiner Geige, und dann kamen die Gutsbesitzer aus der Nähe mit ihren Söhnen und Töchtern. Es war eine lustige Gesellschaft so von Nachbarn. Jeder kannte den andern und war guter Dinge, nur ich zitterte am ganzen Leibe. Mein kleiner Franzose aber besinnt sich nicht, stellt seine Paare auf, wie's ihm einfällt, erwischt mich beim Ärmel und erwischt auch ein Fräulein von unserem Nachbarn, ein Kind, sag ich Ihnen. Sie stolperte noch über ihr Kleid und hatte blonde Zöpfe bis hinab.

Da standen wir nun, und sie hielt meine Hand - denn ich - ich war Ihnen tot; so tanzen wir. Aber ich sehe sie gar nicht an, nur unsere Hände brennen so ineinander. Bis zuletzt, da heißt es: ›Messieurs!‹ - Man tritt vor seine Dame, klappt die Absätze zusammen, läßt den Kopf auf die Brust fallen, wie wenn er abgehackt wäre, macht seinen Arm krumm, nimmt sie bei den Fingerspitzen und küßt die Hand. Das Blut schoß mir zu Kopfe. Sie machte nur so einen Knicks, und wie ich meinen Kopf hob, da war sie ganz rot und hatte Augen - was für Augen!«

Er schloß die seinen und lehnte sich zurück.

»Bravo, Messieurs!‹ Ich war erlöst. Von da an tanzte ich nicht mehr mit ihr.

Sie war die Tochter eines Nachbars. Schön! - was soll ich Ihnen sagen - schön! so vornehm, möchte ich sagen. - Jede Woche war eine Tanzstunde. Ich sprach nicht einmal mit ihr, aber wenn sie so den Kosak tanzte, den Arm zierlich eingestemmt, stachen meine Augen nur so in sie, und sah sie dann auf mich, pfiff ich wohl und drehte mich auf dem Absatz um. Die anderen jungen Herren leckten ihre Finger wie Zucker, verrenkten sich Hände und Füße, um ihr Taschentuch zu erwischen, sie aber warf die Zöpfe zurück und blickte auf mich.

Wenn sie davonfuhr, da war ich ein Held, wenn ich die Treppe hinableuchtete und unten stehenblieb. Da wickelte sie sich behaglich ein, zog den Schleier herab, nickte allen freundlich zu, daß mir der Neid im Magen brannte, und wenn die Glöckchen nur noch so aus der Ferne klangen, stand ich noch da und hielt mein Licht in der Hand, ganz krumm, das tropfte nur. So ein Tölpel, sag ich Ihnen!

Dann waren die Tanzstunden zu Ende, und ich sah sie lange nicht.

Da wachte ich nachts auf und hatte geweint und wußte nicht, warum; da lernte ich verliebte Gedichte auswendig und sagte sie tüchtig her, alles meinem Kleiderstock; da hatte ich Mut und phantasierte, nahm die Gitarre und sang, daß unser alter Jagdhund unter dem Ofen hervorkroch, die Nase zum Himmel hob und heulte.

Dann kam mir im Frühjahr die Idee, auf die Jagd zu gehen. Streife so im Gebirge, lege mich über eine Schlucht, und wie ich so liege, da brechen die Zweige und kommt das Dickicht herab ein großer Bär, langsam, ganz langsam. - Ich bin ganz stille, und im Walde ist es stille - nur ein Rabe fliegt über mir und schreit. - Da faßt mich eine namenlose Angst, ich mache das Kreuz und atme nicht einmal, und wie er hinab ist - laufe ich, was ich laufen kann.

Da war dann der Jahrmarkt - verzeihen Sie, ich erzähle Ihnen wohl alles erbärmlich durcheinander. - Da fahr ich denn auf den Jahrmarkt, und wie ich so gehe, ist sie auch da. - Richtig! ich vergesse zu sagen, wie sie heißt: Nikolaja Senkow also. Einen Gang hatte sie jetzt wie eine Fürstin, und auch die Zöpfe hingen ihr nicht mehr herab, sondern lagen auf ihrem Haupte wie ein goldener Reif, und ihr Gang war so frei, sie wiegte sich, und die Falten ihres Kleides rauschten so anmutig, man konnte sich in dieses Rauschen allein verlieben. - Da lärmt der Jahrmarkt, der Handel ringsherum, da traben die Bauern in ihren schweren Stiefeln, da schießen die Juden durch das Gedränge, das schreit und jammert und lacht, und die Buben haben kleine hölzerne Pfeifchen gekauft und pfeifen. Aber sie hat mich gleich gesehen.

Da faß ich mir ein Herz, sehe mich um und denke: Halt! du gibst ihr die Sonne! das wird sie freuen! was kannst du mehr geben? - Verzeihen Sie, es war eine Sonne von Lebzelten, prächtig vergoldet, sag ich Ihnen. Sie fiel mir von weitem auf und machte ein erstauntes Gesicht, wie unser Pfarrer, wenn er jemand umsonst begraben soll. Gut, ich habe diesmal Courage wie der Teufel, gehe, werfe meinen Zwanziger hin - es war mein einziger - und kaufe die Sonne. Mache dann große Schritte und erwische mein Fräulein richtig bei einer Falte; was eigentlich recht unanständig war, aber so ist man, wenn man verliebt ist, ganz unanständig! - erwische sie und präsentiere ihr die Sonne, und, was denken Sie, was tut meine Nikolaja?«

»Sie bedankt sich wohl.«

»Bedankt sich? - Sie - sie lacht mir ins Gesicht, lacht auch ihr Vater, lacht ihre Mutter, lachen ihre Schwestern und Basen, alle Senkows lachen! Mir ist zumute wie an der Schlucht dort, wie der Bär so langsam kommt. Ich möchte laufen, aber ich schäme mich; die Senkows etwa lachen so fort. - Es sind reiche Leute, und wir waren eben so - wir hatten unser Auskommen; da stecke ich beide Hände in die Taschen und spreche: ›Das ist nicht schön, Pana Nikolaja, daß Sie so lachen. Mein Vater hat mir nichts gegeben als den Zwanziger für den Jahrmarkt, den hab ich für Sie hingeworfen wie ein Fürst, wenn er seine zwanzig Dörfer nimmt und Ihnen so hinwirft. - Haben Sie die Gnade also -‹ - ich konnte nicht weiter - mir kamen die hellen Tränen. So ein ganzer Tölpel, sag ich Ihnen. Aber die Pana Nikolaja nimmt meine Sonne so mit beiden Händen an die Brust und sieht mich an. Ihre Augen waren so groß, so weit - die ganze Welt schien mir nicht so weit - und so tief! es zog einen so hinein, und sie bat mich, mit ihren Augen bat sie mich, ihre Lippen zuckten nur so -

Da schrie ich auf: ›Oh! was für ein Tölpel bin ich, Pana Nikolaja! Die Sonne möchte ich jetzt herunterreißen vom Himmel, Gottes wahrhaftige, lichte Sonne, und Ihnen zu Füßen legen, lachen Sie mich nur aus, lachen Sie.‹ - Da kommt ein polnischer Graf gefahren. Sechs Pferde hat er vorgespannt und sitzt auf dem Bock mit der Peitsche, fliegt nur so hin, sag ich Ihnen, auf seiner Britschka* mitten durch den Jahrmarkt. Ein Unsinn! fährt da so schnell. Das schreit nur, ein Jude kugelt sich am Boden, meine Senkows ergreifen die Flucht, nur Nikolaja steht starr, hebt nur die Hand gegen die Pferde. Ich, sie um den Leib und trage sie. Nikolaja die Hände um meinen Hals. Alles schreit, ich aber möchte tanzen mit ihr auf dem Arme. Da ist der Graf auch vorbei mit seiner Britschka, das Mädchen aus meinen Armen, ein Moment, sag ich Ihnen! Polak, das! fährt da so schnell!

Aber ich erzähle Ihnen das alles, wie ich es erlebt habe, ich will mich kurz fassen -«

»Nein! nein; wir Russen erzählen gerne und lassen uns gerne erzählen. Fahren Sie nur so fort.« Ich streckte mich auf meiner Bank aus. Er stopfte sich eine neue Pfeife.

»Es ist so alles eins«, meinte er, »Arrestanten sind wir einmal, also hören Sie die Geschichte zu Ende.

---

* offener Wagen

Da hat uns der polnische Graf getrennt von der tapferen Familie. Meine Senkows waren in alle vier Winde zerstreut. Glauben Sie, ich habe sie gesucht? Pana Nikolaja hängt sich in mich ein, ganz sanft, und ich führe sie zu ihren Leuten, das heißt, ich sehe mich immer um, damit ich sie von weitem entdecke und noch zu rechter Zeit in eine andere Gasse von Marktbuden einbiegen kann. Ich hebe meinen Kopf stolz wie ein Kosak, und wir plaudern. Was gleich? Da sitzt ein Weib und verkauft Kannen. Pana Nikolaja behauptet, die irdenen Kannen sind besser für das Wasser, und ich, die hölzernen, nur um so zu reden; sie lobt die französischen Bücher und ich die deutschen; sie die Hunde, ich die Katzen, und ich widersprach nur, um sie reden zu hören, so allerliebst! und wenn sie zornig wurde - diese Stimme! - wie Musik, sag ich Ihnen! Endlich hatten mich die Senkows umstellt wie ein Wild, es war nicht mehr auszuweichen, da liefen wir denn Vater Senkow gerade in die Arme. Der wollte gleich nach Hause fahren. Gut. Ich hatte jetzt meine Courage beisammen, schrie den Kutscher recht an und sage ihm dann, wie er fahren soll. Hebe zuerst Madame Senkow in den Wagen, stoße dann Vater Senkow, der einsteigt, so hinterrucks - wissen Sie - hinein, alles, damit ich mich dann auf ein Knie niederlassen, Nikolaja auf das andere ihren Fuß setzen und auf ihren Sitz springen kann. Kommen noch die Schwestern und Basen, küsse noch ein halbes Dutzend Hände, der Kutscher peitscht in die Pferde, fort sind sie. -

Es ist wirklich - Sie verzeihen - wenn ich nur könnte - so eine schlechte Gewohnheit - so zu erzählen. Aber ich fahre lieber fort, sonst halte ich noch mehr auf. Endlich sind wir ja Arrestanten.

Also der Jahrmarkt!

Da hab ich mich verkauft, sag ich Ihnen, mich, wie ich da bin. Da ging ich herum wie ein Tier, das seinen Herrn verloren hat. Ganz verloren war ich.

Den nächsten Tag ritt ich hinaus auf das Dorf der Senkows, wurde gut empfangen. Nikolaja war ernster als sonst, ließ das Köpfchen etwas hängen. Auch ich wurde traurig, sah sie an und dachte, was bist du so? Ich bin dein, deine Sache, dein Geschöpf, mache mit mir, was du willst, ich bin dein, lache doch! - Ich dachte gar nicht, daß sie etwas mehr wünschen könnte.

Ich ritt jetzt oft hinaus zu den Senkows.

Einmal sagte ich zu Nikolaja: ›Erlauben Sie mir, daß ich nicht mehr lüge.‹ Sie sah mich erstaunt an. ›Sie lügen?‹ - ›Da sage ich Ihnen, ich bin Ihr

Knecht, meine Seele gehört Ihnen; da falle ich Ihnen zu Füßen, küsse Ihre Fußstapfen, und bin es nicht und tue es nicht. Erlauben Sie, daß ich nicht mehr lüge.‹ - Glauben Sie mir, ich - ich hörte noch in derselben Stunde auf zu lügen.

Nach einiger Zeit sagte unser alter Kosak so zu den Dienstleuten: ›Unser junger Herr ist jetzt andächtig geworden, hat der förmliche Flecke auf den Knien.‹ - So. Jetzt muß ich Ihnen von einem Hunde erzählen.

Die Senkows hatten ihr Dorf näher dem Gebirge als wir. Sie hatten zahlreiche Schafe im Freien auf der Weide, nah dem tiefen Walde. Der Lagerplatz war von einem tüchtigen Zaun eingeschlossen. Da machten die Hirten nachts ihre Feuer, hatten ihre Stöcke mit Eisen beschlagen, sogar eine alte Entenflinte mit einem Lauf und ein paar Wolfshunde. Alles, wie gesagt, weil es nahe dem Gebirge war, und die Wölfe und Bären liefen dort herum wie die Hühner und waren zahlreich und vermehrten sich in einer Weise wie die Juden.

Da war ein schwarzer Wolfshund. Sie nannten ihn Kohle.

Er war auch kohlschwarz, und seine Augen funkelten wie Kohlen.

Der war der Freund meiner - verzeihen Sie - was sag ich da - «

Er errötete etwas und senkte den Blick.

»Also Kohle war der Freund der Pana Nikolaja. Wie sie noch ein kleines Eichen war, im warmen Sande lag, da kam Kohle - selbst ein Kind - zu ihr und leckte sie, so mit der Zunge gleich über das ganze Gesicht, und das Kindchen legte ihm die Fingerchen zwischen die großen Zähne und lachte, und mein Hund lachte auch.

Dann wuchsen sie beide auf. Kohle wurde groß und stark wie ein Bär; Nikolaja konnte nicht so schnell nachkommen; aber lieb hatten sie sich immerfort. Und als Kohle zu den Schafen kam - nicht daß man ihn hingab. Lassen Sie sich das sagen. Er war so großmütig von Natur, er mußte immer etwas zu beschützen haben. Auf Meilen war kein Tier wie er.

Wenn er einen Hund zerriß, so war es, weil er einen andern gebissen hatte. Ihm wich der Wolf aus, und der Bär blieb aus, wenn er Wache hielt.

So fiel es meinem Kohle ein, die Schafe zu beschützen. Das waren so recht arme, ängstliche Tiere, so recht für meinen Kohle. Er kam also zu ihnen und machte fortan nur noch Besuche im Herrenhause; und wenn er zurückkam, da drängten sich die Lämmer um ihn und grüßten ihn, und er leckte nur so nach links und rechts mit seiner roten Zunge, als wollte er sagen: Ist schon gut! ich weiß schon. - Nikolaja machte also jetzt auch ihre Besuche in der Hürde, und sie nahmen es beide genau. Wenn das Kind einmal ausblieb, schmollte der Hund und lief einmal statt in den Hof in den Wald, wo er sich den Spaß machte, dem Wolfe sein Weib zu verführen.

Es war ein majestätisches Tier. Wenn Nikolaja kam, trieb er ihr die kleinen Lämmchen zu. Sie setzte sich auf seinen Rücken, und er trug sie so leicht, was, leicht? - stolz! er wußte, was er trug.

Wie ich Kohle kennenlernte, war er alt, hatte schlechte Zähne, ein lahmes Bein, schlief oft, und es geschah, daß da und dort ein Lamm verlorenging.

Um diese Zeit sprach man in unserer Gegend viel von einem Bären, einem ungeheuren Bären, sag ich Ihnen, der sich auch bei den Senkows sehen ließ.

Ich dachte gleich an meinen Bären in der Schlucht und schämte mich etwas.

Einmal reite ich wieder zu den Senkows; da laufen mir Bauern über den Weg, rennen gegen die Hürde - ein Tumult - ich sporne mein Pferd, von weitem höre ich - ›der Bär! der Bär!‹ - Die Angst kommt mir, ich jage nur hin, springe vom Pferd, da steht ein Haufe Volk - Nikolaja liegt am Boden, den Wolfshund in den Armen, und schluchzt. Die Leute stehen herum und flüstern nur.

Der Bär war da, der große Bär, und holt ein Lamm. Die Hirten, die Hunde rühren sich nicht, heulen nur aus Leibeskräften, das Fräulein schreit auf, Kohle schämt sich und springt mit seinem lahmen Bein über den Zaun, geradehin auf den Bären.

Seine Zähne sind stumpf. Er packt den Bären, der Bär ihn - die Hirten rennen heraus mit der Flinte, der Bär flieht, das Lamm ist gerettet, Kohle aber schleppt sich nur einige Schritte und fällt, wie ein Held, sag ich Ihnen -. Nikolaja wirft sich über ihn, schließt den Wolfshund an ihre Brust. Ihre Tränen fließen bis auf seinen Kopf, er sieht hinauf zu ihr, zieht noch einmal Luft - es ist zu Ende.

Ich habe ein Gefühl, wie wenn ich einen Mord begangen hätte. ›Lassen Sie ihn, Pana Nikolaja‹, sag ich. Sie aber hebt die Augen voll Tränen zu mir und sagt: ›Sie sind ein harter Mensch, Demetrius‹, - so heiße ich nämlich. Ich, ein harter Mensch! denken Sie!

Ich gebe mein Pferd den Hirten, nehme mir ein langes Messer, schleife es noch, nehme die alte Flinte, ziehe die Ladung heraus, lade sie wieder selbst; noch eine Handvoll Pulver und gehacktes Blei in den Sack, und fort - in das Gebirge.

Ich wußte, daß er durch die Schlucht kommen werde -«

»Der Bär?«

»So ist es. Ihn erwartete ich ja. Ich stellte mich in die Schlucht, dort war an ein Ausweichen nicht zu denken. Die Wände fielen nur sogleich ab, steil, steinhart. Oben standen die Bäume, aber keiner ließ seine Wurzel so weit herab, daß man sie mit der Hand erreichen und sich hinaufschwingen konnte.

Er kann nicht ausweichen - und er kehrt auch nicht um - und ich auch nicht.

So stehe ich denn und erwarte ihn.

Waren Sie je einsam? - Wissen Sie, was das heißt, jemand erwarten? - Eines, peinlich genug, einen Menschen zu zerfleischen. Hier aber stand ich im einsamen Urwald, und ein Bär war es, den ich erwartete.

Komische Vorsicht, kopflose Klugheit der Aufregung! Da stieß ich noch einmal meinen Ladstock in den Lauf, damit die Kugel fest sitze.

Ich weiß nicht, wie lange ich gewartet. Es war einsam, unendlich einsam.

Da raschelt das Laub hoch oben in der Schlucht, Schritt für Schritt, wie die schweren Stiefel eines Bauers. Jetzt brummt er so vor sich hin.

Da ist er.

Er sieht mich und hält stille.

Ich trete noch einen Schritt vor und spanne - was, spanne? - will den Hahn spannen. Greif herum, finde nicht - kein Hahn an der Flinte! Ich mache nur das Kreuz, werfe den Rock ab, wickle ihn um den linken Arm - der Bär kommt auch schon.

›Hopp, Bruder!‹ rufe ich. Aber er hört gar nicht auf mich; sieht mich auch nicht an.

›Halt, Bruder, ich will dich Russisch lernen!‹

Drehe meine Flinte um und haue mit aller Kraft über seine Schnauze. Der brüllt, steht auf, ich, den linken Arm in seine Zähne, das Messer in sein Herz, er, die Tatzen um mich -

Das Blut stürzt über mich wie eine Welle - die Welt geht unter.« --

Er saß eine Weile, stützte den Kopf, schwieg.

Dann schlug er mit der flachen Hand leicht auf den Tisch und sprach lächelnd: »Da hab ich Ihnen richtig so eine Anekdote erzählt. Aber Sie sollen seine Tatzen sehen. Erlauben Sie, daß ich mein Hemd aufmache -« Er zog es auseinander und zeigte an jeder Seite seiner Brust eine Narbe wie die eingedrückte weiße Hand eines riesigen Menschen.

»Er hat mich gut gefaßt.«

Die Gläser waren leer. Ich winkte Moschku, eine neue Flasche zu bringen.

»So fanden mich also die Bauern«, fuhr mein Bojar fort, »aber lassen wir das. Ich lag also lange im Hause bei den Senkows, im Fieber. Wenn ich bei Tage zu mir kam, saßen sie um mich, auch meine Leute, wie um einen Sterbenden, aber Vater Senkow sagte: ›Nun, es geht ja gut‹ und Nikolaja lachte. Einmal erwache ich nachts und sehe um mich. Da brennt nur eine einsame Lampe. Nikolaja liegt auf den Knien und betet.

Genug davon. Es ist vorbei, nur manchmal kommt es noch im Traum. Genug. Sie sehen, ich bin nicht gestorben.

Jetzt kam Vater Senkow oft zu uns auf seiner Britschka und mein Vater wieder hinüber. Die Frauen nicht selten mit. Die alten Leute flüsterten, und kam ich dazu, so lächelte Senkow, zwinkerte mit den Augen und bot mir eine Prise.

Nikolaja - liebte mich. So herzlich! glauben Sie mir. Ich glaubte es wenigstens, und auch - die alten Leute glaubten es.

So wurde sie denn mein Weib.

Mein Vater übergab mir die Wirtschaft. Senkow gab seiner Tochter ein ganzes Dorf.

Die Hochzeit war in Czernelica. Alles besoffen, sag ich Ihnen, mein Vater tanzte mit Madame Senkow den Kosak.

Am nächsten Abend - sie suchten noch alle, wie die Toten am Jüngsten Tage, ihre Glieder zusammen und fanden sie nicht - spannte ich selbst sechs Pferde, alle weiß wie Tauben, vor meinen Wagen. Das glänzende langhaarige Fell meines toten Bären lag über den Sitz gebreitet, die Tatzen mit vergoldeten Nägeln bis auf den Wagentritt herab von jeder Seite; der große Kopf mit funkelnden Augen wie lebendig zu den Füßen. Meine Leute, Bauern, Kosaken zu Pferde, Fackeln, Brände in den Händen; ich mein Weib im roten Hermelinpelz auf die Schulter und trage sie in den

Wagen. Meine Leute jauchzen, sie sitzt wie eine Fürstin in dem Pelz des Bären, die kleinen Füße auf seinem großen Kopfe.

Mein Volk zu Pferde um uns - so führe ich die Herrin in ihr Haus. -

Es ist auch so eine große Dummheit, die man in den deutschen Büchern liest von dem Himmel der Liebe, und dann die Abgötterei, die man mit der Jungfrau treibt -«

»Wie etwa Schiller in der -«

»Ich bitte Sie, Sie werden mir doch nicht etwas von Herrn von Schiller aufsagen? Erbarmen Sie sich -« »Nur eine Stelle, wissen Sie - «

»Verzeihen Sie -«

»Mit dem Gürtel, mit dem Schleier
Reißt der schöne Wahn entzwei!«

deklamierte ich erbarmungslos.

»Da hat er einmal recht, der Herr von Schiller«, sagte der Landedelmann, »ein schöner Wahn, das! Das wäre etwas, wenn die Jungfrau so die Krone der Schöpfung wäre und die Liebe so das schöne dumme Gefühl, das man allenfalls für so ein Mädchen hat. Auch mir riß so der Wahn entzwei.

Wie sie mein Weib war, da hatte ich erst den Mut, sie zu lieben und sie mich. Da warf sie Sitte, Anstand, alles von sich, so mit Schnürleib und Strumpfband gleich auf den Boden, und wie meine Liebe groß wurde an ihrer Liebe, und groß und immer größer. Meine Liebe und ihre Liebe wuchsen so wie Zwillinge.

Pana Nikolaja küßte ich die Hände, meinem Weib die Füße und biß oft nur so hinein, daß sie schrie und mich ins Gesicht trat.

Jetzt verstand ich, warum man niederkniet und anbetet das Weib mit dem Kinde, aber sie haben auch aus ihr eine Jungfrau gemacht, die Haustiere unseres Herrgottes.

Sehen Sie, das Mädchen ist so eine Sklavin ihres Hauses. Mancher Vater rechnet sie so zu seinen Gütern. Aber die Frau - jeden Augenblick kann sie mich verlassen. Hab ich recht? Sie wählt, wie ich wähle. Da stellen sie die Jungfrau auf den Altar. Große Dummheit. Dann sagen sie: ›Du holdes Kind!‹ Also ein so buttergelbes Entchen da ist meinesgleichen. Tun Sie mir den Gefallen und bedenken Sie das.

Die Liebe von Mann und Weib ist die Ehe; ich meine die Ehe, wie die Natur sie schließt.

Überhaupt, was hat man?

Belieben Sie nur dieses Leben etwas zu betrachten. Ein seltsamer Text und --.«

Er horchte einen Augenblick auf das Lied der Bauernwache.

»Und da die Melodie dazu.

Da haben die Deutschen ihren ›Faust‹, und auch die Engländer haben so ein Buch. - Bei uns weiß das jeder Bauer. Es ist wie eine Ahnung, die über ihn kommt, was das Leben ist.

Was macht unser Volk so melancholisch? Die Ebene.

Sie gießt sich aus wie das Meer und wogt im Winde wie das Meer. Der Himmel taucht in sie - wie in das Meer - sie umgibt den Menschen schweigend wie die Unendlichkeit; fremd wie die Natur.

Er möchte zu ihr sprechen und von ihr Antwort bekommen. Wie ein Schrei des Schmerzes entringt sich das Lied seiner Brust und stirbt unbeantwortet wie ein Seufzer.

Da ist es dem Menschen so seltsam. Gehört er nicht zu ihr? Hat sie ihn nicht geschaffen? hat sie ihn unterworfen nur? - hat er sie verlassen? stößt sie ihn von sich?

Sie gibt ihm keine Antwort.

Aus seinem Grabe wächst ein Baum; Sperlinge schreien auf den Asten - soll das eine Antwort sein?

Er sieht den Ameisen zu, wie sie in langen Karawanen, mit Eiern beladen, durch den warmen Sand ziehen und zurück; da hat er seine Welt. - Ein Wimmeln auf dem kleinsten Raum, ein rastloses Bemühen um - nichts. Er fühlt sich verlassen, ihm ist, als könnte er jeden Augenblick vergessen, daß er lebt.

Da spricht im Weibe die Natur zu ihm: Du bist mein Kind. Du fürchtest mich wie den Tod, aber hier bin ich wie du. Küsse mich! Ich liebe dich, komm, schaffe mit an dem Rätsel des Lebens, das dich ängstigt. Komm! ich liebe dich!« -

Er schwieg eine Weile. Dann fuhr er fort.

»Ich und Nikolaja, wie glücklich waren wir. Wenn die Eltern kamen oder die Nachbaren, da hätten Sie sehen sollen, wie sie kommandierte im Haus, und alles gehorchte ihr. Die Dienstleute duckten so wie die Enten auf dem Wasser, wenn sie nur auf sie hinsah. Einmal wirft mein junger Kosak ein Dutzend Teller hin. Trägt sie richtig bis an das Kinn hinauf, wirft sie hin; mein Weib die Peitsche vom Nagel. Nun - wenn die Herrin ihn peitscht, sagt er, will er täglich ein Dutzend Teller zerbrechen - verstehen Sie; und beide fangen an zu lachen.

Da kamen auch die Nachbaren.

Zu mir waren sie alle heiligen Zeiten gekommen, das heißt etwa zu Ostern auf ein Geweihtes, aber jetzt suchten sie es etwa gutzumachen. Alle kamen sie, sag ich Ihnen.

Da war der pensionierte Leutnant Mack, er kannte den Schiller auswendig, war aber sonst ein guter Mensch. Es war nur das Unglück mit ihm, daß er gerne trank. Wissen Sie, nicht daß er etwa so besoffen wurde und man ihn unter das Sofa werfen konnte. Was meinen Sie, da stellte er sich Ihnen mitten in das Zimmer, der kleine dicke rote Kerl, und deklamierte Ihnen allenfalls den ›Kampf mit dem Drachen‹, und wenn er nüchtern war - bedenken Sie - erzählte er uns so die ganzen französischen Kriege. Sagen Sie selbst, was war da zu machen.

Dann kam der Baron Schebicki. Kennen Sie ihn nicht? - Eigentlich hieß der Alte Schebig, Salomon Schebig. War ein Jude, ging mit dem Bündel, kaufte und verkaufte, machte den Lieferanten für das Ärar, kaufte ein Gut und nannte sich Schebigstein. ›Heißt einer Lichtenstein‹, sagte er, ›warum soll ich nicht heißen Schebigstein?‹ Und der Sohn wurde Baron und nennt sich Raphael Schebicki. Lacht Ihnen immerfort. Sagen Sie ihm: ›Erweisen Sie mir die Ehre, mich zu besuchen;‹ - lacht er so, und sagen Sie ihm: ›Belieben, da ist die Türe, Paschol!*‹ - lacht er auch so. Und jeder hübschen Frau will er gleich Kleider bringen von Brody† und einen Shawl von Paris; trinkt immer nur Wasser, geht täglich ins Dampfbad, trägt eine große goldene Kette auf der roten Sammetweste und macht immer das Kreuz vor der Suppe und nach Tisch.

Dann der Edelmann Domboski; ein langer Pole mit roten Augen, schwermütigem Schnurrbart und leeren Taschen; der immer für die armen Emigranten sammelt, jeden, den er das zweite Mal sieht, ungestüm an sein

---

* Geh!
† Handelsstadt an der russischen Grenze

Herz drückt und zärtlich küßt; wenn er ein Glas zuviel hat, ungezählte Tränen vergießt, ›Noch ist Polen nicht verloren‹ singt, jeden einzeln unter den Arm nimmt, um ihm die ganze polnische Verschwörung anzuvertrauen; wenn er endlich lustig ist, ein ›Vivat, lieben wir uns!‹ ausbringt und aus den schmutzigen Schuhen der Frauen trinkt.

Der hochwürdige Herr Macziek, so ein gerechter Landpfarrer, der fand für alles einen Trost, für Geburt, Tod und Heirat. Am meisten pries er jedoch, die selig im Herrn entschlafen. Auch die Kirche habe sie durch das Symbol einer höheren Taxe ausgezeichnet. Wenn er etwas behaupten wollte, sagte er stets ›Fegefeuer‹, wie ein anderer ›bei Gott!‹ oder ›mein Ehrenwort‹. Dann der gelehrte Thaddeus Kuternoga, der seit elf Jahren das Doktorat machen will, und, denken Sie, noch dazu der Philosophie. Der Gutsbesitzer Leon Bodoschkan, ein wahrer Freund, und andere lustige Edelleute.

Lustig! Lustig wie ein Schwarm Bienen, aber vor ihr hatten sie Respekt.

Auch die Frauen kamen so zu ihr; gute Freundinnen, die schwatzen, süß lächeln, jede Minute schwören und dann - nun, wir kennen das. Also wir lebten so mit den Nachbaren, und ich war stolz auf meine Frau, wenn sie so aus ihren Schuhen tranken und auf sie deklamierten; aber sie sah die Leute gleich so an: Was bemüht ihr euch? - Wir waren auch lieber allein.

So eine große Wirtschaft, wissen Sie, man hat seine Sorgen und seine Freuden. Sie nahm sich der Sache an. ›Wir wollen selbst regieren‹, sagte sie, ›und nicht unsere Minister.‹ Da war der Minister der Mandatar Kradulinski, ein alter Pole. Ein Mensch von einer Konsequenz, sag ich Ihnen - er hatte nie ein Haar am Kopfe und nie eine Rechnung in Ordnung. Dann der Förster Kreidel. Ein Deutscher, wie Sie merken. Der war klein, hatte kleine Augen, große durchsichtige Ohren und einen großen durchsichtigen Windhund.

Meine Frau hielt ihnen das Gespann zusammen. Na! ich glaube, die Peitsche hätte sie ihnen gegeben, wenn sie nicht gefahren wären, wie sie es wollte.

Aber die Bauern dafür. Wenn wir so durch die Felder gingen. ›Gelobt sei Jesus Christus!‹ - ›In Ewigkeit. Amen!‹ so fröhlich, sag ich Ihnen. Beim Erntefest, da strömte es nur in unsern Hof, die Schnitter, das Volk. Meine Frau stand auf der Treppe, und sie legten ihr den Erntekranz zu Füßen.

Jauchzten, sangen, tanzten; sie nahm ein Glas Branntwein: ›Bleibt gesund!‹ und trank es aus.

Die Füße, sag ich Ihnen, küßten sie ihr nur.

Da ritt sie auch mit mir. Ich hielt ihr die Hand hin, sie trat nur hinein und war auch im Sattel. Zu Pferde hatte sie eine Kosakenmütze, die goldene Quaste tanzte auf ihrem Nacken, und das Pferd wieherte und blies die Nüstern auf, wenn sie es auf den Hals klopfte.

Dann lernte ich sie auch mit der Flinte umgehen. Ich hatte so eine kleine. Hatte Sperlinge damit geschossen, wie ich klein war. Sie warf sie über die Schulter, ging mit mir durch die Wiese und schoß Wachteln. Prächtig! sag ich Ihnen, prächtig! - Da fliegt ein Geier aus dem Walde her, nimmt mir meine Hühner, nimmt meiner Nikolaja gerade die schwarze Henne mit dem weißen Schopf. Ich passe ihm auf. Kannst warten!

Da komm ich vom Erdäpfelgraben zurück, so eine Gerte in der Hand. Da ist er.

Schreit noch und kreist um den Hof. Ich fluche nur. - Da fällt ein Schuß. Er schlägt nur einmal in der Luft und gleich zu Boden.

Wer hat geschossen?

Mein Weib. ›Der nimmt mir keine Henne mehr‹, sagt sie und nagelt ihn an das Scheunentor. Kommt der Faktor, packt mit großem Geschrei alle seine Ballen aus. Alles echt, alles neu, alles billig. - Weiß die zu handeln!

Der Jude seufzt nur immer. ›Eine gestrenge Frau‹, sagt er, aber küßt ihr den Ellenbogen.

Fahre Ihnen in die Stadt.

Geht die Frau Starostin*, hat ein blaues Kleid mit weißen Fliegen. Muß Mode sein. Kaufe ein blaues Kleid mit weißen Fliegen. Meine Nikolaja wird rot.

Fahre einmal nach Brody, bringe Sammet von allen Farben, Seidenstoffe, Pelze, was für Pelze! Alles geschwärzt! Das Herz schlägt ihr, sag ich Ihnen.

Die war Ihnen angezogen. Hinzuknien!

Da hatte sie eine Kazabaika†, saftgrün, ausgezeichnet saftgrün, und sibirische graue Eichhörnchen - die Kaiserin von Rußland hat keine

---

* Starost ist die polnische Bezeichnung eines Bezirkshauptmanns
† russische Frauenjacke

152

besseren - Eichhörnchen daran, so handbreit gleich. Und ganz gefüttert mit dem silbergrauen Pelz, so weich, sag ich Ihnen.

Da lag sie so an den langen Abenden auf dem Diwan, die Arme unter dem Kopf gekreuzt, und ich lese ihr vor.

Das Feuer knistert, der Samowar singt, das Heimchen zirpt, der Holzwurm klopft, das Mäuschen nagt, denn die weiße Katze liegt auf dem Vorsprung und spinnt.

Lese ihr alle Romane. In der Kreisstadt, wissen Sie, war ja schon die Leihbibliothek, und dann die Nachbaren - hat der ein Buch und jener.

Sie liegt mit geschlossenen Augen und ich im Lehnstuhl, und wir verschlingen die Bücher nur so. Schlafen oft lange nicht ein. Sprechen so, ob der die bekommen wird oder nicht. Wenn etwa so eine Edelmutsgeschichte vorkommt, da kann meine Nikolaja bis in die kleinen Ohrläppchen dunkelrot werden vor Zorn. Da richtet sie sich etwas auf, stützt sich mit der Hand und sagt zu mir, als hätte ich das geschrieben: ›Sie soll das nicht tun, hörst du?‹ - und weint beinahe.

Die Frauen, wissen Sie, die sind in den Romanen besonders edelmütig. Da, wenn der Geliebte in Gefahr ist, sind sie gleich dabei, sich zu - opfern, denken Sie. Der Teufel könnt einen holen. Einmal, da kommt auch so eine Szene vor, wo eine Frau den Mann hingibt, um ihr Kind zu retten. Eine dumme Geschichte, sag ich Ihnen; ›Die Macht der Mutterliebe‹, glaub ich, heißt das Buch. Eine dumme Geschichte, aber meine Nikolaja fiebert und will viele Wochen kein Buch sehen.

Oft springt sie auf, schlägt mir das Buch ins Gesicht und zeigt mir die Zunge. Hetzen dann wie Kinder. Ich verstecke mich hinter den Türen und schrecke sie.

Oder sie führt mit mir ganze Märchen auf.

Geht in ihr Zimmer. ›Wenn ich wiederkomme, bist du mein Sklave.‹ Dann zieht sie sich als Sultanin an, schlingt einen Shawl um die Lenden, einen anderen um den Kopf wie einen Turban. Meinen Tscherkessendolch im Gürtel, ganz in einen weißen Schleier gehüllt, so kommt sie heraus. Ein Weib! - eine Gottheit von einem Weibe!

Wenn sie schlief, konnte ich stundenlang sie nur ansehen, wie sie atmete, und wenn sie einmal seufzte, wurde es mir so weh um das Herz, als hätte ich ihr das schwerste Unrecht zugefügt, und eine Angst kam über mich, sie sei nicht mein, sie sei gestorben. Und rief ich sie beim Namen, dann setzte sie sich auf, sah mich groß an und lachte.

Aber die Sultanin konnte sie am besten machen. Sie verzog keine Miene. Wenn ich sagte: ›Aber Nikolaja‹ und spaßte, sie zog nur die Brauen in die Höhe und bohrte ihre Augen in mich, daß ich mich beinahe schon am Pfahle fühlte. ›Bist du bei Sinnen, Sklave?‹ - Wirklich, da war nichts zu machen. Ich war ihr Sklave, und sie gebot wie eine Sultanin.

So lebten wir denn wie ein Paar Schwalben, saßen zusammen und zwitscherten.

Eine süße Hoffnung erhöhte unsere Freuden. Und doch, wie bange war mir um das Weib. Ich streichelte ihr oft nur so die Haare aus der Stirne, und die Tränen traten mir in die Augen. Sie verstand mich, nahm mich um den Hals und weinte.

Aber es kam unerwartet, wie das Glück. Ich fuhr nach Kolomea um den Arzt, und wie ich hereintrete, hält sie mir das Kind entgegen.

Die Eltern flossen förmlich vor Freude, die Dienstleute - das schrie und lachte, und alles besoffen, und auf der Scheune stand der Storch und hielt nachdenklich ein Bein in die Höhe.

Da gab es zu denken, zu sorgen, und jede schwere Stunde band uns nur noch fester zusammen.

Aber so blieb es nicht.«

Seine Stimme war unendlich sanft und leise geworden, sie zitterte nur so in der Luft, leise, wie der dünne Dampf seiner Pfeife.

»Es konnte nicht so bleiben - ich bitte Sie - und dann - so und so - verstehen Sie mich. Es ist so eine Regel. - Ich meine, es ist so die Natur. Ich habe oft darüber nachgedacht, was meinen Sie?

Ich habe einen Freund gehabt - Leon Bodoschkan. Er hat zuviel gelesen und ist darüber krank geworden. Der hat mir oft gesagt -

Aber wozu das? Ich kann Ihnen ja -«

Er zog einige vergilbte Streifen Papier aus der Brust. »Viel geschrieben hat er auch. War so unbekannt, aber er kannte alles, so - er sah so hinein wie in ein Gebirgswasser. Die Menschen machte er auf wie Uhren und sah hinein, ob alles in Ordnung sei. Sagte gleich, wo es fehle. Er verstand Ihnen, wenn die Katzen zum Beispiel zusammen sprachen, lachte und sagte gleich, was sie wollen. Da nahm er Ihnen eine Blume, schnitt sie auf und zeigte Ihnen, wie sie lebt, wie sie sich ernährt. Er sprach gerne von den Frauen.

Die Frauen und die Philosophie, wissen Sie, haben ihn ruiniert.

Da schrieb er oft was nieder, und wenn er im Walde ging, warf er alles von sich. Das Papier ängstigte ihn. Aber das vergesse ich sonst.

Er sagte, wer seine Liebe auf einem Papier niederschreiben kann, liebt nicht.

Er konnte dicke Bücher lesen in Schweinsleder, den ganzen Nestor - aber vor einem Liebesbriefe lief er davon.

Also zum Beispiel -«

Damit legte er die schmutzigen Papierstreifen auf den Tisch.

»Nein! Das ist eine Rechnung.« Er steckte sie wieder ein. »Da ist es.« Er hustete und las dann:

»›Was ist unser Leben? - Leiden, Zweifel, Angst, Verzweiflung.

Weißt du, woher du kommst? Wer du bist? Wohin du gehst?

Und keine Gewalt zu haben über die Natur und keine Antwort zu bekommen auf diese arme, verzweifelte Frage. Unsere ganze Weisheit ist zuletzt der Selbstmord.

Aber die Natur hat uns ein Leiden gegeben, noch entsetzlicher als das Leben - die Liebe.

Die Menschen nennen sie Freude, Wollust -‹

Mein Freund pflegte bei diesen Worten immer bitterlich zu lachen. - ›Sieh den Wolf an‹, sagte er mir, ›wenn er sein Weib sucht; wie er durch das Dickicht bricht, das Wasser rinnt ihm nur vom Maul - er heult nicht einmal mehr, er winselt nur noch, und seine Liebe, ist das Genuß? - Das ist ein Kampf, ein Kampf wie um das Leben, das Blut rinnt ihr vom Nacken.

Mein Gott! möchte der Mann sich nicht auch auf das Weib werfen wie auf den Feind? Fühlt er sich nicht endlich wie unterworfen einem unbarmherzigen Feind?

Legt er dem Weibe nicht den stolzen Kopf vor die Füße und fleht: Trete mich, trete mich mit deinem Fuße, ich will dein Sklave sein, dein Knecht, aber komm, erlöse mich!

Ja, die Liebe ist ein Leiden, der Genuß - Erlösung! Aber es ist dann eine Gewalt, die eines über das andere übt, es ist ein Wettstreit, sich dem andern zu unterwerfen. Liebe ist Sklaverei, und man wird Sklave, wenn man liebt. Man fühlt sich vom Weibe mißhandelt, man schwelgt nur in der Wollust ihrer Despotie und Grausamkeit. Man küßt den Fuß, der uns tritt.

Ein Weib, das ich liebe, macht mir angst. Ich zittere, wenn sie plötzlich durch das Zimmer geht und ihre Kleider rauschen; eine Bewegung, die mich überrascht, erschreckt mich.

Man möchte sich vermählen für die Ewigkeit, für diese und eine andere Welt, man möchte nur ineinanderfließen. Man taucht seine Seele in die fremde Seele, man steigt hinab in die fremde, feindliche Natur und empfängt ihre Taufe. Es ist lächerlich, ganz lächerlich, daß man nicht immer zusammen war. Man zittert jeden Augenblick, sich zu verlieren. Man erschrickt, wenn der andere das Auge schließt, wenn er seine Stimme verändert. Man möchte ganz nur ein Wesen werden, alle Eigenschaften, Ideen, Heiligtümer eines Lebens möchte man aus seinem Wesen reißen, um ganz nur mit dem andern sich zu verschmelzen. Man gibt sich hin - wie eine Sache - wie einen Stoff. Mache aus mir, was du bist!

Wie zum Selbstmorde wirft man sich in die andere Natur, bis sich die eigene empört.

Da kommt der Schauer, ganz sich zu verlieren. Man fühlt wie einen Haß gegen die Gewalt des andern. Man glaubt sich tot. Man will sich auflehnen gegen die Tyrannei des fremden Lebens, sich wiederfinden in sich selbst. Das ist die Auferstehung der Natur.«

Er suchte einen zweiten Papierfetzen hervor.

»Der Mann hat seine Arbeit, seine Absichten, seine Unternehmung, seine Ideen!

Sie schweben um ihn mit Taubenflügeln, sie heben ihn mit Adlersfittichen. Sie lassen ihn nicht versinken. Aber das Weib?

Das schreit nach Hülfe. Ihr Ich will nicht sterben, es will nicht! und keine Hülfe!

Da trägt sie noch sein Ebenbild unter dem Herzen, fühlt, wie es wächst und sich bewegt - lebt! - Da - da hält sie's endlich in den Armen. Sie hebt es auf -

Wie ist ihr nun?

Träumt sie? Da spricht das Kind zu ihr: Ich bin du, und du lebst in mir. Sieh mich nur an, ich rette dich. Sie hält das Kind an ihre Brust und ist gerettet.

Nun pflegt sie sich, ihr Selbst, das sie verachtet und verstoßen, in dem Kinde und sieht es groß werden auf ihrem Schoß und gibt sich hin und hängt sich ganz daran.«

Damit legte er die Gedankenfetzen seines Freundes zusammen und verbarg sie an seiner Brust. Dann fühlte er noch einmal mit der flachen Hand darnach und knöpfte seinen Rock zu.

»So war es bei mir auch«, sagt er, »ganz so. Freilich versteh ich das nicht so zu erklären wie Leon Bodoschkan, wissen Sie, aber ich will es Ihnen doch erzählen. Was meinen Sie?«

»Natürlich, Bruder.«

»So war es also auch bei mir. Ganz so; ganz so. Glauben Sie mir, ganz so -«

Ich wollte meinen neuen Freund anregen und sagte kaltblütig: »Gewöhnlich nennt man das Kind ein Pfand der Liebe.«

Mein Landedelmann hielt einen Augenblick inne und sah ganz so aus, als hätte ich ihn tödlich beleidigt. »Ein Pfand der Liebe!« rief er, »jawohl, ein Pfand der Liebe!

Also ich komme nach Hause. In so einer Wirtschaft, was es da Arbeit gibt! Komme müde wie ein Jagdhund. Nimm mein Weib in die Arme, küsse sie, ihre Hand streicht mir so die Sorgen von der Stirne. Ich streiche mich an ihr wie ein Kater, sie lacht - da schreit daneben das Pfand der Liebe - aus ist die Geschichte. Können bei der Vorrede anfangen, wenn Sie wollen. Aus, sag ich Ihnen.

Den ganzen Vormittag wütet man herum mit dem Mandatar, mit dem Ökonom, mit dem Förster. Setzt sich zum Mittagessen, richtig - kaum hat man die Serviette umgebunden - ich binde sie nämlich, alles nach altem Stile - da weint auch mein Pfand der Liebe, weil es nicht von dem Mädchen nehmen will. Mein Weibchen steht auf, füttert das Kind. Aber das Kind verlangt nach dem Fleisch und schreit - fort ins Nebenzimmer, und ich kann allein speisen und mir dazu ein Lied pfeifen, wenn ich will, zum Beispiel:

Sitzt der Kater
Auf dem Zaun
Und tut mau'n.
Gelt, mein Gesang
Ist gar nicht lang?

Da geht man allenfalls - auf die Entenjagd.

Den ganzen Tag bis an die Kniee im Wasser. Man freut sich auf ein gutes Bett.

Was nennen Sie zum Beispiel ein gutes Bett?

Eine gute Matratze, nicht wahr? gute Polster, warme Decken und ein hübsches Weib?«

Er wurde rot, stotterte etwas.

»Nun gut. Man küßt seinem Weibchen rote Flecke auf Wangen, Nacken, Busen. Man läßt seine Hände die vollen Hüften hinabgleiten - da schreit das Pfand der Liebe.

Das Weib springt aus dem Bette, schlüpft in die Pantoffel und geht auf und ab, das Kind in den Armen wiegend. ›La! La! La!‹ hört man's die halbe Nacht und schläft - allein. ›La! La! La!‹ -

Da kommt so ein Jahr.

Es ist allen so seltsam. Es hängt was in der Luft. Jeder weiß es, und keiner kann es nennen.

Man sieht fremde Gesichter. Die polnischen Gutsbesitzer fahren hin und her. Der kauft ein Pferd, jener Pulver. Nachts sieht man einen Feuerstreif am Himmel. Die Bauern stehen zusammen vor der Schenke und sagen: das ist Krieg, oder die Cholera, oder Revolution.

Es kommt über einen wie Kummer. Man spürt auf einmal, daß man ein Vaterland hat, das seine Grenzpfähle tief hineingesenkt in slawische, deutsche und andere Erde. Was wollen die Polaken? denkt man und sorgt um den Adler vor dem Kreisamte und sorgt um seine Scheune. Man geht nachts um sein Haus, ob sie einem kein Feuer angelegt haben.

Man will sich aussprechen.

Mit wem? Mit seinem Weibe. ›Ha! Ha! Ha!‹ heult richtig das Pfand der Liebe, weil ihm eine Fliege auf der Nase sitzt.

Ich trete vor das Haus.

Am Horizont ist eine Feuerröte. Ein Bauer reitet vorbei, schreit ›Revolution!‹ in den Hof und treibt sein mageres Pferd an.

Im Dorfe läuten sie Sturm.

Ein Bauer nagelt seine Sense gerade, zwei kommen, die Dreschflegel auf der Schulter.

Andere treten in den Hof.

›Herr! sehen wir uns vor - die Polen kommen.‹ Ich lade meine Pistolen, laß den Säbel schleifen.

›Mein Weib, gib mir ein Band auf die Mütze, einen Fetzen meinetwegen - wenn's nur schwarzgelb ist -‹ -

›Ha! Ha! Ha!‹ Glauben Sie? - ›Mach fort‹, heißt es, ›mir weint, mir stirbt mein Kind, reit ins Dorf, verbiet mir gleich das Läuten. Mach fort.‹ - ›Oho! jetzt ist das anders, ich lasse Sturm läuten in allen Dörfern; der Balg soll heulen, weißt du - das Land ist in Gefahr!‹ -

Ach, ich sage Ihnen. Nun gut.

Endlich ist sie einmal bei mir. Wir sitzen so auf dem Diwan, ich, den Arm um sie. Da horcht sie, ob sich das Kind nicht regt. ›Was hast du gesagt?‹ fragt sie nach einer Weile. ›Nichts‹, sag ich. ›Nichts‹, aber mein Herz tut mir weh, ich versichere. -

›Wo ist deine Kazabaika, Nikolaja?‹ - ›Ach! bedenke doch, im Haus beim Kinde.‹ - Ja, freilich. Da wird das Haar nur so zusammengekämmt, da nimmt man das erste beste Kleid. Wer wird sich für das Haus anziehen? Freilich! - Oft erkenne ich das hübsche Gesicht nicht mehr. Aber das Kind - verstehen Sie. ›Wenn ich mich aufputze, erkennt mich mein Kind nicht. Du wirst doch einsehen?‹ - ›Freilich, ich sehe alles ein, alles.‹ - Aber wenn Gäste da sind, wissen Sie, da kann das Kind schreien. Da läuft sie einen Augenblick hinein, schenkt dann den Tee ein, lacht und plaudert, denn was tut man nicht bei uns für Gäste?

Oho! Da ist auch wieder einmal die saftgrüne Jacke, mit sibirischen Eichhörnchen ausgeschlagen. ›Ich muß mich doch anziehen für die Gäste.‹ Sehen Sie! - Da gehe ich einmal nach langer Zeit auf die Bärenjagd. Mein Weib wiegt das Kind, und wenn ich sie küsse, sagt sie: ›Geh fort, du weckst das Kind.‹ Was mache ich? Ich gehe also.

Mein Heger hat den Bären gesehen - aber da hätt ich Ihnen beinahe wieder so eine Anekdote erzählt. Also gut. Wir waren in Gefahr, der Heger und ich. Ein Bauer lief voraus.

Ein Tumult im Hause, sag ich Ihnen; wir kommen an - mein Weib hängt mir an meinem Hals. Sie bringt mir mein Kind.

Das Blut, wissen Sie, rinnt mir vom Kopfe - das Kind schreit. --

›Geh fort!‹« -

Er zuckte verächtlich die Achsel.

»Es war nicht der Rede wert, das bißchen Blut und die Tränen des armen kleinen Kindes, aber - auch war ja die Gefahr für mich vorüber - die Frauen sind sehr praktisch. Gut, ich wasche mir das Blut herab. Der Heger, ein alter Soldat, verbindet mich. Aber, was glauben Sie, das Pfand der Liebe schreit wieder über mein weißes Tuch. ›Geh fort, fort! Das Kind bekommt die Freisen. Fort!‹ - Freilich, was ist da zu machen? Man wirft sich auf sein Bett und liegt da allein, wie vordem, eh man ein Weib gekannt.

Der Teufel hol das Pfand der Liebe! Gott, verzeih mir die Sünde.«

Er machte das Kreuz, spuckte trotzig aus und fuhr fort:

»Das Bärenfell breite ich meiner Frau vor das Bett. Was glauben Sie? sie schreit auf. ›Geh mir mit dem Fell, es erinnert mich an die Angst meines Kindes.‹ Bedenken Sie, nicht an mein Blut, an die Gefahr! Oh! die Frauen sind praktisch! verflucht praktisch!«

»Erlauben Sie«, sprach ich, »haben Sie Ihrer Frau gesagt -«

»Verzeihen Sie -« unterbrach er mich beinahe heftig. Seine Nasenflügel flogen auf und ab.

»Ich sagte ihr - Oh! - wissen Sie, was sie zur Antwort gab? - ›Gut, wozu dann die Kinder?‹ - Denken Sie, sie wäre imstande gewesen - man ist der Sklave so eines Weibes. Will man ihr gleich untreu werden? Nein? - Oder ein Mönch? Auch nicht. Was bleibt, als sich treten lassen. Oh, es gab eine Zeit, wo ich mein Kind - verstehen Sie mich - zum Beispiel so eine Szene.

Ich rauche früh meine Pfeife, eine lange türkische, wie die da, mit einem durchbrochenen Drahtdeckel. Das schreit natürlich gleich nach dem Feuer. Ich laß es schreien. Meine Frau fiebert schon. ›So gib ihm doch‹ - sie meint den Bernstein. - Ich aber halte ihm die rote, glühende Pfeife hin. Das greift hin und schreit und weint.

›Jesus Maria, das arme Kind!‹ Ich aber wünsche meiner Frau eine gute Unterhaltung, geh mit der Büchse auf das Feld und kann mich zu Tode lachen, daß die zurückbleibt bei dem weinenden Kind mit den verbrannten Fingern.

Damals war mein Gemüt nicht mehr so. - Ah! was! es geht bereits so. Man tut, was man kann. Aber - belieben Sie selbst nachzudenken. - Zum Beispiel: Ist Ihnen eine Uhr plötzlich stehengeblieben? Eine Wanduhr? No gewiß. Aber sind Sie ungeduldig?«

»Manchmal.«

»Gut. Sie sind also ungeduldig. Die Uhr soll gehen. Im Moment. Geben so einen Stoß, allenfalls dem Pendel. Richtig, sie geht. Ja, wie lange? - Da steht sie wieder. - Noch einmal. - Noch einmal. Steht wieder. Na, wird man ungeduldig. Stoßt nur so in sie. - Gut - jetzt bleibt sie ganz stehen.

So geht es einem, wenn man sein Herz in Ordnung bringen will, gerade so.

Nun, man liebt seine Frau, man will doch auch mehr als sein Bett.

Sehen Sie, es ist wie ein Schmerz, wenn man nach dem Weibe verlangt. Aber dann ist es aus.

Man sieht, du bist erlöst, weiter nichts.

Man sieht, daß das eigentlich nichts ist, daß es etwas anderes gibt, mehr; daß Mann und Weib mehr sind als Wolf und Wölfin. Aber das war alles umsonst.

Nehmen Sie an, meine Frau ist ein Buch allenfalls. Also möchte ich es gerne ganz lesen. Ich aber muß immer von vorne anfangen. Endlich schlag ich es zu. Mag es zu Ende lesen, wer da will. -

Anfangs, verstehen Sie, Bruder, wollte ich mich nur zerstreuen.

Da herum lagen die Husaren.

Machte ich also Bekanntschaft mit den Offizieren.

Waren Ihnen das Leute! Der Banay zum Beispiel, kennen Sie ihn nicht?«

»Nein.«

»Oder den Baron Pál. Auch nicht? Aber den Nemethy mit dem spitzen Schnurrbart haben Sie gewiß gekannt? Einmal fuhren wir zu dem, dann zu jenem.

Bei mir aber waren sie beinahe täglich. Da rauchten wir so, tranken unsern Tschai, einer erzählte was; zuletzt spielten wir auch.

Gingen auch viel zusammen auf die Jagd. Ich lernte damals die Schnepfen schießen.

Also meine Frau merkte das. Kam zu mir, setzte sich, war stille, endlich Vorwürfe. Ich sage nur: ›Meine Liebe, was hab ich denn zu Hause? - übrigens schreit dein Kind.‹ - Das nächste Mal kommt meine Nikolaja in saftgrüner Kazabaika mit silbergrauem Eichhörnchenpelz, eine stolze Frisur, setzt sich mitten unter die Husaren.

Ich lache, die will mich eifersüchtig machen, dreht sich, scherzt und girrt. Mich sieht sie gar nicht an. Meine Husaren, wissen Sie, erstens hatten sie

Ehre im Leibe, nichts zu sagen. Dann hatte keiner Lust - wofür denn auch? den Tod, oder doch die Gefahr, oder ein Krüppel werden, wozu? wenn man nicht ein Weib so liebt, daß es alles eins, so oder so.

Aber die necken mich. ›Was sagst du dazu, Bruder, deine Frau läßt sich so von uns den Hof machen?‹ - ›Macht ihr nur tüchtig den Hof!‹ Hab ich recht? Damals kam aber auch gleich ein anderer ins Haus - der - Sie kennen ihn so nicht.

Er war mir gleich unausstehlich; so blond, wissen Sie, sehr weiß; ein Gutsbesitzer. Ließ sich von seinem Kammerdiener täglich die Haare brennen, las den Igor[*] vor, den Puschkin, machte gleich die Aktion dazu - ein ganzer Komödiant, sag ich Ihnen.

Also der - der gefiel mir nicht. Aber meiner Frau gefiel er.«

Seine Stimme war heiser geworden. Je mehr er in Leidenschaft geriet, um so mehr unterdrückte er seinen Ton; er kam so gepreßt, tief aus der Brust.

»Aber das kommt später.

Es war damals ein lustiges Leben.

Im Winter kamen auch die Gutsbesitzer aus der Gegend mit ihren Frauen. Da gab es Tanz, Maskeraden, Schlittenfahrten, alles, alles!

Auch meine Frau war lustig.

Dann, im Sommer, ein zweites Kind. Auch ein Knabe, beides Knaben.

So war das Einvernehmen etwas hergestellt.

Ich sagte Nikolaja einmal - ich saß an ihrem Bette und deckte sie zu, wenn sie sich herumwarf: ›Ich bitte dich, erbarme dich meiner, nimm eine Amme zu dem Kind.‹ Sie schüttelt nur den Kopf. Was mach ich? - mir kommen die Tränen, und ich gehe hinaus. Es war alles vergebens.

Nikolaja beschäftigte sich beinahe ein ganzes Jahr wieder nur mit dem Kinde. Wir sprachen selten.

So kam es denn, wenn ich was erzählen wollte, daß ich weit ausholen mußte, und meine Frau begann sich mit mir zu langweilen. Da gähnte sie einmal über das andere, die Augen gingen ihr über. Dann war es auffallend, wie leicht wir in Streit gerieten. Sie wollte immer recht haben.

Wenn ich eines von den Dienstleuten bevorzugte, gleich war es aus dem Dienst gejagt. Natürlich eine Szene. Oder ich finde, ihr läßt das blaue Tuch

---

[*] altrussisches Heldengedicht

gut. Richtig. Am nächsten Sonntag geht die Beschließerin damit in die Kirche.

Und immer vor Fremden; das ist so unangenehm. Man will doch seiner Frau nicht unrecht geben, und wieder - man ist doch ein Mann. Und wenn sie immer Partei nimmt für andere. Immer hab ich unrecht, und der andere hat recht. Was sagen Sie etwa dazu?«

Nachdem er heftig zur Seite gespuckt.

»Oder gar - ich stelle ihr vor - ›Liebe Nikolaja, tu mir das nicht, erbarme dich.‹ - Richtig, schweigt sie das nächste Mal. - ›Und Sie, Gnädige, was sagen Sie?‹ - ›Ich? - ich sage, was mein Mann sagt.‹ Oh! tatarische Bosheit!

Sie muß sich zwingen, verstehen Sie, mit mir einer Meinung zu sein! Wenn ich so daran denke, ich begreife nicht, daß ich noch lebe!

Plötzlich verlor ich eine große Summe. Wir hielten hoch, wissen Sie, und ich hatte natürlich Unglück - im Spiele. Einmal verlor ich Ihnen mein ganzes bares Geld, Pferde, Wagen.«

Jetzt lachte er herzlich darüber.

»Gut. Ich nehme mich beim Kopfe und sagte: das hast du schlecht gemacht. Zog mich auf ehrenvolle Art zurück. Freunde, Nachbarn blieben aus.

Nur er kam.

Mich kümmerte es zwar weiter nicht, wissen Sie. Ich begann damals selbst zu wirtschaften, hatte mitunter Glück, und wenn man gleichsam so unter der Hand wachsen sieht, was man eben selbst säet, so zieht das in einer Weise an; und endlich ist die Landwirtschaft auch ein Spiel. Man macht seinen Plan wie beim Spiel, man muß ihn jeden Augenblick nach den Umständen zu verändern wissen, und der Zufall spielt auch seine Rolle. Gewitter, Hagel, Frost, Dürre, Krankheit, Heuschrecken.

Wenn ich zum Tee komme, meine Pfeife stopfe, fällt mir ein, das Pferd will beschlagen sein, oder ich soll im Obstgarten nachsehen, ob mein Obsthüter stärker ist oder mein Branntwein. Nehme die Mütze, gehe wieder fort, und es fällt mir gar nicht mehr ein, daß meine Frau bei den Kindern sitzt.

Man spricht schon so davon. ›Das ist auch eine Ehe, wie alle anderen sind.‹ Selbst der hochwürdige Macziek kam mit großer Salbung. Sein Gesicht, sein Haar glänzten nur; dann auch sein Rockkragen. Sogar auf Stiefel und Ellenbogen erstreckte sich die Salbung. Er glänzte wie ein Cherubin, hob seinen gelben Rohrstock wie einen Schäferstab über mich und noch etwas höher seine Stimme. ›Aber Hochwürden! wenn wir uns etwa nicht mehr lieben, ich und meine Frau?‹ - ›Oho! Fegefeuer! Das ist es ja eben!‹ und lachte, daß ihm der hochwürdige Bauch und die salbungsvollen Wangen wackelten. ›Oho, Fegefeuer! Das ist ja eben die christliche Ehe.‹ - ›Aber Hochwürden, Herr Wohltäter, sollen wir so leben? das geht doch nicht.‹ - ›Oho! Fegefeuer! freilich, das geht nicht. Wofür wäre denn die Kirche da? Wissen Sie, verehrter verirrter Freund, was das ist, Christentum?

Allenfalls wenn Sie so mit einem Frauenzimmer sich erlustigen, ohne sie zu lieben - was wird man sagen? - der Wüstling! In der christlichen Ehe versteht sich das von selbst.

Allenfalls wenn Sie so ein Frauenzimmer zahlen oder geben ihr was, ein Tuch, was weiß ich, da spuckt jeder aus. Die Dirne da verkauft sich! In der christlichen Ehe, mein verirrter Freund, versteht sich das von selbst.

Wovon spricht denn so die brave christliche Ehefrau? etwa von solchen Lüsten? Fegefeuer! von ihrer Morgengabe spricht sie und wie der brave christliche Ehegatte sie kleidet und nährt. Hab ich recht? Liebe? - da heißt es: Sorge für dein Weib, ernähre deine Kinder und dafür - dein Bett. Basta! das ist eine christliche Ehe. Fegefeuer, das will ich meinen.

So ist es eine pure Schande, wenn ein Mädchen allenfalls sich verliebt und bekommt ein Kind. Pfui! aber da - wenn sie sich auch täglich anspucken - Segen Gottes!‹

›Heiratet man der Liebe wegen‹, frage ich, ›oder des priesterlichen Segens wegen? Nun? wenn man der Liebe wegen heiraten würde, brauchte man ja den priesterlichen Segen gar nicht.‹ - ›Ergo! das will ich meinen!‹ So der Pfarrer.

Es wird mir immer einsamer zu Hause, es treibt mich fort.

Nun bleibe ich auf dem Felde draußen, wenn geschnitten wird, setze mich, wenn so die Garben stehen, wie in ein Zelt, rauche und höre den Leuten zu, wie sie singen. Gehe in den Wald, wenn Holz geschlagen wird, und schieße ein Eichkatzel. Kein Markt im ganzen Kreise, den ich nicht besuchen würde. Auch nach Lemberg fahre ich oft, besonders zur Zeit der Kontrakte. Bleibe Wochen vom Hause.

Es versteht sich endlich von selbst, daß ich meine Frau nur - wissen Sie - kurz, daß wir so eine christliche Ehe führen.

Meinem Nachbar leuchtet das allerdings nicht ein. Der meint, man könne täglich sein Herz brennen lassen wie seine Haare. Der sitzt richtig den halben Tag bei meiner Frau, besonders wenn ich nicht daheim bin. Wenn ich auf den Jahrmarkt fahre oder nur auf die Jagd - gleich ist er da.

›Ist mein Freund‹ - er pflegte mich so zu nennen, also bleiben wir dabei - ›ist mein Freund nicht zu Hause?‹ - ›Nein.‹ - ›Das tut mir doch sehr leid.‹ Merken Sie - der Iltis - und setzt sich nieder und deklamiert den Puschkin.

Im Gespräche dann: ›Aber er ist doch nie zu Hause. Hm.‹ - ›Nie‹, - schüttelt nur den Kopf, und die Frau – o Gott! Sie wissen ja - die lamentiert ihm nach; so Anspielungen, und er schüttelt immer nur den Kopf und zieht teilnehmend die Luft durch die Nase. Spricht so im allgemeinen von den Männern, so belehrend und unterhaltend, wissen Sie, traut sich aber nicht, dabei entschlossen auszuspucken, sondern hüstelt nur etwas in sein Tuch.

Mir, verstehen Sie, macht er eine ganze Szene, daß ich meine Frau vernachlässige; und was für eine Frau! eine schöne Frau, eine Frau, die so ein Gemüt hat, pures Gemüt, und eine geistvolle Frau, die den Puschkin liest wie ein Gebetbuch.

Das ist leicht zu sagen. Du hast sie beim Samowar, Freund, im Eichhörnchenpelz, und lebhaft wie ein Eichkatzel, und ich! - Ah! lassen wir das gehen.

Sie läßt sich von ihm also ganze Bücher vorlesen, bekommt dadurch so Ideen und seufzt, wenn von mir die Rede ist.

Und was ist denn eigentlich? was haben wir uns etwa getan? - ›Wir verstehen uns nicht‹, sagt sie.

Wissen Sie, wörtlich aus einem deutschen Buch; wörtlich, sag ich Ihnen. Da haben Sie diese Ideen. - Einmal nachts komme ich Ihnen auf diese Weise zu Hause von einer Lizitation in Dobromil, wissen Sie. Meine Frau sitzt auf dem Diwan, den einen Fuß oben, und hält das Knie so mit den Händen, so verloren vor sich hin.

Mein Freund war eben da - meine Frau hat ihren Eichhörnchenpelz, und dann - rieche ich ihn. Einen Augenblick möchte ich mich ärgern, aber ich lasse es bleiben. Meine Frau gefällt mir so, ich küsse ihr die Hände und streiche den Pelz an ihrer Jacke. Auf einmal sieht sie mich an, so ein Blick - so fremd. Ich staune nur.

›Das kann nicht so bleiben‹, sagt sie. Ganz plötzlich. Ihre Stimme war ganz heiser. Dann zwang sie sich, laut zu sprechen. - ›Was ist dir nur?‹ - ›Du kommst nur noch in der Nacht zu mir‹, schreit sie auf, ›einer Mätresse macht man doch den Hof - und ich - ich - ich will Liebe!‹

›Liebe? lieb ich dich denn nicht?‹ - ›Nein!‹ Setzt sich zu Pferde und jagt davon.

Ich suche sie die ganze Nacht, den ganzen Tag.

Wie ich am Abende zurückkehre, steht ihr Bett bei den Kindern, und ich schlafe allein. -

Ich hätte sollen auftreten, das ist wahr - aber - da war ich zu stolz, da dachte ich, es wird sich schon geben. - Dann unsere Frauen! Ja, da war allenfalls ein deutscher Kanzelist beim Kreisamte.

Seine Frau läßt sich Liebesbriefe schreiben von einem Rittmeister. ›Was hast du da, meine Liebe?‹ Nimmt ihr den Brief aus der Hand, liest ihn und prügelt auch schon zugleich seine Frau. Prügelt sie fort, was sag ich? - prügelt sie so lange, bis sie ihn wieder liebt. Das war eine glückliche Ehe.

Aber ich! - ich war so ein Sklave. Wäre ich nur damals gleich aufgetreten. Aber jetzt ist alles Fisch.

Wir sagten uns also jetzt guten Morgen und gute Nacht. Das war alles. Gute Nacht! Das waren Ihnen Nächte. Ich hätte mich täglich können heiligsprechen lassen! -

Damals begann ich wieder auf die Jagd zu gehen. Ich war ganze Tage im Wald.

Es war damals ein Heger; er hieß Irena Wolk; ein seltsamer Mensch. Er liebte alles Lebendige. Er zitterte nur so, wenn er ein Tier entdeckte, und tötete doch ein jedes.

Dann hielt er es etwa in der Hand, sah es an und sagte, mit einer Stimme, die so traurig war: ›Ihm ist wohl! ihm ist wohl!‹

Er hielt das Leben für eine Art Unglück; ich weiß nicht, ein seltsamer Mensch. Aber ich erzähle Ihnen ein anderes Mal von ihm. -

Da nahm ich in meine Torba* etwa ein Stück Brot und Käse, füllte meine Jagdflasche mit Branntwein und ging so fort.

Dann legten wir uns wohl am Waldrand nieder.

---

* Tasche

166

Irena ging auf das Feld, grub Erdäpfel aus, machte ein Feuer und briet sie in der Asche. Man ißt so, was man hat.

Wenn man so im stillen schwarzen Hochwald streift, dem Wolf, dem Bären begegnet; den Adler brüten sieht; die feuchte, schwere, kühle Waldluft atmet, in der so der herbe Duft schwimmt; auf einem abgehauenen Baum Tisch hält; in der Berghöhle schläft; im schwarzen See badet, der keinen Grund hat, keine Wellen schlägt und dessen glatte nachtdunkle Fläche die Strahlen der Sonne wie das Licht des Mondes verschlingt - da hat man keine Gefühle mehr; da werden die Gefühle zu Begierden - man ißt aus Hunger, und man liebt aus Trieb. -

Die Sonne geht unter. Irena sucht Schwämme. Da sitzt ein Bauernweib auf der Erde.

Der matte blaue Rock deckt nicht die kleinen staubigen Füße. Das schmutzige Hemd fällt halb von den Schultern, und wie es über dem Rock gegürtet ist, öffnet es seine Falten und läßt die Brüste sehen.

Um sie duftet es von Thymian; sie hat den Kopf in beiden Händen auf die Knie gestützt und starrt so vor sich. Ein Leuchtkäfer hat sich in ihr dunkles Haar gesetzt; das fließt nur, ungekämmt, aus dem roten Kopftuch über den Rücken.

Ihr Gesicht hebt sich von der Seite vom roten Abendhimmel beinahe dunkel ab, scharf, wie ausgeschnitten. Ihre Nase ist schwungvoll, fein, wie die eines Raubvogels, und wie ich sie anrufe, stößt sie auch einen Schrei aus, wie ein Gebirgsgeier, und ihre Augen zischen gegen mich auf; ihre Blicke schwimmen einen Augenblick so wie Naphthaflammen über ihren Augen.

Ihr Schrei tönt fort - die steile Felswand gibt ihn zurück, der dichte Wald noch einmal, noch einmal das ferne Gebirge. -

Ich bin beinahe erschrocken vor dem Weibe.

Sie bückt sich, pflückt Thymian und zerrt das rote Kopftuch über das rotbegossene Gesicht.

›Was ist dir?‹ frage ich.

Sie antwortet nicht, sondern gießt so die melancholischen Töne einer Duma*, wie Tränen, in die Luft.

---

* kleinrussisches Volkslied

›Was fehlt dir?‹ sag ich, ›hast du einen Schmerz, eine Trauer?‹ - Sie schweigt. - ›Nun, was hast du?‹

Sie sieht mir ins Gesicht, lacht und läßt wieder die langen Wimpern wie dunkle Schleier über ihre Augen herabfallen.

›Nun, was fehlt dir?‹ - ›Ein Schafspelz‹, sagt sie leise.

Ich lache. ›Warte, vom Jahrmarkt bringe ich dir einen‹ - sie verbirgt ihr Gesicht - ›aber du wirst darin stinken. So ein neuer Schafspelz! Weißt du was, ich gib dir lieber eine Sukmana*, was meinst du, mit Kaninchen, mit schwarzen - oder mit weißen, milchweißen - ‹

Sie sah mich erstaunt an, nicht eben ernsthaft, zog etwas die Augen zusammen, und ihre Lippen tanzten so um die großen weißen Zähne. Dann floß es langsam von den Mundwinkeln über die Wangen, und das Lachen der Spitzbübin zuckt plötzlich über das ganze Gesicht.

›Nun, was lachst du?‹ - Nichts. - ›Nun, sag, willst du die Sukmana - nicht? - wie wäre das mit Kaninchen, mit milchweißen Kaninchen?‹ -

Plötzlich steht sie auf, richtet ihren Rock, zieht ihr Hemd herab. -

›Nein!‹ sagt sie, ›wenn Sie mir eine geben wollen, soll sie mit silbernem Pelz sein.‹ - ›Mit silbernem, wie?‹ - ›Nun, wie die gnädigen Frauen ihn tragen.‹

Ich sah sie nur an.

Die Selbstsucht lag sonnig auf ihrem Gesichte wie Unschuld. Sie küßte ihre Seele, ihre Begierden, so gedankenlos, wie sie ein Heiligenbild küßte. Da war einmal kein Prinzip oder etwa eine Idee! oder sonst! sie hatte die Moral eines Habichts und die Gesetze des Waldes. Christentum hatte sie nicht mehr als eine junge Katze, welche manchmal mit der Pfote kreuzweis über die Nase fährt.

Ich brachte ihr richtig die Sukmana aus Lemberg, und - Sie werden mich auslachen -

Ich verliebe mich in das Weib.

Das war so ein Roman, man findet nicht seinesgleichen.

Wie der erste Schuß fiel - war sie da.

Ich kämmte ihr Haar jetzt mit meinen Fingern und wusch ihr die Füße an dem Waldbach, sie aber spritzte mir das Wasser ins Gesicht.

Es war ein seltsames Geschöpf.

---

* ein langer Frauenüberrock

Ihre Koketterie hatte etwas Grausames. Sie quälte mich in tiefster Demut, wie mich nie der Übermut einer Dame gequält hat.

›Aber, erbarmen Sie sich, Herr! Gnädiger! was soll ich mit Ihnen anfangen‹, - und sie konnte endlich mit mir anfangen, was sie wollte.« -

Wir schwiegen beide einige Zeit.

Die Bauern, der Kirchensänger hatten die Schenke verlassen. Der Jude hatte seine Gebetriemen umgeschnallt und war damit eingeschlafen. Er sang im Traume leise durch die Nase und nickte dazu taktvoll mit dem Kopfe.

Sein Weib saß an dem Schenktisch. Der Kopf war in die Hände gesunken, die kleinen Finger hatte sie zwischen die Zähne gesteckt, die schläfrigen Augen waren halb geschlossen, aber ihr Blick hing an dem Fremden. Der legte die Pfeife weg. Machte sich Luft.

»Soll ich Ihnen die Szene erzählen mit meiner Frau? --

Sie erlassen es mir. --

Meine Frau kränkelte dann einige Zeit.

Ich blieb zu Hause, las. Einmal ging sie durch das Zimmer und sagte leise ›gute Nacht‹. Ich stand auf, da war sie auch wieder fort - ihre Türe fiel ins Schloß. Es war wieder vorbei. -

Zu jener Zeit hatte ich einen Prozeß mit der Herrschaft von Osnowian.

Ehe du das Gericht vorspannst und den Advokaten kutschieren läßt, dachte ich, spannst du deine Pferde ein und fährst selbst hin.

Wen finde ich? Eine geschiedene Frau, die auf ihrem Gute lebt, weil sie die große Welt anekelt, eine moderne Philosophin.

Sie nannte sich Satana und war ein allerliebstes kleines Teufelchen. Sie sprang nur gleich bei jedem Worte und hatte Augen wie Irrlichter.

Ich verlor natürlich den Prozeß, aber gewann dafür ihr Herz, ihre Küsse, ihr Lager.

Ich liebte meine Frau noch immer.

Oft lag ich in den Armen einer andern und schloß die Augen und machte mir glauben, es sei ihr langes feuchtes Haar, ihre wollustheiße, fiebertrockne Lippe.

Meine Frau indes fieberte von Haß und Liebe gegen mich. Ihr Herz war wie eine jener Blumen, welche im Schatten blühen, es überquoll jetzt von wilder Zärtlichkeit. Sie war erfinderisch, sich dadurch zu verraten, daß sie

169

sich zu sehr verbergen wollte. Sie legte mir eines Tages einen Brief auf den Tisch, welchen der Kosak meiner Geliebten gebracht hatte, und lachte auf - aber ihr Lachen brach so mitten entzwei, das war beinahe häßlich.

Aus zuviel Liebe wendete ich mich von ihr, und sie seufzte nach Rache aus leidenschaftlicher verschmähter Liebe.

Wenn sie ging, so war es mit einer Hast. Sie schrie aus dem Traume, sie schlug die Dienstleute, die Kinder. Auf einmal war sie verändert.

Sie schien gefaßt, befriedigt. Ihr Auge ruhte so eigentümlich gesättigt auf mir, und doch zuckte es wie Schmerz durch ihr stolzes Lachen.

Mein Heger kam.

›Der Herr geht gar nicht mehr in den Wald. Ich kenne einen Fuchs über der Moosrinne und tüchtige Schnepfen‹, - diese schoß ich nämlich besonders gerne - ›und sie - sie wartet bei dem Stein. Tun Sie doch dem armen Weib die Gnade.‹

Ich nehme die Flinte und gehe mit ihm bis an den letzten Zaun des Dorfes.

Dort faßt mich eine namenlose Angst, ich lasse meinen Heger und laufe beinahe nach Hause.

Ich schäme mich fast - gehe leise auf den Fußspitzen - da hör ich -«

Er strich mehrmals die Haare aus der Stirne.

»Es ist nicht zu erzählen. - Ich reiße die Türe auf, und meine Frau liegt - - ›Ich störe vielleicht‹, sage ich und schließe wieder die Türe.

Was tu ich?

Es ist einmal so bei uns. Der Deutsche freilich behandelt die Frau wie einen Untertan, wir aber unterhandeln mit ihr auf gleichem Fuße, wie ein Monarch mit dem andern.

Wir denken nicht: Du kannst tun, was du willst. Die Frau muß zufrieden sein. Bei uns hat der Gatte kein Privilegium, wir haben für Mann und Weib nur ein Recht.

Nimmst du jede Schenkdirne unter das Kinn, so mußt du dulden, daß deine Frau sich von jedem Artigkeiten sagen läßt. Liegst du in den Armen einer Fremden, dann schweige nur, wenn dein Weib einen anderen umarmt. Hatt ich also ein Recht? Nein, ich hatte es nicht.

Ich trat also zurück und ging vor der Türe meiner Frau auf und ab.

Ich fühlte eigentlich gar nichts, es war alles starr, still, ganz still!

170

Ich sagte mir nur immer: Hast du nicht dasselbe getan? Du hast kein Recht, du hast kein Recht.

Jetzt kommt er heraus.

Ich sage: ›Mein Freund, ich habe euch nicht stören wollen, aber weißt du nicht, daß das mein Haus ist?‹ - Er zitterte, auch seine Stimme zitterte.

›Tu mit mir, was du willst!‹ sagte er.

›Was soll ich mit dir tun? - Aber hast du so eine Idee von Ehre? - Wir müssen also ein paar Kugeln wechseln.‹

Ich leuchtete ihm noch die Treppe hinab. Dann ritt ich zu Leon Bodoschkan, er sollte mein Zeuge sein.

Er lächelte trüb. ›Es ist eigentlich eine Dummheit‹, sagte er, ›aber bis morgen früh soll alles in Ordnung sein. Tu mir nur die Liebe und lies mir heute nacht diese Blätter da.‹ Damit gab er mir diese Papiere, sehen Sie, und ich trage sie seitdem immer bei mir. Merkwürdiger Mensch, das!

Ich las sie also. Eigentlich wozu?

Ich forderte den Liebhaber meiner Frau, aber eigentlich hatte das nichts zu bedeuten.

Ich war im Unrecht, ich wußte es also, aber die Ehre - nun, Sie wissen. Aber es hatte alles nichts zu bedeuten. Ich wußte, daß er mich nicht treffen würde. Er konnte auf fünfzehn Schritt einen Heuschober nicht von einem Spatzen unterscheiden - und ich - nun, ich schieße gut.

Ich konnte Rache nehmen. Ich konnte ihn töten. - Niemand hätte ein Wort gesagt - aber ich hatte kein Recht und schoß vorbei. Denn ich war, wie gesagt, ebenso schuldig als er oder mein Weib.

Damals dachte ich daran, mich von meiner Frau zu trennen. Aber die Kinder! Das ist es. Das schmiedet paarweise uns zusammen für die Ewigkeit und treibt uns fort im Sturmwind wie in der Hölle Dantes die Verdammten.

Überhaupt, haben Sie wohl schon bedacht, wie uns die Natur anführt mit der Liebe? Gestatten Sie mir vielleicht - ach! was wollte ich sagen? - ja - von Haus aus sind Mann und Weib eigentlich zur Feindschaft erschaffen. Ich hoffe, Sie mißverstehen mich nicht.

Die Natur will unser Geschlecht fortpflanzen. Ja, was will sie denn sonst? wir aber bilden uns ein in unserer Eitelkeit und Leichtgläubigkeit, daß sie unser Glück im Auge hat.

Ja - Fisch mit Mohn! - sobald das Kind da ist, ist es meist auch schon vorbei mit dem Glück und auch mit der Liebe, und Mann und Weib sehen sich an wie zwei, die einen schlimmen Handel gemacht haben, beide sind getäuscht, und doch hat keines das andere betrogen. Sie aber glauben noch immer, daß es hier nur auf ihr Glück abgesehen ist, und befehden sich, statt die Natur anzuklagen, welche uns zu der Liebe, welche so vergänglich ist, ein anderes Gefühl gegeben hat, das nie endet: die Liebe zu den Kindern.

Nun, so blieben wir denn zusammen.

Er betrat mein Haus nicht mehr, aber sie sahen sich bei einer Freundin; es gibt so gute Seelen in der Welt; und ich schoß wieder meine Schnepfen.

Ich begann die Frauen jetzt so anzusehen wie eine Art Wild, dessen Jagd beschwerlicher, aber auch lohnender ist.

Wissen Sie, wie man die Schnepfen schießt? - Nicht? - Man muß also wissen, wie fliegt der Schnepf.

Er fliegt auf, macht drei Stöße, wie ein Irrlicht, zickzack! dann vorneaus.

Das ist der Augenblick. Da halte ich geradehin, und der Schnepf ist mein.

So etwa auch die Frauen.

Wenn man gleich losdrückt - aus ist es. Hat man aber einmal das Tempo, bekommt man jede -

Zu Hause war Friede.

Die Kinder liefen schon herum, und, denken Sie - jetzt hatte ich sie lieb. Ich liebte sie, weil meine Frau sie liebte.

Oft dachte ich so, unsere Liebe ist da lebendig geworden und lauft so herum und spielt und lacht; und es wurde mir seltsam zumute.

Dann kam es wieder über mich wie Bosheit. Ich verlangte, daß die Kinder mich lieber haben sollten als die Mutter, daß sie mich allein lieben sollten.

Da nahm ich sie zum Kamin, ließ sie auf meinem Knie reiten, erzählte ihnen Märchen, sang ihnen Lieder, die so das Volk singt, erzählte ihnen Anekdoten, wie etwa ein Jäger erzählt. Und das war wirklich merkwürdig. Ich hatte nämlich - allerdings - Sie wissen ja - ich hatte noch ein Kind bekommen, es war das Kind eines fremden Mannes. Ein Mädchen; Sie glauben nicht, wie ähnlich meiner Frau; ganz sie.

Man sagt gewöhnlich, die Mädchen sehen dem Vater gleich, die Söhne der Mutter. Ich habe es nicht erlebt. Der eine ist der Großvater, den andern weiß ich gar nicht, wo ich ihn hintun soll; den hat meine Frau aus einem Roman. Keiner meiner Söhne hat was von der Mutter, aber das - fremde Kind, das Mädchen.

War es, daß sie damals nur an sich und ihre Rache dachte.

Also. Das Kind hängt sich an mich mit einer Liebe und wußte doch, daß es mir verhaßt war.

Wenn ich erzählte, bat es leise und setzte sich auf ein Schemelchen in die dunkle Ecke, hörte zu, und nur seine Augen leuchteten.

Ich schrie es oft an, daß es zitterte. Wenn ich fortging, stand es in der Ferne und sah mir nach. Wenn ich kam, lief es mir entgegen und erschrak dann über sich selbst.

Einmal sagte der Bub: ›Der Bär wird den Vater noch umbringen.‹ - Da sprang es auf und hatte die Augen voll dicker Tränen.

Es war mir, als wäre das meine Frau, die sich angstvoll an mich drängte, die mich um Verzeihung flehte und um mich weinte.

Einmal sagte ich zu dem Kinde: ›Komm doch zu mir.‹ Da ward es purpurrot und lief davon. Langsam wurden wir die besten Freunde.

Keiner meiner Buben war so wie ich.

›Möchtest du Füchse schießen?‹ - ›Ja‹, sagte der Bub, ›wenn es nicht so knallen möchte.‹

Wenn ich so erzählte von einem Bären. ›Nun, er kam auf mich zu. Was glaubst du, was ich tat?‹ Sagt der Bub: ›Du bist fortgelaufen.‹ Das Mädchen aber lacht nur.

Oft nahm sie ein Wolfsfell und schreckte die beiden, die sich unter dem Rock der Mutter versteckten.

›Kennt ihr denn die Schwester nicht?‹ - ›Mutter‹, sagten sie, ›sie ist dann ein wirklicher Wolf, ihre Augen funkeln so, und sie heult, daß es ein Vergnügen ist.‹

War ich fort vom Hause, trieb das Kind unruhig im ganzen Hause herum. ›Wenn der Vater nur nicht umwirft‹ - ›Wie soll er umwerfen.‹ -

›Oh! ich kenne die Wallachen, die Braunen, es sind wilde Tiere. Oder wenn der Bär -‹ - ›Der Vater schießt ihn gerade auf den weißen Brustfleck‹, sagt mein Bub ganz sachverständig. ›Wenn er ihn nicht trifft?‹ - ›Ah! er wird ihn schon treffen.‹

Wie das Mädchen größer wird, wirft es sich auf die Erde und wälzt sich und weint.

So nahm ich sie endlich mit.

Ich hatte das kleine Gewehr; meine Frau hatte damit geschossen, kaufte ihr eine Jagdtasche, nahm sie mit. Das Mädchen hatte Ihnen Mut, Mut wie ein Mann. Nein! wie kein Mann! Wie soll ich Ihnen das erklären? Wenn es so durch das Dickicht brach, sag ich: ›Nun, wenn es uns schlecht geht?‹ Sie lachte nur. ›Ich bin ja bei dir.‹ Sie fürchtete nur um mich.

Zu Hause fieberte sie vor Angst, vor dem Wolf war sie ruhig wie vor einer Henne, sag ich Ihnen. Und wie wir uns verstanden.

Ich brauchte beinahe nicht zu sprechen. Sie wußte so mein Auge, jeden Zug, jede Bewegung.

Und doch sprachen wir so gerne.

Wenn das Wild dalag, Irena dabei kniete, es ausweidete, dann saßen wir zusammen, und die Welt war uns ein Bilderbuch, das ich meinem Kinde zeigte - und es war doch nicht mein Kind! Aber es war ihr Kind, und ich hatte es lieb.

Auch meine Frau liebte das Kind leidenschaftlich; und, je mehr es sich an mich hing, um so leidenschaftlicher.

Wenn ich das Kind mitnahm, kniete sie nieder, küßte es und sagte leise: ›Bleib bei mir.‹ Aber es schüttelte den Kopf. Ich lachte, und weit weg vom Hause, im tiefen Walde, erinnerte ich mich noch und freute mich, wenn das Kind bei mir war und die Mutter zu Hause nur so verging vor Angst.

Wenn meine Frau dem Mädchen etwas zu nähen gab, tat es nur so, legte die Arbeit plötzlich weg und lief fort - mein Gewehr zu putzen. Oder die Frau sagte ihr was. Das Kind sah auf mich und rührte sich nicht.

Einmal schreit meine Frau auf. ›Er ist nicht dein Vater!‹

›Dann bist du nicht meine Mutter‹, sagte das Kind ruhig. Sie wird bleich, schweigt fortan und weint nur manchmal. So ein Unsinn! Wer wird da Tränen vergießen? die Welt ist so lustig!«

Er stürzte das letzte Glas Tokai hinab.

»Lustig! - da sagt - der - der -« - er fuhr über die Stirne - »richtig, der Karamsin - der große Karamsin, er ist eigentlich ein Großrusse - aber das tut nichts - der große Karamsin! - wie sagt er denn nur? - wissen Sie das nicht?«

Er griff in sein Haar, als wollte er in seinem Kopfe wühlen.
»Richtig! richtig.

> Alle Weisheit meines Lebens
> Hat das eine mich gelehrt,
> Lieb ist sterblich! Ganz vergebens
> Hoffst du, daß die Liebe währt!

> Bist du treu, sie lachen deiner,
> Ändern wie die Moden sich,
> Änderst du dich, keift gemeiner,
> Eifersücht'ger Neid um dich.

> Drum vermeide Hymens Falle,
> Hoffe nie: ein Weib sei dein!
> Aber lieb und täusche alle,
> Um nicht selbst getäuscht zu sein!

So ist es.

> Hoffe nie: ein Weib sei dein!
> Aber lieb und täusche alle,
> Um nicht selbst getäuscht zu sein!

Da könnte ich Ihnen allenfalls jetzt so meine Abenteuer erzählen.
Alle Frauen sind mein, alle; Bauernweiber, Judenweiber, Bürgerfrauen, Edelfrauen; alle! Blonde, rote, braune, schwarze, alle! alle!
Abenteuer, Abenteuer, sag ich Ihnen, Abenteuer, wie - wie was gleich?
Da habe ich jetzt zum Beispiel so ein Verhältnis mit einer jungen Frau. Was die verliebt ist! - Eine Dame, eine ganze Dame!
Aber mir tut der Kopf etwas weh.
Ich habe noch eine Geliebte jetzt. Sie ist das Weib eines Räubers. Ihr Mann ist gehängt worden, sie selbst - was weiß ich? was kümmert das mich! - Sie kann nicht einmal lesen. Wir reden auch nicht viel zusammen, aber lieben uns - wie die Wölfe!

Immer zehn Weiber auf einmal, oder doch mindestens drei, eine für das Bett, eine für den Geist und die dritte für das Herz - nein, was sage ich da. Das Herz bleibt aus dem Spiele, ganz aus dem Spiele, sage ich Ihnen.«

Er lachte kindlich und zeigte seine herrlichen weißen Zähne.

»Wozu auch ein Herz? der Mann braucht sein Herz für seine Kinder, seine Freunde, sein Vaterland - aber für ein Weib! Haha! Ich bin nie mehr von einem Weibe getäuscht worden, seitdem ich sie alle täusche. Eine lustige Komödie! Man muß ihnen den Mann zeigen. Haha! und wie sie mich lieben, seit ich nur mein Spiel mit ihnen habe. Ich habe sie alle weinen gemacht, alle!«

»Und wie ist Ihr Verhältnis zu Ihrer Frau?« fragte ich, nachdem er lange still war.

»Nun, wir sind artig zusammen«, antwortete er. »Manchmal, wenn ich - wenn ich so denke - an diese Zeit - an sie - da - da - bekomm ich Kopfweh - Kopfweh - aber jetzt sind wir lustig! lustig! lustig!«

Er warf die Weinflasche an die Wand, daß der Jude aus dem Schlafe aufschrak und sich die Gebetriemen über die Nase herabriß.

»So! jetzt ist mir wohl!« sagte er und knöpfte seinen Rock auf. »Wohl. Lustig!

So ist das Leben. Wenn wir so sind - dann ist uns wohl. Lustig! Lustig!

Er stellte sich mitten in die Schenke, die Arme kokett eingestemmt, und begann den Kosak zu tanzen, indem er selbst dazu die kindlich wilden, bacchantisch schwermütigen Melodien sang.

Bald saß er nur am Boden und warf die Füße wie etwas Überflüssiges von sich; bald sprang er bis zur Decke und drehte sich nur so in der Luft.

Jetzt stand er stille, die Arme auf der Brust verschränkt, und wackelte so traurig mit dem Kopfe. Jetzt packte er ihn mit der Hand, als wolle er ihn hinabreißen, und jauchzte auf, wie ein Adler jauchzt, wenn er in die Sonne fliegt.

Plötzlich wurde die Türe aufgerissen, und ein alter, würdiger Bauer im braunen Sierak*, mit langen weißen Haaren, melancholischem Schnurrbart und schlauem Auge, trat ein.

Es war Simion Ostrow, der Richter.

---

* ein langer Bauernrock mit Kapuze

Ein wehmütiges Lächeln glitt über sein fahles Gesicht, als er uns erblickte.

»Herren! wie lange seid ihr da?« sagte er gutmütig; »gewiß lange? Nun, ich kann nichts dafür.«

»Können wir also fahren?« fragte der Bojar. »Gewiß«, sagte Simion, der Richter.

»Freilich ist es eigentlich zu spät«, fuhr der andere fort, »ich meine, für mich - aber Sie vielleicht. Gott sei mit Ihnen. Bleiben Sie gesund.«

Lustig strich er der Jüdin um das Kinn, das rote Blut floß ihr ins Gesicht.

Er ging und kehrte noch einmal zurück. Er drückte meine Hand.

»Ah! was denn!« rief er, »das Wasser kommt mit dem Wasser zusammen und der Mensch mit dem Menschen.«

Ich stand auf der Schwelle, wie er davonfuhr. Er grüßte noch einmal, dann war er fort.

Ich wendete mich zu dem Juden.

»Oh! er ist ein lustiger Mensch«, jammerte dieser, »ein gefährlicher Mensch, sie heißen ihn *Don Juan von Kolomea.*«